Tatjana Kruse
Klappe zu, Gatte tot

Tatjana Kruse, Jahrgangsgewächs aus süddeutscher Hanglage mit Migrationshintergrund (Vater Schweizer, Mutter Friesin), lebt und arbeitet in Schwäbisch Hall (kein Synonym für eine Bausparkasse, sonder die vermutlich kleinste Metropole der Welt).

Seit dem Jahr 2000 schreibt sie Kriminalromane, aber ihre wahre Liebe gilt den Sahnehäubchen des Genres: den Kurzkrimis. Folgerichtig erhielt sie ihren bisher einzigen Literaturpreis, den Marlowe der Raymond-Chandler-Gesellschaft, für ihren Kurzkrimi »Cool-Man schlägt zu«.

In diesem Sammelband sind erstmals all ihre Lieblingskurzkrimis vereint.

Danke, Mitra!

Inhaltsangabe

Die zehn Regeln
einer guten Detektivgeschichte

1. Der Täter muss jemand sein, der ziemlich früh in der Geschichte erwähnt wird, aber es darf keine Person sein, deren Gedanken der Leser hat folgen dürfen.

Okay, ich habe ihn umgebracht.
Aber es war keine Absicht. Es war Elysium.

2. Alle übernatürlichen und unnatürlichen Mächte sind natürlich auszuschließen.

Teuflische Mächte hatten ihre Hand im Spiel.
Mitten in meinem Orgasmus ist Karl-Friedrich infarktet. Kann auch gegen Ende gewesen sein. Ich habe das nicht so mitbekommen. War ja mit anderen Dingen beschäftigt. Jedenfalls lag er tot auf mir, als ich endlich wieder einen klaren Gedanken fassen konnte.

Das hatte natürlich sein Gutes. Karl-Friedrich war der Klischee-Lover schlechthin, der nach jeder Nummer automatisch zur Zigarette griff. Und ich hasse Zigarettenrauch im Schlafbereich.

Es hatte aber auch sein Schlechtes: Wir lagen in einer Executive-Suite des Hotel Adlon in Berlin, und jeden Moment konnte mein Ehemann zur Tür hereinkommen.

3. Nicht mehr als ein geheimer Raum oder Geheimgang ist zugelassen.

Mist! Was tun?
Glauben Sie mir, ich betrüge meinen Mann nicht am laufenden Band. Und eigentlich ist Alexander auch nicht mein

Mann – wir sind nur seit sieben Jahren fest liiert. Deswegen fühlt es sich an wie eine Ehe.

Wir hatten seit Alexanders Beförderung zum District Manager keinen Sex mehr gehabt. Stress, Midlife-Impotenz, das verflixte siebte Jahr, was weiß ich. Ich gebe zu, in letzter Zeit wurde ich daraufhin ein wenig nörgelig. Vielleicht hat mich Alexander deshalb auf eigene Kosten mit zur Konferenz in unser aller Hauptstadt genommen. Und mir damit einen lange gehegten Traum erfüllt: ein Wochenende im legendären Grandhotel Adlon.

Ich schwebte seit dem Augenblick der Ankunft auf Wolke sieben: Diese »Atmosphäre glanzvoller Geschichte und lebendiger Gegenwart« – genauso wie es auf der Website stand. Ich hätte zwar vor dem Eingang mehr imperiale Karossen als Taxis erwartet, aber das prächtige Ambiente – angeblich dem alten Adlon bis aufs i-Tüpfelchen nachempfunden – entschädigte mich. Und meine Angst, ich könnte mich unter den Reichen und Schönen wie eine Aussätzige fühlen, bestätigte sich nicht. Das Adlon war eben keine Freimaurerloge, kein Geheimbund mit Eingeweihtenhandschlag und einem Passwort, das nur Mitglieder kannten. Es war für alle da, die sich etwas Gutes tun und den Duft von Luxus und Extravaganz schnuppern wollten.

Na schön, wir hatten das billigste Zimmer zum Drei-für-Zwei-Sparangebot, aber das wusste ja keiner, wenn ich mit meinem farbenfrohen Secondhand-Dolce&Gabbana-Fummel an der Lobby-Bar saß und meinem Lieblingshobby nachging: Promi-Sichten.

»Du spinnst ja«, hatte Alexander meinen fast schon obsessiven Zeitvertreib kommentiert. »Die echten Promis fahren in die Tiefgarage und werden über Spezialaufzüge in ihre Megateuersuite mit hauseigenem Butler gelotst. Die kriegst du *nie* zu Gesicht.« Aber zu Jette Joop, Udo Walz und Desirée Nick hatte es immerhin schon gereicht.

Und an diesem Morgen, als Alexander lieber mit seinen Kollegen im Café Einstein in Hemingway-Atmosphäre seinen Aged Sumatra Coffee trinken wollte, anstatt mit mir im Adlon-Restaurant Quarré edel zu frühstücken, da hatte ich bei Rühreiern mit Toast eine weitere Sichtung getätigt: Karl-Friedrich, meinen Ex.

Ich bin achtunddreißig Jahre alt, äußerst erfolgreich als Literaturübersetzerin und eine gestandene Frau, aber in diesem Augenblick mutierte ich zum vernachlässigten Weibchen, das dringend eine starke, männliche Schulter zum Anlehnen brauchte. Es war ja auch Frühling – und meine Hormone wollten dringend den Tanz der Liebe zelebrieren.

Karl-Friedrich spendierte mir einen Prosecco. Dann noch einen Prosecco. Und schließlich pflückte er mich – obwohl er mittlerweile etwas schwammig und schütter geworden war – wie eine reife Tomate vom Strauch.

Okay, er war fünfzehn Jahre älter als ich. Und ich ging nach monatelanger Durststrecke ziemlich leidenschaftlich zur Sache. Aber gleich ein Infarkt? Das nahm ich persönlich.

Ich schubste ihn von mir, lief ins altrosafarbene Badezimmer und übergab mich in das rechte der beiden Waschbecken. Die rechte Seite war immer die von Alexander. Es war also ein stummer Protest. Warum hatte er mich auch allein gelassen? Im Grunde war alles seine Schuld.

Tief durchatmen!

Ich wusch mir mit eiskaltem Wasser das Gesicht, putzte mir die Zähne und schlüpfte in Jeans und T-Shirt. Anschließend ging ich wieder zum Bett und suchte an Karl-Friedrichs Unterarmen und an seinem Hals nach einem Puls. Nichts.

Sieben Jahre Beziehungsglück im Eimer. Wegen zwei Prosecco und einer kurzen, nymphomanischen Ekstase. Ich lief zum Fenster und riss es auf. Der Blick ging natürlich nicht auf das Brandenburger Tor oder den Pariser Platz, wir hatten ja nur ein Sparzimmer, aber das, was man in Berlin unter Frischluft verstand, wehte trotzdem herein.

Was sollte ich nur tun?

Alexander durfte Karl-Friedrich hier nicht finden. Das musste ich verhindern. Alex war die Liebe meines Lebens.

Ergo: Karl-Friedrich musste weg!

Es standen zwei Schränke in unserem Zimmer, aber die hatten wir beide belegt. Einen Balkon gab es nicht. Das Bad war zwar riesig, aber versteclos. Unter dem Bett waren keine zehn Zentimeter Luft – da passte nicht einmal ich drunter.

Ich öffnete die Zimmertür und lugte auf den Flur. Ein Zimmermädchen – pardon: eine Hausdamenassistentin – lugte zurück. »Bitte nicht stören!«, rief ich und schloss hastig die Tür.

Und dann, im Moment dunkelster Verzweiflung, überkam mich die Erleuchtung: Wenn Karl-Friedrich im Adlon frühstückte, dann wohnte er doch auch hier und musste einen Zimmerschlüssel bei sich haben. In seiner Hosentasche wurde ich fündig.

Genialer Plan: Ich würde ihn auf sein Zimmer schaffen. Dort mochte er dann ruhig entdeckt werden.

Mein Vorhaben scheiterte jedoch an Karl-Friedrichs Gewicht. Ich konnte ihn gerade mal mit Mühe und Not vom Bett rollen. Mit einem dumpfen *Plumps* schlug er auf dem Teppichboden auf und blieb wie der Fels von Gibraltar liegen.

4. Es dürfen keine bislang unentdeckten Gifte vorkommen und auch keinerlei sonstige Geheimwaffen, die am Schluss einer langen wissenschaftlichen Erklärung bedürfen.

»Hase, ich hab ja schon ewig nichts mehr von dir gehört!«

Tanja, meine Cousine, schien ehrlich erfreut, als ich sie anrief. Sofort stieg sie auf meiner Sympathieskala um weitere zweihundert Punkte.

Keine Ahnung, wie viele Millionen Menschen in Berlin wohnten, aber ich kannte nur eine, die mir als Geheimwaffe zur Seite stehen konnte. Dass sie zudem noch mit mir verwandt war, machte die Sache nur einfacher.

»Du, ich bin zufällig gerade in Berlin«, flötete ich.

»Nein, ist nicht wahr! Du hast es aus der verschlafenen, schwäbischen Provinz endlich in die Hauptstadt geschafft?«

Angesichts meiner Hintergedanken durfte ich darauf nicht die kecke Antwort geben, die mir auf der Zunge lag. Stattdessen nahm ich einen großen Schluck Leitungswasser aus meinem Zahnputzglas – es schmeckte nach Minze.

Tanja freute sich arglos weiter. »He, ich bin heute Abend zufällig frei. Soll ich dich zu den heißesten Locations der Metropole führen? Würde ich echt gern tun!«

»Tanja, ich brauche dich jetzt sofort.«

»Wie? Jetzt sofort?«

»Es ist ein absoluter Notfall!«

»Was für ein Notfall?«

»Nicht am Telefon. Bitte, kannst du sofort ins Hotel Adlon kommen? Ich warte in der Lobby auf dich. Es geht um Leben und Tod!«

Im Film hätte das funktioniert.

»Du tickst ja nicht richtig. Ich muss arbeiten. Und außerdem habe ich keine Gleitzeit mehr. Wenn ich jetzt gehe, wird mir das als Urlaubstag abgezogen.«

»Tanja!«

»Sag halt, was los ist.«

»Also schön: Ich sitze hier neben einer Leiche, und du sollst mir helfen, sie loszuwerden. Bist du jetzt zufrieden?«

5. Kein Chinese darf in der Geschichte vorkommen.

Dreißig Minuten später saß ich inmitten einer chinesischen

Delegation an der Lobby-Bar und trank einen Gin Tonic – auf meinen besonderen Wunsch mit Bombay Sapphire Gin. Die Männer, die für Fernostasiaten sehr viel größer waren, als sie es meiner vorurteilsgeprägten Vorstellung gemäß eigentlich sein sollten, unterhielten sich fröhlich lächelnd in ihrem exotischen Singsang. Die hatten ja auch keine Ahnung von meinen Problemen.

Ein fetthaariger Lederjackenträger setzte sich irgendwann neben mich. Die Wirkung seines Deo-Rollers war verflogen und der Reißverschluss an seiner Hose war aufgeplatzt und bot freie Sicht auf weißen Baumwollfeinripp mit Eingriffsschlitz. Der Typ kam gleich zur Sache. Ob ich seine Tao-Meisterin sein und mit ihm die Magie des Tantra erleben wolle? Wir könnten uns doch mal in der Hotelsauna optisch antesten? Der Barkeeper eilte flugs herbei und erklärte dem Herrn freundlich, aber bestimmt, doch bitte die Dame – also mich – in Ruhe ihren Gin Tonic trinken zu lassen. Mir erläuterte er nach dem Abgang des Typen, es handele sich um einen deutschen Alt-Rocker, für Künstler würden andere gesellschaftliche Normen gelten, ich möge das doch bitte entschuldigen, dafür gehe der Gin Tonic auch aufs Haus. Mein Gott, wie weit war es schon mit mir gekommen, wenn ich nicht mal mehr einen Promi erkannte?

Ich sah auf die Uhr. Wo Tanja nur blieb? In diesem Moment legte sich schwer eine Hand auf meine Schulter. Ich schrie auf.

»Pst!«, fauchte Tanja, der öffentliche Szenen verhasst waren. Der Barkeeper kam beflissen auf uns zu.

»Alles in Ordnung?«, erkundigte er sich mit samtiger Stimme und südländischem Timbre, was mich an jedem anderen Tag zu sündigen Gedanken verführt hätte. Heute nicht.

»Noch einen Gin Tonic!«, herrschte ich ihn unfreundlich an. Er war ganz Profi, lächelte meiner Cousine, die verneinend den Kopf schüttelte, und mir zu und führte die Bestellung aus.

»Wau!«, juchzte Tanja derweil. »Ist das hier toll. Ich war noch nie im Adlon. Hast du den uniformierten Türsteher vor dem Eingang gesehen? Wie ein Flottillenadmiral! Ich wollte ja mal zum Schnuppern her, aber da hat man uns nicht hereingelassen, weil sich hier irgendwelche hochkarätigen Politik-VIPs auf einem Gipfeltreffen tummelten.«

Ich kippte den zweiten Gin Tonic, stand leicht schwankend auf und zog Tanja – zack! – zum Aufzug.

»Hör zu, kein Wort, zu niemand.«

»Hase, ist dir möglicherweise entgangen, dass ich Anwältin bin? Ich kann unmöglich einen Mord decken. Aber ich besorge dir die bestmögliche Verteidigung. Ehrensache unter Cousinen!«

»Wer spricht denn von Mord! Es war ein Herzinfarkt!«

Der Lift schwebte geräuschlos nach oben. Erster, zweiter, dritter Stock. Herrenoberbekleidung, Damenunterwäsche, Leichenhalle.

Auf dem Weg zum Zimmer – den wir mittig unterbrachen, weil Tanja den Blick aus der Fensterfront auf den winzigen, begrünten Innenhof genießen wollte – erklärte ich ihr die ganze Sache. Vor der Zimmertür hielt ich abrupt inne, denn aus dem Nebenzimmer trat ein älteres Pärchen, offensichtlich Holländer. Ich tat so, als würde ich in den Taschen meiner Jeans nach dem Schlüssel suchen. Tanja jubilierte derweil vor irgendwelchem Miró-Drucken an den Wänden, als ob es echte Ölgemälde des Meisters wären. Die Frau war ja so was von leicht zu beeindrucken!

Ich schloss die Tür auf.

Wir traten ein.

Und dann waren wir zu dritt: Cousine Tanja, ich und mein Schatz Alexander.

6. Kein Zufall darf dem Detektiv zu Hilfe kommen.

»Tanja, das ist aber nett. Schön, dich mal wiederzusehen. Leider habe ich gar keine Zeit, aber ich finde es toll, dass du Anna Gesellschaft leistet. Schatz, hast du dich im Bad übergeben – da drin stinkt es bestialisch nach Erbrochenem. Dir geht's doch gut, oder? Siehst ein bisschen blass aus. Na, Tanja ist ja bei dir. Du, ich bin nur hier, um dir zu sagen, dass ich mit Jürgen und Steffen eine Firmenbesichtigung irgendwo im Brandenburger Umland mache. Hat sich spontan so ergeben. Kann auch dauern. Wollt ihr euch nicht einen lustigen Mädelsabend machen? Bussi.«

Alexander küsste mich, hauchte Tanja einen schwägerlichen Schmatz in die Luft neben der linken Wange, winkte uns ein letztes Mal zu und entschwand.

Ich sackte auf dem nächstbesten altrosa-bezogenen Sessel zusammen.

Tanja stemmte ihre fitnessstudiogestählten Arme in die Hüften. »Was läuft hier? Ein Aprilscherz im März? Ich habe extra Urlaub genommen, um dir zur Seite zu stehen! Das geht alles von meinem Bali-Trip im Sommer ab!«

»Alexander hat ihn offenbar nicht gesehen. Er liegt zwischen dem Bett und dem Fenster.«

Tanja musterte mich streng, dann ging sie zum Fenster.

»Hier liegt nichts!«

7. Der Detektiv darf nicht selbst das Verbrechen begehen.

Ich starrte ungläubig auf den Teppichboden zwischen Bett und Fenster. Da lag in der Tat nichts.

»Ich schwöre dir – ich habe ihn vom Bett gerollt, und da hat er dann gelegen!«

»Dein toter Ex?«

»Jawohl, mein toter Ex. Der mitten im Liebesspiel einem Herzinfarkt erlegen ist.«

»Vielleicht war er nur ohnmächtig?«

»Als ich das Zimmer verließ, war er schon kalt. Der war mausetot.«

»Tote verschwinden nicht einfach.«

»Ja, aber ...« Ich stockte. »Alexander! Er muss ihn gefunden haben!«

Tanja musterte mich misstrauisch. »Und was dann? Hat er ihn aus dem Fenster geworfen? Oder mit Haut und Haaren gefressen?«

Ich hörte ihr gar nicht zu. Wie von der Tarantel gestochen rannte ich auf den Flur und sah gerade noch, wie sich die Aufzugtüren hinter meinem Lebensabschnittsgefährten schlossen.

So leicht ließ sich eine Frau wie ich nicht entmutigen. Ich wuselte die Treppe hinunter und war noch vor dem Aufzug im Erdgeschoss – völlig außer Atem.

»He, treibt dich die Sehnsucht?«, fragte Alexander, als er aus dem Aufzug trat. Er nahm mich in die Arme. Sein Kuss fiel so lieb aus, dass ich auf der Stelle gelobte, nie wieder – nie wieder! – fremdzugehen und wenn er bis an unser Lebensende impotent bliebe und wir beide 110 würden.

»Ich liebe dich«, murmelte ich.

Alexander sah mir in die Augen. »Ist wirklich alles in Ordnung?«

Ich nickte. »Ist dir in unserem Zimmer ... nichts aufgefallen?«

Alexander legte die Stirn in Falten. »Was denn aufgefallen?«

Die nackte, männliche Leiche? Nein. Alexander war kein durchtriebener Geselle. Er war zuverlässig, aufrichtig und ordnungsliebend. Hätte er eine Leiche gefunden, würde es im Adlon jetzt schon längst von Sanitätern und Polizisten nur so wimmeln.

»Ach nichts«, sagte ich lahm und nahm meinen Schatz fest in den Arm. Er drückte zurück und ging dann zügig auf den Ausgang zu. Direkt hinter Uwe Ochsenknecht, aber das war mir auf einmal völlig egal. Ich wollte keinen Promi, ich wollte meine Leiche wiederhaben.

8. Der Detektiv darf auf keine Anhaltspunkte stoßen, die nicht sofort dem Leser zur Prüfung vorgelegt werden.

Als ich wieder auf unser Zimmer kam, saß Tanja im Schneidersitz auf dem Bett, vor sich eine bereits halb gegessene Tüte Nüsse und einen Campari-Orange aus der Minibar. Dieser Luxus würde die Kosten für unseren Aufenthalt zweifelsohne auf einen Schlag verdoppeln. Mit der freien Hand zappte Tanja sich durch die Programme des Stereo-TV-Geräts.

»Ich war so frei«, nuschelte sie mit vollem Mund, »du schuldest mir was für die Verarsche.«

»Ich habe dich nicht verarscht. Hier lag ein Toter.« Ich ließ mich auf den Teppichboden fallen und robbte quer durchs Zimmer. Die Leiche war weg, die Kleider der Leiche waren weg, aber Karl-Friedrichs Gürtel – handgeflochtenes Leder aus Italien – lag noch unter dem Bett.

»Ha!«, rief ich und hielt das Teil wie eine Skalp-Trophäe hoch.

»Ein Gürtel?«, erkannte Tanja messerscharf.

»Das ist Karl-Friedrichs Gürtel. Endlich ein Beweis.«

»Würde vor keinem Gericht der Welt standhalten.«

»Verdammt, Tanja, ich schwöre dir – ich habe nicht den Verstand verloren. Hier war ein toter Mann!«

9. Der dümmliche Freund des Detektivs, der Watson, darf keinen Gedanken, der ihm durch den Kopf geht, verbergen.

18

Tanja schaltete den Fernseher aus. »Na gut, dann mal Tacheles geredet. Du hast die Leiche nicht entsorgt. Alexander hat die Leiche nicht entsorgt. Wer bleibt dann noch übrig?«

»Keine Ahnung«, sagte ich und spürte zu meiner abgrundtiefen Verärgerung, wie sich eine Träne Bahn brechen wollte. Ich war doch keine Heulsuse. Ich zwickte mir kräftig in den Handrücken. Das half.

»Es gibt nur noch eine einzige Person, die jederzeit Zugang zu diesem Zimmer hat«, sinnierte Tanja. »Das Zimmermädchen!«

»Hausdamenassistentin«, entfuhr es mir automatisch.

Tanja hievte sich vom Bett. »Dann mal los, suchen wir die Gute.«

Ich trottete lustlos hinter ihr her. Was sollte das schon bringen?

»Hallo-o!«, trällerte Tanja, als sie gleich darauf im Korridorlabyrinth einer uniformierten Philippinin ansichtig wurde. »Sind Sie für das Zimmer dort hinten zuständig?«

»Nein, meine Kollegin. Aber wenn Sie einen Wunsch haben, helfe ich Ihnen gern weiter.«

»Danke, nein. Wo finden wir Ihre Kollegin?«

In diesem Moment hörte man das leise Quietschen von Rädern. Wir drehten uns um. Eine bezopfte Greisin rollte am anderen Ende des gewundenen Flures um die Ecke. In einem Rollstuhl älteren Modells. Und just in diesem Augenblick hörten wir es in unserem Rücken: Fluchtgeräusche.

Die Philippinin machte die Fliege!

10. Zwillinge und Doppelgänger dürfen nicht vorkommen, es sei denn, der Leser wird entsprechend vorbereitet.

»Lassen Sie mich los! Was wollen Sie von mir?«

Die Philippinin war ein kleines, hageres Geschöpf, aber verdammt zäh. Obwohl sie unter zwei eher stämmig gebauten Germaninnen lag, dachte sie gar nicht daran, aufzugeben. »Wo ist Karl-Friedrich?«, zischelte ich. »Wo ist meine Leiche?«

Neben uns öffnete sich eine Aufzugtür. Ein Mann, offenbar Amerikaner, schritt achtlos an uns vorbei, als ob catchende Frauen im Flur eines deutschen Grandhotels die natürlichste Sache der Welt wären. Gut, dass keine japanische Touristengruppe mit Fotoapparaten auftauchte und das Ganze im Bild festhielt. Die Greisin war mittlerweile in einem der Zimmer verschwunden.

Ich knuffte die Philippinin. »Spuck es aus, Kleine. Du hast dich an ihm vergriffen!«

Da fing sie an zu heulen. Tanja, das Weichei, ließ sofort von ihr ab. Mich täuschte die Philippinin nicht so leicht.

»Sie verstehen das nicht«, schluchzte sie unter meiner linken Achselhöhle. »Er durfte doch nicht gefunden werden. Nicht in diesem Zimmer!«

Mir wurde plötzlich ganz anders zumute. Hatten die himmlischen Mächte eingegriffen? War das gar kein philippinisches Zimmermädchen – pardon: keine Hausdamenassistentin –, sondern ein Engel, ausgesandt, um meine Beziehung zu Alexander zu retten? Ich rollte mich von ihr herunter, weil sie augenscheinlich keine Luft mehr bekam und ihre Lippen schon blau anliefen.

Die Philippinin setzte sich auf. Tanja reichte ihr ein Taschentuch. »Jetzt erzählen Sie doch mal«, bat meine Cousine ganz freundlich. Die Frau war echt höflich – womöglich war sie doch nicht mit mir verwandt. »Kommen Sie, wir gehen zu der Sitzgruppe am Fenster.« Tanja half der Philippinin auf die Beine. Ich musste selbst sehen, wie ich hochkam.

Wir machten es uns gemütlich. Drei Frauen beim einträchtigen Plausch über das Entsorgen unliebsamer Leichen.

»Ich habe ihn auf sein Zimmer gebracht. Selber Stock. Südende.«

»Wie denn?«, warf ich ein. »Er muss doch viel zu schwer für Sie gewesen sein!«

»Unsinn. Ich habe ihn auf den Wagen gehievt und den Flur entlanggerollt. Ich bin stärker als ich aussehe.«

Zweifellos.

»Aber warum denn?«, fragte Tanja mit einfühlsamer Pastorenstimme.

Die Philippinin schnäuzte sich ausgiebig in das Leih-Taschentuch. »Ich arbeite hier gar nicht«, schluchzte sie dann. Tanja und ich warfen uns verständnislose Blicke zu.

»Bitte, verstehen Sie doch – meine Zwillingsschwester ist hier im Hotel als Hausdamenassistentin angestellt. Sie ist mit einem Deutschen verheiratet. Ich dagegen habe keine Arbeitserlaubnis. Aber ich brauche doch auch Geld zum Leben. Deswegen teile ich mir diesen Job mit meiner Schwester. Das hat noch nie jemand gemerkt. Aber wenn man jetzt in einem Zimmer, für das ich zuständig bin, einen Toten findet ... das gibt doch eine polizeiliche Untersuchung. Dann kommt bestimmt alles heraus. Sie dürfen uns nicht verraten. Bitte nicht!«

Sie bekam riesige, flehende Augen. Es traf sich gut, dass ihr Flehen und mein Flehen sozusagen identisch waren.

»Wir sagen es keiner Menschenseele!«, gelobte ich. »Und dieses Gespräch hat niemals stattgefunden!«

Woraufhin sie uns um den Hals fiel und uns heiß küsste. Und das genau in dem Augenblick, als der lüsterne Alt-Rocker aus dem Aufzug trat, uns drei knutschende Frauen sah und vor Freude heftig zu schnaufen begann. Wir gingen, bevor es noch einen Altmännerinfarkt gab.

11. Regeln sind dazu da, gebrochen zu werden.

Ich verbrachte einen wunderschönen Nachmittag mit meiner Cousine im Spa-Bereich des Adlon im Untergeschoss. Während Tanja mit der Gegenstromanlage des Pools kämpfte, lag ich zwischen zwei geriffelten, eckigen Säulen und sprach ein Dankgebet nach dem anderen. Dazwischen tranken wir ausgiebig Cocktails.

Kurz vor Mitternacht kam Alexander zurück. In aufgeräumter Stimmung. So aufgeräumt, dass wir zweimal Sex hatten. Wie frisch Verliebte.

Am nächsten Morgen traf ich auf dem Weg zum Frühstücksrestaurant Quarré die Philippinin. Sie raunte mir zu, dass man die Leiche gefunden und bereits unauffällig abtransportiert habe. Niemand hatte Verdacht geschöpft. Männer mittleren Alters infarkteten schon mal. Und Grandhotels pflegten derlei Vorfälle diskret zu handhaben.

»Danke, Mariposa«, flüsterte ich ihr zu.

»Ich bin nicht Mariposa. Ich bin Carmen.« Sie zwinkerte verschwörerisch.

Beim Auschecken entdeckte ich meinen heiß verehrten Max Raabe in einem der Lobbysessel. Ich rannte auf ihn zu und bat ihn um ein Autogramm. Es war dann aber gar nicht der begnadete Salonsänger, sondern nur ein Doppelgänger, der von Nahem nicht einmal eine entfernte Ähnlichkeit mit Raabe besaß, mir jedoch äußerst freundlich sein Horst Lewandowski auf eine Serviette kritzelte.

Tja, das waren Berlin und das Adlon für mich.

Einfach unvergesslich!

(Die zehn Regeln einer guten Detektivgeschichte wurden im klassischen England formuliert und zwar von Ronald A. Knox im Vorwort zu Best Detectives Stories of 1928-29. Wer sie bricht, zahlt mit seiner Seele und/oder seinem Erstgeborenen. Oder bekommt lebenslang Blähungen ...)

Alle für eine

K omm schon, wie oft heiratet man im Leben? Zwei, drei Mal? Da können wir ruhig etwas springen lassen!«, hatte ich gesagt und gleich darauf waren wir uns einig, einen Stripper für Luitgards Junggesellinnenabschied anzuheuern.

Luitgard gehörte eigentlich gar nicht zu unserer Clique, aber sie war um hundert Ecken mit Elfi verwandt und wurde bisweilen mitgeschleppt. Wenn wir über verfügbare Kerle hechelten, pflegte sie immer damenhaft zu schweigen.

Und ausgerechnet sie hatte sich jetzt den zweiten Bürgermeister von Schwäbisch Hall geangelt, einen ansehnlichen, stinkreichen Noch-bei-Mama-Wohner mit Ambitionen. Äußerlich eine echte Leckerschnitte, aber bestimmt sterbenslangweilig. Der schmucke Bürgermeister hatte eine hehre Mission: Er beabsichtigte, die Gesellschaft nach seinen – und Mamas – Vorstellungen von Vollkommenheit umzuformen, ganz ohne Narkose.

Aber, na gut, solange Luitgard nur glücklich war.

Der Stripper hatte in den Kleinanzeigen geworben. Natürlich nicht in unserem *Haller Tagblatt*, sondern in der *Stuttgarter Zeitung*. Fahrtgeld extra. Sein Angebot des Monats: Er wollte, als Indianerhäuptling mit einem gigantischen, roten Federkopfschmuck verkleidet, aus einer riesigen Schwarzwälder Kirschpapptorte springen. Luitgard liebte Karl May und hatte Konditormeisterin gelernt – da wurden zwei Fliegen mit einer Klappe erschlagen.

Wir hatten schon reichlich Ananaspunsch intus, als er endlich kam. Er hatte den Weg ins Neubaugebiet Katzenkopf nicht gleich gefunden, wo Luitgards Zukünftiger eine Riesenvilla hingepflanzt hatte. Der Garten musste noch angelegt werden, aber das Haus selbst war fertig und einfach toll, wie wir anderen neiderfüllt anerkannten.

Wir hatten sturmfreie Bude. Der Verlobte hatte einen Übernachttermin in der nächsten Kreisstadt, und seine Mutter, eine gebürtige Spanierin, war zwei Wochen auf Heimaturlaub.

Was hatten wir gelacht, während wir die riesige Papptorte auf Rädern aus dem Kleinlaster des Strippers hievten, den »Häuptling« hineinsteigen ließen und das rollende Gesamtkunstwerk anschließend mit vereinten Kräften ins Wohnzimmer schoben.

Luitgard braute derweil eine neue Ladung ihres berüchtigten Ananas-Punsches.

Und dann war es soweit.

»Jaa«, kreischte sogar die sonst so verklemmte Luitgard, als der Stripper zu den scheppernden Klängen eines alten Kassettenrekorders aus der Torte hüpfte und seinen Kriegstanz begann.

»Einseifen, einseifen«, grölten wir unisono, als der Mann nur noch einen Lendenschurz trug.

Luitgard zierte sich ein wenig, aber dann tat sie es doch. Vom Scheitel bis zu den Sohlen massierte sie die von Gitte angerührte Seifenlauge in den durchtrainierten Männerkörper.

Wir grölten. Und klatschten im Takt.

Der Stripper rief noch ein paar Mal »Hugh, ich habe gesprochen!« und drehte sich wie ein Derwisch im Kreis.

Neben ihm tanzte Luitgard das John-Travolta-Solo aus *Saturday Night Fever*.

Und stieß den Stripper mit ihren knochigen Hüften an.

Und der Stripper rutschte auf seinen seifigen Fußsohlen aus und knallte zu Boden.

Und stieß sich im Fallen die Schläfe an dem gläsernen Couchtisch.

Und war tot.

Einfach so.

Betretenes Schweigen.

»Es war ein Unfall«, konstatierte Elfie das Offensichtliche, was sie besonders gut konnte.

»Ich kann das unmöglich der Polizei melden. Dieser Mensch darf hier nicht gefunden werden. Ich muss an Ludgers Karriere denken.« Luitgard war den Tränen nahe, klang aber wild entschlossen – wie eine Grizzlymutter, die ihr aushäusiges Kleines verteidigt.

»Es ist aber bestimmt strafbar, ihn hier wegzubringen«, wandte Gitte ein, die immer schon eine Angsthäsin gewesen war. »Zumindest eine Ordnungswidrigkeit.«

»Er muss hier weg!«, kreischte Luitgard.

»Aber ... aber ...«, bockte Gitte.

»Hör mit dem Ge-aber auf!«, befahl Elfie. »Wir lassen Luitgard nicht im Stich.«

Alle für eine.

Es war beschlossene Sache.

Zu viert hievten wir ihn in den Pappkartonkuchen. Als Gitte die Beine losließ, krachte der Unterkörper schwer auf den Papprand. Die Torte war hinüber.

»Scheiße«, gellte Luitgard, die völlig neue Seiten von sich zeigte.

»Wir könnten ihn in der Badewanne zerlegen und die Einzelteile in Müllsäcken im ganzen Land verteilen«, schlug ich vor.

»Bist du blöde? Moderne Spurensicherungsmethoden würden uns gnadenlos verraten, wenn die auch nur eine einzige Tüte finden«, hielt Gitte dagegen.

»Müssten wir nicht jetzt schon Einmalhandschuhe tragen?«, meinte Elfi, die im Fernsehen keine Folge von CSI verpasste.

Ananas-Punsch ist eine böse Sache. Es ist ein Getränk, das auf diese Erde niedergefahren ist, um die Menschen zu allen möglichen Dummheiten zu verführen.

Anstatt zur Polizei zu gehen, kamen wir letztendlich auf eine perfide Idee.

Der Pavillon in Luitgards und Ludgers Garten!

An diesem Morgen war das Fundament gegossen worden. Die Bauarbeiter hatten noch nicht aufgeräumt und alle Utensilien zur Zementzubereitung lagen noch herum.

Wir hatten eine Physiklehrerin in unserer Mitte. Es war im Grunde nur eine Frage von Minuten, bis unser diabolischer Plan wie von selbst Gestalt annahm.

Kurzum: Wir betonierten die Leiche des Strippers ein, mitsamt rotem Federbusch und Tomahawk.

In das noch feuchte Zementfundament des Pavillons schlugen wir eine Bresche, legten den Stripper hinein und sorgten dann für eine glatte Oberfläche. Überhaupt gar kein Problem für *Obi-* und *Hornbach*-erfahrene Frauen.

Damit niemand merkte, dass das Fundament jetzt höher war, schaufelten wir anschließend tonnenweise (gefühlte Tonnen) Erde rund um den Pavillon.

Es war eine warme Nacht – der Zement würde gut trocknen.

Dann hüllten wir Gitte, deren Idee der Stripper überhaupt erst gewesen war, von Kopf bis Fuß in Müllbeutel – auf Anregung von Elfie, damit keine Fasern oder Hautschuppen auf die Sitze kamen – und setzten sie in den Kleinlaster des Strippers. Winzig, wie Gitte war, sah es von außen so aus, als würde niemand am Steuer sitzen und der Kleinlaster von zwei geisterhaften Händen und einem schon länger nicht mehr gezupften Augenbrauenpaar durch die Hohenloher Landschaft gelenkt werden. Gitte fuhr an die abgelegene Flussschleife des Kocher, wo wir uns früher immer oben ohne gesonnt und gebadet hatten, und versenkte den Wagen dort. Natürlich würde man ihn irgendwann finden, zumal das

Wagenhinterteil obszön aus den braunen Fluten lugte, aber Hinweise auf uns würde der Kleinlaster nicht ausspucken.

Den Terminkalender des Strippers verbrannten wir auf einem nahe gelegenen Grillplatz und vergruben die Reste.

All das dauerte nicht so lange, wie man vermuten würde. Um fünf Uhr früh waren wir fertig. Fix und fertig mit der Entsorgung sämtlicher Beweise.

Die Polizei tauchte am nächsten Abend auf, weil der Stripper seiner Lebensgefährtin vom Auftritt bei Luitgard erzählt hatte. Alle bestätigten wir jedoch brav, dass er seine Nummer bravourös absolviert habe und dann in die Nacht hinausgefahren sei. Warum sollten eine zukünftige Bürgermeistersgattin, eine Gymnasiallehrerin für Mathematik und Physik, eine Lokaljournalistin und eine VHS-Dozentin lügen?

Man ging von einem Gewaltdelikt im Drogenmilieu aus. Offenbar war der Stripper in Kokaingeschäfte verwickelt gewesen.

Glück für uns.

Und nun stehe ich hier.

Eineinhalb Tage später.

Der Hochzeitsgottesdienst auf der Comburg war wunderschön. Sehr protzig, aber ergreifend. Luitgard in weißer Spitze, ganz die jungfräuliche Braut. Ihr Bürgermeister im Cut mit dem Habitus eines Grandseigneurs, der das *ius primae noctis* für sich beansprucht.

Das Buffet im neuen Domizil ist megalecker – ein Sternekoch catert. Ich habe schon zwei Mal Nachschlag vom Meeresfrüchtesalat genommen.

Drüben an der Freilichtbar stehen Elfie und Gitte. Ich proste ihnen zu. Wir sind jetzt mehr denn je eine verschworene Gemeinschaft. Vier Frauen, die Dinge zu Gesicht bekommen haben, die die meisten von uns nur zu sehen bekommen, wenn sie einen Quentin-Tarantino-Film anschauen.

Jetzt gibt es noch eine Showeinlage, die die Bürgermeistersmama arrangiert hat. Eine Flamencotänzerin. Um zehn Ecken mit der Frau Mama verwandt.

Die Flamencotänzerin tanzt in dem neuen Pavillon im Garten.

Luitgard, Gitte, Elfie und ich schauen wie hypnotisiert zu.

Die Flamencotänzerin ist heißblütig.

Sie tanzt mit Verve.

Und stampft.

Und stampft noch mehr.

Und der Zement ist noch nicht wirklich trocken.

Und da sehe ich auch schon, wie sich ein kleiner Riss im Fundament auftut.

Und in dem Riss taucht eine rote Indianerfeder auf.

Sch...eibenkleister!

Heiteres Katastrophenraten: Was geht heute noch alles schief?

Erst setzt mich mein Chef an die Luft, weil ich angeblich weniger tue als sein grottenfauler Schwager, und der ist schon seit drei Jahren tot, dann erklärt mir meine Mutter, dass ich ein hoffnungsloser Versager sei, genau wie ihr Ex-Mann, mein Vater, und dass sie meinen Halbbruder Henner immer lieber gehabt habe als mich, und als ich mich schlussendlich von der Kochertalbrücke stürzen will, kommt mir einer zuvor und fällt mir auch noch unästhetisch gliederverrenkt vor die Füße, wobei mich der ebenfalls herabstürzende Aktenkoffer beinahe erschlagen hätte.

Echt ein Tag wie aus dem Hieronymus-Bosch-Bilderbuch der Hölle!

Ich hatte es natürlich nicht richtig durchdacht, obwohl ich eigentlich sogar Abitur habe: zwar nur mit Ach und Krach und auch nur dank Leistungskurs Kunst, aber – hey! – Abitur ist Abitur. Jedenfalls parkte ich mit meinem Polo unten im Tal, anstatt oben auf die Brücke zu fahren, auszusteigen und – Hops! – einfach ins Nirwana hinunterzuspringen.

Während der Tote vor mir langsam ausblutete, starrte ich den Hang hinauf, der zur Autobahnbrücke in luftigen einhundertachtundsiebzig Metern Höhe führte. Ich bin eher der unsportliche Typ. Wie Churchill. Nie im Leben hätte ich es bis nach oben geschafft. Na, für heute war die Sache wohl sowieso gegessen.

Dann sah ich mir die Leiche an. Männlich. Schnauzer. Anzug. Geflochtene Lederschuhe. Ungefähr mein Alter und meine Statur, aber eindeutig besser angezogen. Wahrscheinlich so ein Workaholic-Würstchen. *Seine* Mutter war bestimmt stolz auf ihn.

Gewesen.

Der Aktenkoffer hatte den Sturz auch nicht gut überstanden. Er war rundum eingedellt. Als ich mich hinkniete und ihn öffnen wollte, sprang er quasi von allein auf.

Ich fand nichts weiter darin als ein Manuskript. 450 Seiten in gestochen klarer Handschrift. Säuberlich mit einer roten Kordel verschnürt.

Auch wenn mein bescheuerter Halbbruder, der ungekrönte Achselschweißkönig, gern zu tröten pflegt, ich könne nicht bis zwei zählen, war mir doch gleich klar: Hier hatte sich ein erfolgloser Schreiberling, Subspezies: frustrierter BWL-Bachelor, den Suizid gegeben.

Sie haben natürlich recht, ich hätte es irgendeiner offiziellen Stelle melden müssen. Hätte ich auch bestimmt getan, wenn ich nicht mal wieder vergessen hätte, mein Handy aufzuladen.

So nahm ich nur den Koffer mit, inklusive Manuskript. Ich war ja jetzt arbeitslos und hatte jede Menge Zeit zum Lesen. Außerdem mag ich ja – trotz Abitur – nicht besonders helle sein, aber ich gehöre nicht zu den Leuten, die eine gute Gelegenheit selbst dann nicht erkennen, wenn sie einem unter Fanfarenklängen auf einem weißen Schimmel entgegenreitet – oder, wie in diesem Fall, mit einem dumpfem *Plopp* vor einem auf den Erdboden kracht.

Die nächsten Wochen verliefen beschaulich. Aus einer Laune heraus tippte alle 450 Seiten ab. Da ich sehr langsam tippe, hatte ich jeden Tag meine Beschäftigung. Natürlich fing Mutti das große Zetern an, aber Mutti jammert dauernd – wenn nicht über ihre hühnereigroßen Gallensteine, dann eben darüber, dass ich ihr als arbeitsloser Nichtsnutz auf der Tasche

liege, während Strahlemann Henner sein ordentliches Auskommen habe. Ja klar, als Klo-Reiniger. Oh pardon, als
geprüfter Sanitärtechniker. Ich ließ Mutti zetern. Irgendwann
würde sie es schon leid werden, andauernd gegen die Tür
meines Zimmers zu pochen.

Der Springer bekam gerade mal zwei Zeilen in der Sparte
Polizeibericht unserer Tageszeitung. Sein eigenes Geschreibsel
war da schon ausführlicher. Und brutaler. Im Stil eines Tage-
buchs. Tenor: Wie kille ich möglichst blutig – ein Frauen-
schlächter berichtet aus der Praxis.

Nur ein Beispiel: Die erste Leiche endete nackt und zer-
schunden in einer verlassenen Lagerhalle, mitten in einem
Pentagramm aus Schweineblut.

Der Held des Buches war so ein kaputter Typ, der sich zum
apokalyptischen Reiter berufen fühlte und seine reichlich
vorhandene Freizeit als Serienvergewaltiger und -mörder
bestritt. Schlusspunkt eines jeden Kapitels waren die letzten
Worte, die der metzelnde Ich-Erzähler den armen Frauen ins
Ohr flüsterte. Sachen wie: *Du miese Schlampe. Du billiges Flitt-
chen. Ja, winsel du nur. Du hast den Schmerz verdient! Es tut mir
wirklich leid, dass dies die letzten Worte sind, die du zu hören
bekommst, aber das musste einfach mal gesagt werden, Gabi.*

Ich tippte alles fein säuberlich ab, auch die grausigen
Details. Dass beispielsweise die Ohren, in die er besagte letzte Worte flüsterte, nicht mehr an den Frauenköpfen befestigt
waren.

Also, ich persönlich lese ja lieber lustige Comics, wenn ich
schon mal lese, aber es war doch recht flott geschrieben. Und
sehr lehrreich für angehende Vergewaltiger und Mörder.

*Nein, wehr dich nicht gegen den Knebel. Ich habe mal gelesen,
dass jemand so einen Knebel verschluckt hat und daran erstickt ist.
Das willst du doch nicht, oder? Und ich will doch, dass du noch
lebst, wenn ich dir gleich das Herz herausschneide, Lotte.*

Vielleicht hätte mich dieser Gruselschocker mehr begeistert, wenn es sich um Supermodels gehandelt hätte, die er da abmurkste, aber der Frauenschänder machte nur irgendwelche Zeitungsausträgerinnen kalt, denen er im Morgengrauen auflauerte, Normalo-Muttis, die sich ein Zubrot verdienten. Deren Lebendzerlegung riss mich jetzt nicht so vom Hocker.

Apropos Mutti: Meine drehte nach fünf Wochen den Hahn zu. Will sagen, sie setzte mir quasi das Messer auf die Hühnerbrust. »Wenn du deinen Hintern heute nicht zum Arbeitsamt schiebst, kannst du sehen, wo du ab sofort etwas zu essen bekommst!«, keifte sie auf der anderen Seite der Tür.

Also setzte ich mich in Bewegung, aber nicht zum Arbeitsamt, die hatten mir schon das letzte Mal nur so dämliche Loser-Jobs wie Burgerbrater oder Fensterputzer angeboten, nein, ich spazierte schnurstracks zu dem einzigen Verlag, den ich kannte, weil ich nämlich bis vor Kurzem auf dem Weg zur Arbeit jeden Morgen und Abend daran vorbeigefahren war.

»Das ist nicht die übliche Vorgehensweise«, wollte die dralle Empfangsdame mich abwimmeln. Aber ich schaute entschlossen und finster drein, als ob ich mich mit einer Eisenkette an ihrem Schreibtisch festmachen würde, wenn sie sich weigerte, mein Manuskript dem zuständigen Lektor vorzulegen, besser noch, dem Verlagsleiter. Mir kam zugute, dass ich bei älteren Damen immer einen Stein im Brett habe: Mein Anblick weckt anscheinend mütterliche Gefühle. Vielleicht liegt das an meinem schütteren Haupthaar oder an den riesigen Dackelaugen hinter der Kassengestellbrille.

Danach ging alles sehr schnell.

»Die deutsche Antwort auf *American Psycho*«, jubelte Herr Wachtendonk, der Verlagschef.

Ein stattlicher Haufen schicker Leute stand um mich herum. Wir feierten in der Stadthalle die Buchpremiere meines Krimis, den allein schon die Vorbestellungen bundesdeutscher Buchhandlungen zum diesjährigen Mega-Bestseller gemacht hatten. Ganz zu schweigen davon, dass Bernd Eichinger sich bereits die Filmrechte gesichert hatte.

Herr Wachtendonk hatte mir erklärt, dass ich für die anwesende Journaille gut gelaunt Audienz halten solle, denn es seien wichtige Persönlichkeiten auf dieser Party, vor allem Rezensenten, von denen er sich hochlöbliche Kritiken über mein Werk erhoffe. Auch ein Fernsehteam von irgendeinem Kulturkanal war präsent. Gut, dass ich meinen dunkelgrünen Cordsamtanzug angezogen hatte, der machte mich schlanker. Statt einer Krawatte hatte ich mir einen Paisleyschal von C&A locker um den Hals geschlungen; ich fand, das verlieh mir dieses gewisse *Je-ne-sais-quoi*-Flair eines Bohemiens.

Mutti stand in ihrem Brokatkleid aus den frühen Sechzigern und ihrer Webpelzstola am Buffet und lud sich schon ihren zweiten Teller babelturmhoch auf. Da sie sich nicht oft schminkte, hatte sie ein wenig zu üppig in die Farbtiegel gegriffen und ähnelte sehr einem Festwagen im Kölner Karnevalsumzug. Wenigstens schämte sie sich jetzt nicht mehr für mich.

Dafür schämte ich mich für meinen Halbbruder Henner, der meine Lektorin, eine sehr kultivierte, junge Dame, auf Teufel komm raus anbaggerte. Vielleicht hätte es weniger peinlich gewirkt, wenn er ihr nicht mit den Hüften seine Elvis-the-Pelvis-Nummer vorrotiert hätte.

Ich tröstete mich mit dem Gedanken, dass eine exzentrische Familie meinem Ruf als genialen Schriftsteller nur förderlich sein konnte, und komponierte innerlich schon mal die Dankesrede für den Tag, an dem ich den Literaturnobelpreis erhalten würde.

»Auf ein Wort«, quäkte da plötzlich ein Männchen neben mir, das mir nur bis zur Schulter reichte – und ich bin ja schon extrem tief gelegt, wie mein Halbbruder immer zu sagen pflegt.

Das Männchen zerrte mich mit einem Griff wie eine Schraubzwinge in eine relativ unbeleuchtete Ecke des Saales. »Ein interessantes Buch haben Sie da geschrieben.«

Ich nickte. »Ja, nicht wahr. Eine verstörend realistische Zustandsbeschreibung der seelischen Abgründe menschlichen Zivilisationsmülls, massenkompatibel, aber auf hohem literarischen Niveau«, zitierte ich nicht ganz wortgetreu, aber dafür auswendig und mit viel Theatralik aus der Kritik des Literatur-Gurus unserer lokalen Tageszeitung.

»Sehr richtig, sehr zutreffend. Nur leider ist das Buch nicht von Ihnen.«

Der Kleine starrte mich mit hypnotischem Blick und dem leicht seraphischen Lächeln eines Durchgeknallten an. Ich vermochte nichts weiter zu erwidern als »Wie bitte?«

»Jetzt bloß keine Spielchen«, zischelte er böse. »Dazu bin ich nicht in der rechten Laune. Du hast das Manuskript meinem Kumpel Kurti geklaut. Du weißt das, und ich weiß das. Und für dieses Wissen hätte ich gern eine Kleinigkeit.«

Dieser Blick! Wie bei einem Dreijährigen, der einer zappelnden Stubenfliege genüsslich die Beine auszupft.

»Sie wollen Geld?«

»Stell dich nicht dümmer, als du bist. Ich will die Hälfte. Von allen Einnahmen. Oder es gibt einen Exklusivbericht bei *RTL Explosiv!*«

Ich schluckte. Mir war, als ob ich mit einem eiskalten Handtuch einen Schlag ins Gesicht bekommen hätte, aber wahrscheinlich lag das nur an der Klimaanlage. Wir standen direkt darunter.

»Ich habe erst zehntausend Euro bekommen, und dafür

habe ich Mutti einen gebrauchten Benz gekauft«, flüsterte ich.

»Mir schnurz. Verkauf den Schlitten und gib mir 5000 ab. Du hast bis übermorgen Zeit.«

Das fiese Kerlchen knurrte mich regelrecht an und erinnerte in diesem Moment stark an einen Chihuahua mit einer Prise Dobermann. Gleich darauf fädelte er sich in die Schlange vor dem Buffet ein.

Eine fast halbnackte Blondine nahm seinen Platz ein. »Hallo. Ich habe Ihr Buch gelesen. Es ist toll. Geben Sie mir ein Autogramm?«

Ich zückte ganz automatisch meinen Stift. »Haben Sie ein Stück Papier?«

»Nicht doch auf Papier«, gurrte sie und streckte mir ihren Vorbau entgegen. »Hier drauf.«

Sie wirkte magersüchtig, darum waren die enormen Titten, mit denen sie vor meiner Nase herumwedelte, sicher nicht echt, aber wissen Sie was? Das kratzte mich nicht. Sie strahlte mich an, und dieses Strahlelächeln bewirkte in mir eine Art Kernschmelze. Früher hatten mich nie Blondinen angestrahlt. Auch keine Brünetten. Und keine Rothaarigen. Darauf sollte ich verzichten?

Das kleine Männchen hatte es mittlerweile bis vor das Tablett mit den Hühnerhälften geschafft. Dieser erpresserische wachstumsgestörte Primat stand meinem Glück im Weg!

Zu Mutti sagte ich, ich hätte Kopfweh, und meinem Verleger erklärte ich, mir sei eine Idee für einen zweiten Roman gekommen. Beide winkten mich uninteressiert weiter.

Kaum hatte ich mich in einem dunklen Torbogen gegenüber des Hauptausgangs der Stadthalle versteckt, sah ich den abgebrochenen Meter auch schon auftauchen, in der Hand eine halbe Hühnerkeule.

Ich heftete mich an seine Fersen.

Anfangs trottete er noch gemütlich, doch nachdem er die abgenagten Hühnerknochen in ein parkendes BMW-Cabrio entsorgt hatte, wuselte er schneller. Mich konnte er allerdings nicht abhängen. Meine Beine waren ja auch viel länger.

Wir hasteten die Königstraße hoch, dann quer über den Marktplatz und hinein in die nur unzulänglich beleuchtete Pastor-Senfleben-Straße. Gleich hinter dem Mäuerchen an der Ecke passierte es: Er trickste mich aus. Eben noch war er vor mir, dann plötzlich sprang er in meinem Rücken hinter einer Pappel hervor.

»Für wie blöd hältst du mich eigentlich?«, keifte er. »Eine Horde wild gewordener Elefantenbullen wäre nicht halb so auffällig wie du.«

Das traf mich dann aber doch. Ich schmollte.

»Bübchen, wenn du mich überlisten willst, dann musst du verdammt viel früher aufstehen.« Beim Reden spuckte er. Mir fiel das unangenehm auf. Besonders, weil der Wind in meine Richtung ging. »Ich bin Profi, Kleiner. Wenn du die Kohle nicht bis übermorgen rüberwachsen lässt, ist es aus und vorbei mit der Literatenkarriere.«

Ich dachte an Mutti. Und an die Blondine. Und da fiel mir wieder ein, wie der Springer seinen ersten Mord beschrieben hatte: *Mit einer Urgewalt brach es aus mir heraus, ich rächte mich an diesem Weib für all die Schmach, die ich je erlitten hatte, die ich jemals erleiden würde, in einem übermächtigen Akt der Selbstbefreiung.* Und so ging es mir auch, nur dass ich mit meinem Paisleyschal keine harmlose Zeitungsausträgerin erdrosselte, sondern einen miesen, etwas zu kurz geratenen Erpresser. Als seine Augen immer weiter herausquollen, die Zunge auf doppelte Größe anschwoll und sich lila färbte und seine Zuckungen langsamer wurden, zitierte ich aus dem Werk, das jetzt ganz und gar meines war: »*Es tut mir wirklich leid, dass ausgerechnet ich dir das sagen muss, aber du bist eine Null.*

Tja, allenfalls den Ascheberg am Grillplatz. Ich schüttelte den Kopf.

Die beiden Männer sahen erst sich, dann mich an.

»Herr Fischbeiner, wir verhaften Sie wegen des Verdachts der vorsätzlichen Tötung von Gabi Nägele, Lieselotte Krummrein, Angela De Nicoli, Susi Klaus und Erna Radl.«

Das letzte Wort an mich hatte aber natürlich wieder Mutti.

»Du Versager!«, höhnte sie, als sie ins Taxi stieg und sich auf den Weg zum Bahnhof machte. Die Reise war schließlich schon bezahlt.

Das Leben ist nicht fair. Wenn das Leben fair wäre, würde ich jetzt nicht mit Kemal und Igor in Block A, Zelle 107, einsitzen.

Hat mir natürlich kein Schwein geglaubt, dass ich das Manuskript von einem toten Selbstmörder gekrallt hatte.

Wollen Sie mal *mein* letztes Wort zu dieser ganzen Sache hören?

Sch...eibenkleister!

Bewegung tut gut !

Kriminal-Inspektion 4. An der Wand das Bild eines Mastiffs in zarten Pastelltönen. Auf dem altersschwachen Schreibtisch ein einfacher Schreibblock, zwei, drei Bleistifte, ein Radiergummi und etwas, das man mir als »Identikit« erklärt hatte. Andernorts hatte man dafür Computer und modernste Software, in unserer Kleinstadt wurde noch »traditionell« gearbeitet, ein anderes Wort für »hinterwäldlerisch«.

Der Mann, der mich mit einem Nicken begrüßt hatte und mir nun gegenübersaß, hieß Karl Kuhn und war Polizeizeichner. Ich schätzte ihn auf Ende vierzig. Trotzdem sehr attraktiv, wie dieser Charles-Schumann-Typ aus der Baldessarini-Werbung, mit einem Drei-Tage-Bart und wunderschönen, kräftigen Händen. Was nicht gerade dazu beitrug, meine Nervosität zu lindern.

Er lächelte mir aufmunternd zu.

Wie war ich nur hierher geraten?

Ganz klar, durch meine Leidenschaft fürs Joggen. Ich jogge jeden Tag, meistens am frühen Morgen. Dabei ist mir die Technik egal, ich laufe einfach: ohne großes Brimborium – wie maßgefertigtes Schuhwerk oder trendiges Outfit – und ohne auf Puls oder Armhaltung zu achten. Meine Aufwärmübung besteht darin, die 150 Stufen hochzusteigen, die von der Unterstadt zum ausgedehnten Stadtpark führen. Wenn ich mal Seitenstechen bekomme, was selten ist, dann gehe ich halt ein paar Schritte und fertig. Sport ist für mich keine Lifestylefrage, sondern eine Lebenseinstellung.

Ich wischte mir die schweißnassen Hände an meiner Jogginghose ab. Am liebsten wäre ich ja schnell nach Hause, duschen und mir was Hübsches anziehen, aber nein, ich sollte – verschwitzt wie ich war – Angaben zu dem mutmaßlichen Killer machen, den ausgerechnet ich in flagranti, bei der schnöden Tat, über die noch warme Leiche gebeugt, ertappt hatte.

»Erzählen's einfach ganz locker, wie der Mann ausg'sehn hat«, forderte mich mein Gegenüber mit ausgeprägt bayerischem Akzent auf. Mir stellten sich die Nackenhaare auf. Aber, na ja, wer ist schon vollkommen? Was Männer anbelangt, bin ich womöglich einfach zu kritisch – deswegen ist mein Sexualleben auch eine einzige Weinprobe: nur ankosten und dann ausspucken ...

»Vielleicht zu Beginn Ihr erster Eindruck«, fuhr er fort.

Ich holte tief Luft.

»Ja, also ... er war mittelgroß, würde ich sagen. Für einen Mann. Schon älter, Mitte fünfzig etwa, vielleicht auch Ende fünfzig. Sein Haarkranz war irgendwie mausbraun und fettig, und ein paar Strähnen hatte er sich über die Stirnglatze gekämmt und mit Gel festgeklebt.«

Herr Kuhn – ich hatte vergessen, mit welchem offiziellen Titel er mir vorgestellt worden war – griff nach dem Schablonensatz aus dem Identikit und setzte blitzschnell ein Gesicht zusammen. Erst war es zu schmal, dann zu breit, dann erkannte ich es langsam wieder.

Ich stockte kurz, als es um die G   htsbehaarung ging.

»Ich glaube, er trug ein Oberlipp   ärtchen.« Ich schaute wohl perplex aus der Wäsche.

»Machen Sie sich keine Sorgen. Da: rlebe ich oft, dass sich Zeuginnen eher an die Augen, als an d n Bart erinnern. Männer sind da meist ganz anders, die köi nen mir gewissermaßen die genaue Zahl der Schnauzerhaare nennen, aber wenn ich sie nach der Augenfarbe frage, werden sie ganz still.«

Ich erstrahlte. »Die Augenfarbe weiß ich wirklich noch ganz genau: gletscherblau. Und er hatte unheimlich lange Wimpern.«

Kuhn griff jetzt zum Zeichenstift. Er musste noch einiges herumradieren – die Nasenlöcher etwas haariger machen, die Wangenknochen höher setzen und das Kinn tiefer legen –, aber nach endlos scheinenden sechzig Minuten, in denen der dünne Kaffee, mit dem mich die Sekretärin versorgt hatte, langsam erkaltet war, blickte mich vom Schreibblock ein Kopf an, der auf unheimliche Weise lebensecht wirkte.

»Das ist er! Phantastisch, genau so sah er aus! Wie haben Sie das nur hinbekommen?«

Kuhn lächelte bescheiden. »Alles Übungssache. Und ich darf das Kompliment zurückgeben: Sie sind eine ausgezeichnete Zeugin!«

Nun war es an mir, mich zurückhaltend zu geben. »Es ist ja erst ein paar Stunden her. Außerdem werde ich dieses Gesicht nie vergessen können.« Ich schauderte.

»Na, jetzt haben wir uns auf jeden Fall noch einen Kaffee verdient. Ich gebe schnell das Phantombild ab und bringe auf dem Rückweg eine Tasse für Sie mit.«

Als er an mir vorbeiging, konnte ich sein Aftershave riechen – irgendetwas betont Männliches mit Moschus.

Es schüttelte mich. Dieser Duft verursachte mir Brechreiz.

Der fremde Jogger heute Morgen hatte genauso gestunken. Ich hasse Jogger, die nicht nach Schweiß, sondern nach Parfümerie riechen.

Er war eine ganze Weile hinter mir hergelaufen – erst am See entlang und dann in den Birkenhain hinein. Als ich nach kurzer Tempoeinlage – durch die ich ihn leider nicht hatte abschütteln können – keine Luft mehr bekam und stehen blieb, um wieder zu Atem zu kommen, quatschte er mich prompt an. Das machen diese Typen immer so, was mir echte Ekelgefühle verursacht. Beim Laufen sollte es ums Laufen gehen, nicht um billige Anmache – da bin ich Puristin!

Auch die Sprüche dieser Kerle sind fast immer dieselben:

»Na, so ganz allein? Wo doch im Stadtpark schon so viel passiert ist ... Wollen wir uns nicht zusammentun?« oder »Hallo, wer so hübsch ist wie Sie, der sollte nicht allein joggen. Sie brauchen einen starken Kerl wie mich als Schutz.«

Der von heute Morgen bildete da keine Ausnahme.

Und wie alle anderen blickte auch er gleich dumm und verständnislos aus der Wäsche, als ich aus meinem Sockenhalter das Klappmesser herauszog und ihm mit einem kräftigen, geübten Streich flugs die Gurgel durchschnitt. Wenn man das richtig macht und das Messer scharf ist, spritzt übrigens kaum Blut.

Sonst lehne ich sie meistens mit den Beinen nach oben an einen Baum und lasse sie ausbluten. Aber an diesem Morgen hörte ich, wie sich auf dem Pfad vom See her Leute näherten. Was blieb mir also anderes übrig, als wie am Spieß loszuschreien und mit dem Finger in Richtung Parkausgang zu weisen und »Da läuft der Mörder« zu rufen?

P.S.: Hoffentlich finden Sie den Kerl, zu dem das Gesicht passt – es ist mein alter Mathelehrer, Oberstudienrat Hannes »Folterknecht« Pohlmann ...

Jeder irrt auf seine Weise

Der Aberglaube ist ein Kind der Furcht,
der Schwachheit und der Unwissenheit.

Friedrich der Große

Als ich ihn das letzte Mal sah, rief er mit wirrem Blick:
»Wir sind aufgeflogen! Sie sind hinter uns her!«
Kurz darauf war er tot.

Auftakt

Wir hatten uns keinen Namen gegeben. Namen machen
angreifbar.

Eigentlich gehörte ich ja nicht richtig dazu. Erst als Harry
und ich zusammenzogen und die Abende der »Gruppe« in
unserer Wohnung stattfanden, wurde ich gewissermaßen
Ehrenmitglied und durfte im abgedunkelten Wohnzimmer
Häppchen und Bier servieren.

Carlo hatte immer auf Verdunkelung bestanden. Sie könnten uns ja sonst womöglich sehen.

Wer *sie* waren, hatte er nicht genau erklärt. Oder ich hatte es
nicht genau kapiert. Eine Mischung aus Freimaurern, Illumina-
ten, Satanisten, Weltkriegsleugnern und Ex-Geheimdienstlern,
die wohl seinerzeit das AIDS-Virus gezüchtet hatten, um alle
Homosexuellen dieser Welt auszulöschen. Oder so ähnlich.

Okay, Carlo hatte eine Meise so groß wie Godzilla, aber
was sollte ich tun? Er war nun mal einer der besten Kumpel
meines Lebensgefährten.

Harry selbst war natürlich nicht ganz so abgedreht. Er war
vom Star-Wars-Fan zum Ufo-Gläubigen mutiert, hatte Carlo

in einem Sci-Fi-Laden kennen gelernt und auf Anhieb witzig und sympathisch gefunden.

Dann gab es da noch Zacke alias Hans-Günther, ein bekennender Alistair-Crowley-Anhänger und Hobby-Magier, der zu den Gruppentreffen immer im Merlin-Kostüm erschien: ein von Mami genähter Umhang in Nachtblau mit Sternenmuster, dazu Spitzhut, Zauberkelch und magischer Dolch.

Und natürlich Otto, Geschichtsstudent im 32. Semester, der glaubte, es gäbe immer noch revolutionäre Zellen der Tempelritter, die schon bald die Weltherrschaft an sich reißen würden.

Doch so durchgeknallt wie Carlo war keiner.

»Lene, ich sehe doch, dass du noch zweifelst!«, warf er mir regelmäßig vor. Auch an einem der letzten Gruppenabende.

»Carlo, ich bitte dich, Außerirdische vom Sirius, die uns als Sklaven gezüchtet haben?«

»Ich erwarte nicht, dass du es verstehst«, bockte er. »Aber du solltest diesen Wahrheiten gegenüber wenigstens offen bleiben. Oder willst du leugnen, dass die Dogon seit Urzeiten wissen, dass Sirius einen ›dunklen Begleiter‹ hat, nämlich Sirius B, den unsere Wissenschaft erst 1970 entdeckt hat?«

Ich öffnete den Mund zum Protest, aber Carlo schnitt mir das Wort schon ab, bevor es auch nur ansatzweise ausgesprochen war.

»Komm mir jetzt nicht mit Zufall! Die Dogon, ein schlichter afrikanischer Stamm, kennen auch die Rotationsperiode des Sirius B und wissen, dass es sich um einen der schwersten Sterne im Universum handelt. Woher?«

Ich zuckte mit den Schultern und garnierte die restlichen Schinken-Ananas-Toasts mit schlaffen Petersiliebüscheln.

»Weil zu den Dogon vor 4.500 Jahren Besucher vom Sirius kamen, die ihnen all das sagten!«, beantwortete Carlo seine Frage selbst.

»Das heißt aber doch noch lange nicht, dass wir für die ein Frischfleischlager sind, aus dem sie je nach Bedarf Sklaven zur Dauerwurstherstellung abziehen!« Ich muckte auf. Das war mir alles zu spinnert.

»Und was ist mit den unzähligen Entführungsopfern, die von Aliens zu medizinischen Zwecken missbraucht und dann wieder zurückgebracht wurden?«, warf Harry ein.

Ihr habt alle zu viel Akte X geschaut, dachte ich, sprach es aber nicht aus.

»Ja, genau«, meldete sich Otto zu Wort, »und die ganzen Typen, die im Bermudadreieck verschwunden sind? Ich wette, in jedem Krieg werden Dutzende, ach was, Hunderte von Leuten gegen ihren Willen in Raumschiffen verschleppt, aber wir merken es nicht und halten sie für Kriegsopfer. Denkt nur an ...«

»Erspare uns bitte deine historischen Schlachtberichte«, fuhr ihn Carlo an.

Otto stopfte sich mit finsterem Blick drei Salzstangen gleichzeitig in den Mund.

»Fakt ist«, fuhr Carlo fort, »dass wir von Handlangern der Sirianer beherrscht werden, von reichen, weißen Männern, bei denen alle Fäden der Weltgeschichte zusammenlaufen.«

»Wobei wir natürlich berücksichtigen müssen, dass jeder einzelne Mensch – ungeachtet der äußeren Umstände – mit Hilfe der Magie zu innerer Freiheit und Unabhängigkeit finden kann«, dozierte Zacke.

Carlo sprang von der Couch auf. Dabei fegte er den Salzstreuer vom Tisch, und der ganze Inhalt landete auf dem Parkettboden.

Verstreutes Salz – ein schlechtes Omen!

»Was glaubst du wohl, wie viel du mit deiner Magie gegen eine gewaltige Invasion Außerirdischer ausrichten kannst? Nichts, Zacke, absolut gar nichts«, ereiferte sich Carlo. »Ihr kapiert einfach nicht, wie ernst die Lage ist. Armageddon steht unmittelbar bevor!«

»Ehrlich? *Armageddon* läuft wieder?« Harry war kurz auf dem Klo gewesen. »Wo? Im Kino? Klasse. Bruce Willis ist ein toller Hecht.«

Ich konnte nicht anders, ich musste lachen. Zacke und Otto fielen mit ein.

Carlo stürmte mit finsterem Blick aus der Wohnung.

Paukenschlag

Tja, danach habe ich Carlo nur noch einmal gesehen.

Am Tag vor seinem Tod, am frühen Abend – Harry war noch bei der Arbeit – läutete er völlig durchgeschwitzt Sturm an der Tür.

»Wir sind aufgeflogen! Sie sind hinter uns her! Packt nur das Nötigste und taucht unter! So schnell ihr könnt!«

Dann war er schon wieder weg.

Am darauf folgenden Morgen fand ihn ein Jogger im Stadtpark. Man hatte Carlo die Kehle durchtrennt und ihn zum Ausbluten mit dem Kopf nach unten an einen Baumstamm gelehnt.

Zwischenspiel

Zacke, Otto und Harry rauchten Kette. Ich starrte mit leerem Blick aus dem Fenster. Das verstreute Salz hätte mir zu denken geben sollen. Ich machte mir Vorwürfe.

»Das ist echt herb!« Zacke war völlig erledigt. »Ob er jemand auf die Zehen getreten ist, und die haben ihn dann kaltgemacht?«

»Ach, ich weiß nicht«, knurrte Otto. »Erinnert ihr euch nicht an letztes Jahr? Da kam er auch völlig hysterisch an, von wegen, wir seien aufgeflogen und sie würden uns holen kommen. Und dann stellte sich heraus, dass es nur der Kontrollwagen der GEZ war, der seine Runden drehte.«

Ich nahm einen Schluck aus Harrys Bierdose. Seit ich durch die Zeitung von Carlos furchtbarem Tod erfahren hatte, ging mir ständig eine einzige Frage durch den Kopf: Hätte ich ihn ernst nehmen sollen?

»Stimmt, damals hat er ja auch das möblierte Zimmer in der Lenzhalde angemietet.«

Wir starrten Harry alle entgeistert an.

»Ich ... ich dachte, er wohnt bei seinem verwitweten Vater?«, stotterte Otto.

Harry nickte. »Offiziell. Aber er wollte unbedingt einen sicheren Unterschlupf für den Ernstfall, und ich habe ihm seinerzeit dabei geholfen.«

»Du?« Ich war verblüfft.

»Du?«, echoten auch Zacke und Otto, aber eher enttäuscht, weil Carlo nicht ihnen, sondern Harry dieses Vertrauen entgegengebracht hatte.

»Ich werde die Wohnung dann wohl auch auflösen müssen. Carlos Vater weiß ja von nichts.«

»Hast du das denn nicht der Polizei erzählt?«, wollte ich wissen.

Harry runzelte die Stirn. »Wieso denn? In der Wohnung befindet sich nichts von Belang. Ich war selbst mal dort. Nur ein Klappbett, ein Survivalkit mit dem Lebensnotwendigsten und seine Lieblingsbücher.«

»Keine Rechercheunterlagen?«, hakte Otto nach.

Harry überlegte. »Na ja, er hat sich vor ein paar Monaten einen zweiten Computer zugelegt. Möglich, dass der sich in seiner Geheimbude befindet.«

Ich wurde nachdenklich. »Was mag wohl auf der Festplatte verborgen sein?«

Die Jagd

Wir diskutierten diese Frage nicht lange. Zehn Minuten später saßen wir im Bus in Richtung Lenzhaldenstraße: Harry, Otto, Zacke und ich.

Kurz vor der Haltestelle riss Harry mich an der Kapuze meines Regenmantels zurück.

»Otto, Zacke, runter!«, zischte er.

Die beiden Jungs drehten sich verdutzt nach ihm um.

»Nicht aussteigen!« Harry wies mit dem Kopf in Richtung eines hellgrün gestrichenen Mehrfamilienhauses. »Dort!«

Vor dem Haus stand eine schwarze Limousine, in der man vier Männer ausmachen konnte. Allerdings nur ganz verschwommen, weil die Fahrerkabine total zugequalmt war.

Zacke und Otto verschwanden blitzschnell zwischen zwei Sitzreihen auf den Boden. Auch Harry ging zwischen Kaugummiresten, Schokoriegelpapier und leeren Zigarettenschachteln auf die Knie. Im Film hätte das gut ausgesehen. In der Realität stieß es auf Unverständnis.

»He, was ist denn nun? Wollen Sie aussteigen oder nicht?«, rief der Busfahrer von vorn.

Ich winkte ihm freundlich zu und stieg aus.

Das Letzte, was ich von Harry, Otto und Zacke sah, waren ihre weit aufgerissenen Augen und die an der Busscheibe plattgedrückten Nasen, während der Bus um die nächste Ecke bog.

Mut? Dummheit? Neugier? Nennen Sie es, wie Sie wollen, aber ich hatte nicht vor, mich von irgendwelchen diffusen Ängsten beherrschen zu lassen. Außerdem kreuzte eine schwarze Katze von links meinen Weg – ein gutes Omen.

Und was war schon dabei, wenn ich mich in der Wohnung eines Freundes umsah? Gut, der Freund war unter ungeklärten Umständen zu Tode gekommen, aber die Lenzhalde war der Inbegriff gutbürgerlicher Langeweile. Hier lauerten keine Finstermänner darauf, unschuldige Frauen zu meucheln.

Na schön, ich gebe es zu, ein klein wenig unwohl war mir schon zumute.

Den Schlüssel zu Carlos Bude hatte natürlich Harry in seiner Hosentasche, aber ich erzählte der Vermieterin, einer Frau Bundschuh, dass ich Carlos Schwester aus Wuppertal sei und er mir sein Zimmer für ein paar Tage überlassen wollte. Leider hätten wir uns offenbar am Bahnhof verpasst.

Frau Bundschuh wusste noch nichts vom Ableben ihres Untermieters. Und es fiel ihr auch nicht weiter auf, dass ich offenbar völlig kofferlos aus Wuppertal angereist war. Sie ließ mich ein, bot mir ein Stück Hefezopf mit Gsälz und eine Tasse Bohnenkaffee an, was ich dankend ablehnte, dann ließ sie mich in Carlos Zimmer.

»Sehr gemütlich hat es sich Ihr Herr Bruder ja nicht gemacht, aber ein paar Tage halten Sie es sicher aus.« Daraufhin ging sie in die Küche, um Kaffee zu brühen und Hefezopf zu schneiden.

Ich sah mich um. Wirklich äußerst spartanisch. Die pure Neugier trieb mich zu dem silbernen Samsonite-Koffer, der Carlos Überlebenskit enthalten musste. Er war unverschlossen. Unterwäsche, Zartbitterschokolade, Zwieback, ein Hochzeitsfoto von Carlos Eltern, Streichhölzer, Gummihandschuhe und drei *Playboy*-Hefte. Wenn Carlos Festplatte nichts Wichtigeres enthielt, würde ich die Aufklärung seines Mordes beruhigt der Polizei überlassen.

Der erste Schreck ließ nicht lange auf sich warten: der Computer war eingeschaltet!

Seit mindestens drei Tagen, wie ich kurz nachrechnete. Ich bewegte die Maus. Der dunkelgraue Bildschirmschoner verschwand, und ein Text tauchte auf.

Überschrift: 23.
Die 23 weist den Weg!
Seht die Zeichen:
2/3 = .666 --> die Zahl des Teufels
Julius Cäsar erhielt durch seine Mörder 23 Stichwunden
Alienforschungsstelle Area 51: die 51 zerfällt in 23 + 23 + 2 + 3
Die Vereinigten Staaten
zündeten 23 Atombomben im Bikini-Atoll
Star Trek spielt im 23. Jahrhundert

Für mich wirkte das wie eine willkürliche Ansammlung. Zu der Zahl 17 hätten sich doch mindestens ebenso viele Beispiele finden lassen, oder etwa nicht?

Draußen rief Frau Bundschuh, der Kaffee sei fertig.

»Ich komme schon!« Beim Aufstehen rückte ich versehentlich die Tastatur beiseite. Es lag ein Blatt von einer Klo-Rolle darunter. Vierlagig. Carlo, ich kannte seine Handschrift, hatte darauf nur drei Worte notiert: Otto – Schließfach 23 !!!

Ich weiß auch nicht, warum ich vor Schreck zurückwich. Ich stieß gegen einen kleinen Spiegel, der neben der Tür an der Wand hing. Der Spiegel fiel zu Boden und zerbrach. Ein schlechtes Vorzeichen! Aus irgendeinem dummen Grund zählte ich die Scherben.

Es waren 23 ...

Als ich das grüngestrichene Haus in der Lenzhalde verließ, stand die schwarze Limousine zwar noch da, aber die vier Insassen waren verschwunden. Womöglich waren ihnen die Tabakwaren ausgegangen und sie versorgten sich im Tante-Emma-Laden an der Ecke mit Nachschub.

Dafür sah ich Harry, der im Schweinsgalopp auf mich zugestürmt kam. »Bin so schnell gelaufen, wie ich konnte«, keuchte er und musste sich erst einmal gegen die Hauswand lehnen, um wieder zu Atem zu kommen.

Wie sich herausstellte, hatte er den Bus an der nächsten Haltestelle verlassen – die lag allerdings ganz vorn am Kräherwald, weswegen er auch so lange gebraucht hatte. Zacke und Otto hatten angesichts der unheimlichen Autoinsassen beschlossen, lieber nicht zurückzukehren.

»Warst du in Carlos Wohnung?«, wollte Harry wissen.

Ich nickte.

»Sag mal«, erkundigte ich mich betont beiläufig. »Wäre es möglich, dass Otto doch mehr an Carlos Verschwörungstheorien glaubt, als er offen zugibt?«

Harry runzelte die Stirn. »Kann ich mir eigentlich nicht vorstellen. Er steht doch nur auf historische Geheimnisse.«

»Trotzdem.« Ich blieb hartnäckig.

»Frag ihn doch selbst, er kommt heute Abend mit Zacke bei uns vorbei. Wir wollen eine kleine Gedenkfeier für Carlo abhalten.«

Wir beschlossen, Frau Bundschuh nicht von Carlos Ableben in Kenntnis zu setzen, sondern riefen stattdessen bei Carlos Vater an, um ihm von der Zweitwohnung zu erzählen.

Zacke und Otto kamen gegen acht mit einer Kiste Stuttgarter Löwenbräu vorbei. Ich bereitete meinen üblichen Hawaii-Toast vor. Während Harry und Zacke auf dem Balkon eine rauchten, lockte ich Otto unter einem Vorwand in die Küche. »Die Dose ließ sich doch mühelos öffnen«, erklärte er kopfschüttelnd und stellte die Ananasdose auf die Theke. »Ich sag's ja immer, Frau und Technik.«

»Danke, Otto.« Ich strahlte ihn an. »Du, sag mal, hat Carlo jemals mit dir über die Zahl 23 geredet?«

Ich kann es nicht beschwören, aber ich könnte wetten, Otto wurde bleich. Ein schwerer Hustenanfall rettete ihn vor einer Antwort.

»Ich war ja heute in Carlos konspirativer Zweitwohnung«, fuhr ich fort. »Es gab da einen interessanten Hinweis auf ein Schließfach.«

»Pst!« Otto presste mir die Hand auf den Mund. Er sah sich hektisch um und schloss dann das Küchenfenster. »Nicht so laut, sie könnten dich hören.«

Also doch.

»Wer könnte mich hören?«

»Die Leute, die mir den Chip in den Hinterkopf implantiert haben. Sie wissen immer, wo ich bin. Und bei offenem Fenster können ihre Richtmikrofone jedes Wort aufschnappen. Ich muss vorsichtig sein.« Seine Gesichtsmuskulatur zuckte wie wild.

Ich trat auf Otto zu und legte ihm eine Hand auf den Arm. »Ist schon gut, Otto. Wir sind deine Freunde. Du bist hier sicher.«

Nur nicht vor den Männern mit der Zwangsjacke, die ich bestimmt gleich anrufen würde. Falls Ottos Leben je verfilmt werden sollte, dann war Jack Nicholson für diese Rolle prädestiniert.

»Wann hat man dir den Chip eingepflanzt?«

Otto hustete. »Letzten Sommer, als mir der Blinddarm entfernt werden sollte. Ich bin zu früh aus der Narkose aufgewacht und habe alles mitbekommen.«

Ich nickte.

»Sie haben versucht, ihre Gesichter zu verbergen, aber ich habe sie trotzdem erkannt.« Otto schwitzte.

Ich wies ihn nicht darauf hin, dass Chirurgen aus rein hygienischen Beweggründen Operationsmasken trugen und nicht deshalb, weil sie ihre Identität verbergen wollten.

»Zwei von ihnen waren letzthin in der Zeitung abgebildet. Ich habe alles, was ich weiß, aufgeschrieben, das Foto dazugelegt und die Unterlagen in einem Schließfach am Hauptbahnhof hinterlegt.«

Otto hustete wieder. Diesmal schwer. »Ich konnte das alles nicht für mich behalten, darum habe ich Carlo eingeweiht.«

»In die Chip-Sache?«

Otto sah mich an, wie Normalos eine geistig Zurückgebliebene eben ansehen: mit einer Prise Mitleid und sehr viel Ungeduld. Er sprach etwas langsamer weiter und betonte dezidiert jedes einzelne Wort. »Ja genau, die Chip-Sache. Und weißt du was? Es waren 23 Personen! In diesem Operationssaal standen 23 Ärzte und Krankenschwestern um mich herum!«

Ich versuchte, beeindruckt aus der Wäsche zu schauen.

Otto wandte den Blick himmel- beziehungsweise deckenwärts. »Als Carlo das hörte, weihte er mich in das Geheimnis der 23 ein.«

Mein Gehirn ist normalerweise nicht an eingleisiges Denken gewohnt, aber bei Bedarf konnte es durchaus auch einen Gang zurückschalten. Also sagte ich: »Verstehe. Die Zahl 23 ist etwas ganz Besonderes. Wahrscheinlich haben die Außerirdischen vom Sirius diese Zahl zu ihrem geheimen Erkennungscode ernannt. Sie haben menschliche Statthalter auf Erden eingesetzt, sicher 23 an der Zahl, die die Fäden für sie in der Hand halten, bis sie wiederkommen, um die Menschheit im großen Stil zu versklaven.«

Otto blickte mich lobend an. Ein Lehrer hätte seinen Musterschüler nach einer besonders gelungenen Bemerkung nicht lobender ansehen können.

Dann hustete er erneut. Ausdauernd und schwer. »Da geht es wieder los.«

»Was geht wieder los?«, wollte ich wissen.

»Der Husten.« Otto wischte sich über die Stirn. »Kurz bevor Carlo starb, hat er auch so gehustet.«

»Er wird dich angesteckt haben.« Ich sagte es naiv, wie es jemand sagt, der schon öfters erlebt hat, dass Schnupfenviren im Freundeskreis die Runde machen.

»Du weißt es also?« Otto bekam panische, rote Flecke im Gesicht. »Ich darf nicht länger hier bleiben. Ich darf euch nicht auch noch anstecken! Sie dürfen uns nicht alle töten. Du musst weiterleben und die Menschheit warnen!«

Otto wich zur Spüle zurück, presste sich mein lilafarbenes Geschirrspülhandtuch vor den Mund und kramte in seiner Hosentasche. »Hier, der Schließfachschlüssel! Rette die Erde!« Er warf mir einen Schlüssel zu. »Mir kann niemand mehr helfen. Sie haben mich mit der Lungenpest infiziert!« Dann hastete er hustend aus der Küche.

»Otto!«, rief ich noch.

Aber da war er schon weg.

Das Finale

Noch am selben Abend gingen Harry und ich zum Hauptbahnhof. Zacke kam nicht mit. Nachdem ich den Jungs Ottos Bericht erzählt hatte, seilte sich Zacke in Richtung Krankenhaus ab, um sich gegen die Pest impfen zu lassen. Harry sah eine Sekunde lang so aus, als ob er ihn zur Notaufnahme begleiten wollte, aber nach einem leichten Schlag auf den Hinterkopf kam er ohne zu Murren mit mir mit.

Am Bahnhof brummte der Bär. Die Ferien gingen an diesem Freitag zu Ende, und aus allen Ecken und Enden der Republik kehrten die schulpflichtigen Massen mit zu vielen Souvenirs in den Koffern zurück. Auch in der länglichen Halle mit den Schließfächern herrschte Hochbetrieb.

Wir blieben erst eine Weile unauffällig am Eingang stehen und beobachteten das Treiben. Auf mich wirkte es unverdächtig.

»Ich gehe jetzt zu Schließfach 23«, sagte ich zu Harry.

»Ich bin bei dir!«

War irgendwie süß von ihm. Er mag ziemlich leichtgläubig

sein, was Aliens angeht, aber als Partner war er pflegeleicht und schnuckelig. Ich nahm mir fest vor, ihn zu heiraten.

Schließfach 23 war das zweite von unten; ich musste in die Knie gehen, um es zu öffnen. Ich steckte den Schlüssel in das Schloss. Mir wurde kurz mulmig. Dann fasste ich mich wieder und drehte den Schlüssel um.

Plötzlich ging alles sehr schnell.

»He, Sie da!«, riefen zwei uniformierte Schlägertypen.

»Los, weg hier!«, gellte Harry und zog mich an meiner Regenmantelkapuze mit sich. Ich fiel auf den Po, rappelte mich wieder hoch und rannte hinter Harry her.

Wir schubsten und drängelten uns rüde durch die nächtlichen Bahnreisenden, aber die beiden Uniformierten ließen sich nicht abschütteln. Einer hatte einen riesigen Schäferhund bei sich. Ich hörte das Hecheln des Hundes, spürte seinen Geifer in meinen Kniekehlen.

Meine Gedanken rasten fast so schnell wie meine Beine. Carlo hatte also doch recht gehabt? Polizei, Geheimdienst, Regierung – alle durchsetzt von eiskalten Intriganten, die uns jetzt umbringen würden?

Harry riss mich am Ellbogen nach links. Wir bogen in den Stadtpark ein. Nieselregen sprühte in unsere Gesichter, der Kies knirschte unter unseren Füßen.

Und wir hätten es auch sicher geschafft, wären wir nicht in der ersten Kurve auf den glitschigen, kleinen Steinchen ausgerutscht, übereinandergefallen und keuchend liegen geblieben.

Das Letzte, was ich bewusst wahrnahm, waren die verzerrten Gesichter der beiden Wachmänner und der Geruch von nassem Hund.

Epilog

Ich kam wieder zu mir, als mir der Schäferhund beseelt das Gesicht abschleckte.

Einer der beiden Uniformierten half Harry auf die Beine, der andere kniete neben mir. »Alles in Ordnung? Haben Sie sich was getan?«

Ich schüttelte den Kopf.

Wie sich herausstellte, hatte Otto an diesem Tag das Entgelt für das Schließfach noch nicht entrichtet – was bei einer Leiche auch nicht weiter verwunderlich war –, weshalb besagtes Schließfach kurz vor unserem Besuch geleert worden war. Als die beiden Wachmänner uns mit dem Schlüssel vor dem Fach sahen, wollten sie uns nur Bescheid geben, wo wir den Inhalt abholen konnten.

Sie brachten uns zum Bahnhof zurück, spendierten uns einen viel zu süßen Kaffee aus ihrer Thermoskanne und ließen sich von uns mit der Geschichte abspeisen, dass wir das Fach für einen Freund im Zuge eines Partyspiels leerten. Wir dachten, unsere Freunde hätten sich Uniformen besorgt und würden uns jetzt schnappen wollen. Dann wäre das Spiel aus gewesen und wir hätten verloren. Sagten wir.

Uniformierten kann man einfach alles erzählen.

Wir löhnten Ottos Schließfachgebühr plus Entleerungszuschlag und erhielten seinen Rucksack, in dem sich ein bebilderter Ringhefter mit genau der Geschichte befand, die er mir in meiner Küche erzählt hatte.

Am nächsten Tag besuchte ich Frau Bundschuh mit einem Blumenstrauß. Ich wollte mich für mein Eindringen entschuldigen. Carlos Vater hatte die wenigen Besitztümer seines Sohnes bereits abgeholt.

»Tut mir leid, dass ich Sie angeschwindelt habe«, sagte ich. Frau Bundschuh winkte ab. »Ihr jungen Leute habt eben einen eigenartigen Humor. Eine Tasse Bohnenkaffee?«

Ich nahm dankend an. »Darf ich eine rauchen?«, fragte ich.

Frau Bundschuh schüttelte den Kopf. »Das kommt gar nicht infrage. Rauchen ist ungesund. Das sage ich meinen Söhnen auch immer, wenn sie mich besuchen kommen. Bei mir wird nicht geraucht!«

Ich nickte. »Sagen Sie mal, Frau Bundschuh, fährt einer Ihrer Söhne eine dunkle Limousine?«

»Ja, der Gustav. Er hat es weit gebracht. Ist Polier geworden! Allerdings macht mir eine Ausfahrt in seinem schönen Wagen keine Freude. Total zugequalmt.« Sie runzelte die Stirn. »Na, die Buben sind schon groß, die lassen sich nichts mehr sagen. Aber wenn sie mich besuchen, kenne ich keine Gnade: Geraucht wird nur im Wagen, nicht in der Wohnung!«

Ich seufzte. Die verqualmte Limousine. Wieder ein Geheimnis weniger. Langsam kam mein Weltbild wieder in Ordnung.

Tags darauf meldete das Stadtradio, dass eine perverse Schlitzerin gefasst worden war, die in den letzten sechs Monaten fünf Männer auf brutale Weise im Stadtpark umgebracht hatte. Die Männerhasserin pflegte ihren Opfern die Kehle aufzuschneiden und sie dann ausbluten zu lassen. Sie war in einer geschlossenen Abteilung untergebracht worden. Man gehe von lebenslanger Haft mit anschließender Sicherheitsverwahrung aus, sagte der Sprecher noch, bevor er zum Wetter überleitete.

Zacke zog kurz darauf in die ostwestfälische Einsamkeit und wurde Science-Fiction-Autor. Ein recht erfolgreicher sogar. Den Kontakt zu uns brach er ab.

Auch Otto sahen wir nie wieder. Er ist allerdings nicht an der Lungenpest verstorben, sondern packte nach einer Woche Grippe seine Siebensachen und wurde Weltenbummler.

Zwei Jahre später schrieb uns Ottos Bruder Dominik eine Ansichtskarte. Vorn eine Inquisitionsszene, gemalt im 17. Jahrhundert von irgendeinem Spanier, hinten ein paar hingekritzelte Worte: Man habe Otto kurz zuvor auf einer Kykladeninsel tot aufgefunden.

In seiner Brust steckten 23 Kugeln.

P.S.

Aus der Heirat wurde nichts. Kurz nach der Karte trennten Harry und ich uns. Na ja, eigentlich habe ich ihn rausgeworfen. Es kam zum Eklat, als er mir eine gerade Anzahl Rosen zu unserem Jahrestag schenkte. Wo doch jeder weiß, dass man Schnittblumen immer in ungerader Zahl verschenkt.

Da wir jetzt getrennte Wege gehen, habe ich Harry auch nie erzählt, dass die Zählung der Kugeln in Ottos Brust nur auf der oberflächlichen Betrachtung eines einheimischen Touristenführers fußte, der die Leiche gefunden hatte. Bei der späteren Autopsie in Deutschland stellte sich heraus, dass es sich um nicht mehr als 17 Einschüsse handelte. Man verhaftete bald darauf die österreichische Freundin von Otto, die er wegen einer griechischen Schönheit hatte verlassen wollen.

Ich bin jetzt mit Stefano zusammen. Wir haben uns im Urlaub kennen gelernt. Als wir uns zum ersten Mal küssten, regnete es Sternschnuppen. Ein gutes Omen – wir bleiben bestimmt zusammen!

Soviel ich weiß, hat Harry derzeit vor, an den letzten sicheren Ort auf diesem Globus auszuwandern: zur Groom Lake Air Force Base in Nevada, USA, besser bekannt als Area 51 ...

Arrivederci, Herr Doktor!

Anlegen, zielen, Vollgas! Der rote Kleinwagen katapultierte wie eine Geschosskugel nach vorn, flog gleichsam schallmauerdurchbrechend über das regennasse Pflaster. Ein Zeuge sagte später aus, ihm seien die weißen Fingerknöchel um das Lenkrad und die weit aufgerissenen, bunt ummalten Augen direkt darüber unauslöschlich ins Gedächtnis eingebrannt ...

Julius Herfried stieg die Granitstufen zu dem imposanten Gebäudekomplex der Privatklinik Lorenz hinauf, einer äußerst ansprechenden Anlage, deren Übermaß an Grün und Glas das Geld dahinter erahnen ließ. Hier stand er nun – am Ziel seiner Träume.

Schon als Kind hatte er Doktor gespielt, und dabei nicht die Anatomie weiblicher Nachbarskinder eruiert, sondern ernsthaft versucht, aus schönen Körpern noch schönere zu machen: mittels Knetgummi-Implantaten oder Gesichtsstraffung per Pflaster und Klebeband.

Die gläsernen Automatiktüren glitten geräuschlos auf, und er trat ein. Knöcheltiefer Orientteppich, ein echter Chagall an der Wand, die Empfangstheke aus einem vom Aussterben bedrohten Regenwaldgehölz. Sanft und unaufdringlich plätscherten leise Klänge aus unsichtbaren Boxen: Kaufhausmusik – nur auf sehr hohem Niveau.

Julius Herfried rückte seine Krawatte zurecht. Aus dem Aufzug kam ihm Professor Dr. Dr. Wulfing von Lorenz entgegen, die Koryphäe auf dem Gebiet der plastischen Chirurgie im gesamten deutschsprachigen Raum. Im grünen OP-Kittel, natürlich maßgeschneidert.

»Herfried, mein Bester, auf die Sekunde genau. Ich schätze

Pünktlichkeit bei meinem Mitarbeitern! Darf ich vorstellen: Dr. Funk, Dr. Schreieck, meine Assistenzärzte.«

Lorenz schüttelte allen dreien die Hand. Fischgleich, wie es Chirurgen stets zu tun pflegen, ihren kostbaren Händen zuliebe.

»Was war denn das da draußen?« Lorenz lugte über Herfrieds Schulter.

Herfried drehte sich um. Jenseits der Klinikauffahrt lag ein kleines Wehr. Man sah über der Grasnarbe nur noch das chromblitzende Hinterteil eines roten Kleinwagens herausragen, dessen Schnauze tief im schlammbraunen Wasser steckte. Passanten und zwei Sanitäter liefen auf den Wagen zu, dessen Hinterräder sich noch drehten.

»Keine Ahnung.« Herfried wandte sich wieder Professor Lorenz zu. »Darf ich sagen, welch große Ehre es für mich ist, mit Ihnen zusammenzuarbeiten?«

Lorenz nickte. Selbstverständlich war es eine große Ehre, das wusste er auch.

»Nun denn, Kollege Herfried, herzlich willkommen. Sie werden sich hier wohl fühlen. Für uns ist die plastische Chirurgie eine intellektuelle Herausforderung für Könner, darum schicken wir unsere Ärzte auch regelmäßig zu allen großen Kongressen. Letztes Jahr London, Tahiti und Hongkong!«

Herfried schmolz wohlig dahin. Er schmachtete den OP-Kittel der Koryphäe an. Dezente Spritzer von Blut und Fettgewebe.

Ja, hier würde er sich wohlfühlen.

Kurz darauf richtete Herfried sein neues Eckbüro im ersten Stock ein. Aus dem Fundus der Klinik erhielt er Designermobiliar und zwei Originale von Keith Haring. Er würde für die jüngere Kundschaft zuständig sein, das sollte sich auch in der Atmosphäre seines Büros niederschlagen.

Die Sekretärin, Paula Ranulf, teilte er sich mit Dr. Andresen, dem Nasenfachmann aus Schweden. Herfried selbst hatte sich auf Brüste spezialisiert. Immer schon sein bevorzugtes Erkundungsgebiet.

»Hier bitte, schwarz, ohne Zucker.« Frau Ranulf reichte ihm die Hutschenreuther-Tasse. Ihr Kopf erinnerte an ein zahmes Frettchen mit Chanel-Ohrringen und ihr Gesicht war so oft geliftet worden, dass die Milch in Herfrieds Kaffee ausgeflockt wäre, würde er ihn nicht schwarz trinken. Kein Wunder, dass ihr der Kundenkontakt untersagt war.

»Danke, sehr freundlich. Ich fühle mich hier schon wie zu Hause.« Mit der freien Hand winkte er in Richtung Panoramafenster. »Und der Ausblick – einfach atemberaubend.«

In der Tat sah man durch die Scheiben das Beste, was die Gegend herzugeben hatte: steile Hügel voller Weinreben, die sich jetzt, im Herbst, gelb und rot färbten. Das kastenartige Gebäude der Winzergenossenschaft direkt gegenüber störte eigentlich nicht weiter. Nur die Gestalt auf dem Dach, mit dem dämonisch zur Fratze verzerrten Gesicht, beeinträchtigte die harmonische Symmetrie des Ganzen ein wenig.

Äh ... Dämonenfratze?

Und was blitzte da metallisch auf, etwa in der Höhe, in der sich die Dämonenklauen befinden mussten?

Herfried hatte das kaum zu Ende gedacht, als die Scheibe vor ihm auch schon in eine Million Splitter zerbarst. In der klirrenden Explosion ging der Schrei von Frau Ranulf unter – ebenso wie sein eigener. Reflexartig warf er sich zu Boden. Er traf gleichzeitig mit dem Keith-Haring-Original, in dessen Mitte jetzt ein fettes Loch prangte, auf dem mauvefarbenen Teppichboden auf.

»Sehr unangenehm, wirklich sehr unangenehm!«, empörte sich Professor Lorenz.

»Man hat versucht, einen Ihren Mitarbeiter zu erschießen. Ich finde, das ist mehr als nur unangenehm.« Kommissar Nägele war ein vierschrötiger Mittvierziger im grauen Trench, den er trotz der Hitze im Privatbüro von Lorenz nicht auszog.

Julius Herfried saß zitternd auf dem zweiten Besucherstuhl. Die beiden Assistenzärzte standen in Hab-Acht-Stellung vor dem handgeknüpften Wandteppich.

»Meine Klientel besteht aus den herausragendsten Persönlichkeiten der Zeitgeschichte. Ich würde es sehr zu schätzen wissen, wenn Sie den Streifenwagen vor der Tür abziehen könnten!«, wetterte Lorenz weiter.

»Wieso? Operieren Sie gerade einem Bankräuber neue Gesichtszüge an? Alle anderen Patienten wird die Anwesenheit von Gesetzeshütern ja wohl nicht stören.« Nägele bockte. Er war ein religiöser Mensch, aber Halbgötter in Grün pflegte er nicht anzubeten.

»Professor Lorenz«, fuhr Nägele fort und sah zum Chefarzt, der ihm schmollend den schütteren Hinterkopf zuwandte. »Gab es in letzter Zeit Drohungen gegen Ihre Klinik?«

Lorenz wirbelte herum. »Ich muss doch sehr bitten! Ich führe ein seriöses Institut für plastische Chirurgie, kein halbseidenes Etablissement für Kleinkriminelle, Erpresser oder Heckenschützen! Und Dr. Herfried ist ohnehin erst seit heute an der Klinik beschäftigt.«

Nägele drehte sich interessiert zu Herfried um. »Ach ja? Nun, vielleicht galt der Anschlag gar nicht der Klinik im Allgemeinen, sondern Ihnen im Besonderen.«

Herfried lächelte herablassend. »Ich pflege ebenfalls keine Bekanntschaft mit verbrecherischen Elementen. Ich verabscheue das Glücksspiel und habe auch sonst keine Laster, sondern gehe ganz in meinem Beruf auf.«

Nägele schürzte die Lippen. »Wir haben die Kugel gesichert. Sie steckte noch in der Wand. Ein ganz außergewöhnliches Fundstück. Solche Kugeln werden für gewöhnlich nur in Südamerika hergestellt und verwendet.«

Wurde Herfried bleich?

Nägele erhob sich und baute sich vor dem jungen Chirurgen auf. »Haben Sie Verbindungen nach Südamerika?«

Herfried war stolz darauf, jetzt nicht zu stocken. »Ich habe vor Jahren an einer Klinik in Buenos Aires praktiziert. Mein Lebenslauf war jedoch schon damals tadellos.«

»Wir werden das überprüfen!«

»Tun Sie das.« Herfried nannte ihm den Namen der Klinik. »Wenn Sie mich nun entschuldigen würden? In einer Viertelstunde kommt meine erste Patientin.«

»Ja natürlich, die Patienten gehen vor«, rief Lorenz und winkte ihn aus dem Büro.

Nägele nickte.

Herfried trabte die stilvollen Flure entlang. Prompt verlief er sich. Eine Krankenschwester mit Modelmaßen brachte ihn auf den rechten Weg zurück.

Es hätte so schön sein können. Nach Jahren der Obskurität in seiner winzigen Privatpraxis am Stadtrand einer mitteldeutschen Metropole, in der er gelangweilte Hausfrauen mit Silikon aufpumpte, stand er nun endlich an der Schwelle zum Erfolg: Die Privatklinik Lorenz war so gut wie jede Woche im Fernsehen. Hier gaben sich echte Prominente die Klinke in die Hand. Und er mittendrin! Außerdem konnte er in den hypermodernen Operationssälen auch mal neue und gewagte Techniken ausprobieren, seine Kunst bis ans Limit führen. Er sah schon das von ihm erschaffene Busenwunder vor sich, stilvoll, versteht sich. Und sie würde seine Signatur auf ihren Brüsten tragen!

Dieser herrliche Traum konnte aber immer noch zerplatzen. Hoffentlich grub die Polizei nicht zu tief. Um seine Lebensführung machte er sich keine Sorgen: Er war in der Tat frei von jedwedem Laster. Kein Mafioso und kein Vater einer verführten Minderjährigen hatten je Grund gehabt, ihm Blutrache zu schwören. Dennoch ...

Herfried drückte die Klinke zu seinem Büro herunter. Der Raum wirkte mit den Sperrholzplatten, die das klaffende Loch bedeckten, wo sich einst das Panoramafenster befunden hatte, ziemlich unschick und provisorisch.

»Die Botschaftergattin wartet unten in der Lobby«, flötete Frau Ranulf von hinten links plötzlich in sein Ohr.

Herfried schreckte zusammen.

»Oh bitte entschuldigen Sie, Herr Doktor.«

»Schon gut. Lassen Sie die Dame heraufbitten.«

Nach der Mittagspause – die Privatklinik Lorenz wurde vom größten Gourmet-Catering der Stadt beliefert, was Herfried und seine Magensäfte wohlwollend zur Kenntnis nahmen – hatte Herfried sein Panoramafenster wieder. Lorenz überwachte höchstselbst die beiden Glasermeister.

»Wirklich, Kollege Herfried, ich weiß nicht, was das sollte.« Es klang vorwurfsvoll.

»Ich versichere Ihnen, ich bin mindestens ebenso fassungslos wie Sie.« War das jetzt zu eilfertig? Herfried wollte genau das richtige Maß zwischen Rumschleimen und Selbstbewusstsein treffen. Ein schwieriges Unterfangen.

»Ich bin sehr zufrieden damit, dass Sie Frau Ghirandelli neben dem Brustimplantat auch gleich die Fettabsaugung und die Lidkorrektur verkauft haben. Ein exzellenter Einstieg.« Lorenz nickte.

Herfried jubilierte innerlich. Äußerlich zupfte er sich, scheinbar gelangweilt, einen Fussel vom Brioni-Anzug.

»Und nun, lieber Kollege Herfried, will ich Sie nicht länger aufhalten. Ich weiß, Ihre erste OP in unserem Haus steht an.«

Lorenz rauschte davon, seine beiden Assistenzärzte Funk und Schreieck wie fleißige Putzerfischchen im Schlepptau.

Herfried meldete sich bei Frau Ranulf ab, nahm seine Lageplanskizze der Klinik – nur nicht schon wieder verlaufen! – und machte sich auf den Weg. Die einzelnen Abteilungen waren durch ein Farbleitsystem zu erkennen: Rot für die Brüste, gelb für die Fettabsaugungen, grün für die Gesichtskorrekturen, blau für den Rest.

Herfried positionierte sich vor dem Aufzug mit den roten Türen und drückte auf den Knopf. Die Türen glitten lautlos auf. Er trat ein.

In der Ecke stand, das Gesicht abgewandt, eine Krankenschwester im formlosen, weißen Kittel.

Sie grüßte ihn nicht.

Herfried hob empört eine Augenbraue. Schwestern hatten immer zuerst zu grüßen. Er kehrte ihr demonstrativ den Rücken zu. Die Türen schlossen sich.

»Sie erkennen mich nicht mehr?« Die Stimme klirrte eisig.

Herfried drehte sich um. Die Frau sah ihn jetzt an. Etwa seine Größe, die blonden Haare offenbar selbst gefärbt (keine Friseuse mit Selbstachtung würde eine Kundin so scheckig aus dem Salon lassen), die weit aufgerissenen Augen im festgezurrten Gesicht waren von buntem Lidschatten ummalt, die riesigen Schlauchbootlippen zierte ein unkleidsamer, blutroter Farbton. Herfried war Branchenkenner, und es trieb ihm die Tränen in die Augen. Gut, dass er nur Brüste machte, da sprangen einem die so genannten »Montagspatzer« nicht gleich so eklatant ins Gesicht.

»Kennen wir uns?«, fragte er mindestens ebenso eisig.

Die Blondine lächelte. »Aha, Sie haben mich also vergessen. Na, wohl eher verdrängt.«

Für Herfried war die Sache klar: Da hatte ein Kollege von der Lippen- oder Facelifting-Fraktion die Beruhigungsmittel falsch dosiert. Die Frau redete in wirrer Trance.

»Hören Sie, auf mich wartet eine Patientin. Was wollen Sie eigentlich?«

»RACHE!«, gellte die Blondine. Sie riss sich den Kittel über der Brust auf.

Nun war ihm alles klar.

Die Busenpleite, Manuela Hüpferdinger.

Sie war eine seiner ersten Patientinnen gewesen. Wirklich bedauerlich. Nur durch Namenswechsel und einen raschen Rückzug nach Buenos Aires war er damals einem Kunstfehlerprozess entgangen. Die Frau war ihm danach noch ein paar Mal über den Weg gelaufen – na ja, nicht sie, sondern Fotos in Fachzeitschriften und Hochglanzmagazinen von ihren missgebildeten und leider operativ nicht mehr zu korrigierenden Monsterbrüsten. Eine Mahnung an ihn, künftig sorgfältiger zu arbeiten und dem Glauben an die Einheitsgröße – eine Kissengröße passt für alle! – abzuschwören.

»Frau Hüpferdinger ...«

»Sieh an, plötzlich funktioniert das Gedächtnis wieder.« Unvermittelt verzerrte sich ihr Gesicht zu einer Fratze, die ihm vage bekannt vorkam, und sie schrie auf. »Sie haben mein Leben ruiniert! Ich bin zur Karikatur geworden. Alle Welt nennt mich nur noch die Busenpleite. Mein Mann hat mich verlassen, meine Freundinnen lachen über mich, der gemischte Sauna-Abend ist nur noch blasse Erinnerung. Mein Leben ist sinnlos!«

»Wenn Sie an Suizid denken ...«, fing Herfried an.

Manuela Hüpferdinger schien plötzlich wieder ganz ruhig. »Der Gedanke ist mir gekommen, genau. Aber ich werde nicht allein gehen – ich nehme Sie mit!«

Herfried schluckte. »Reden Sie doch keinen Unsinn!«

In diesem Moment zog die Hüpferdinger – immer noch mit geöffnetem Kittel und nackten, asymmetrisch angeordneten, wackelnden Riesenbrüsten – etwas Längliches, Spitzes aus ihrer Kitteltasche und fuchtelte damit vor Herfrieds Halsschlagader herum.

Es war eine Botoxspritze.

»Großer Gott!« Herfried schnappte nach Luft. Dumpf wurde ihm bewusst, dass seine Blasenmuskulatur versagte. Bei gezielter Platzierung mochte die Dosis durchaus tödlich sein. Ob er schnell genug zupacken und ihr die Spritze entreißen konnte?

»Angst, mein Lieber?«, fauchte die Blondine. »Gut so!« Die Spritze mit der Rechten umklammernd, stieß sie zu.

Herfried tänzelte ungewohnt leichtfüßig nach links, und die Spritze bohrte sich prompt in die rote Lederauskleidung der Aufzugswand.

»Zu Hilfe!«, röhrte Herfried und hämmerte mit den Ellbogen – Chirurgen nehmen nie die Hände für grobe Tätigkeiten! – gegen die Edelstahltüren des Aufzugs.

»Sie Schwein!«, plärrte die Hüpferdinger.

Herfried presste sich mit dem Rücken gegen die Aufzugtüren.

Und gerade, als sie mit der Spritze erneut zustechen wollte, öffneten sich die Türen. Herfried fiel nach hinten und landete in den Armen des völlig perplexen Hausmeisters der Klinik. Die Hüpferdinger kreischte auf, ließ die Botoxspritze fallen, sprang über den am Boden liegenden Herfried und hechtete dann schreiend den Flur entlang in Richtung Ausgang.

»Sie wollen gehen?« Professor Lorenz runzelte missbilligend die Stirn. »Eine hysterische Schnepfe bringt Sie dazu, eine OP abzusagen?« Jetzt schüttelte er auch noch den Kopf mit der weißen Mähne. »Ich weiß wirklich nicht, was ich dazu sagen soll. Wir pflegten im Bombenhagel zu operieren, ohne mit der Wimper zu zucken.«

Da Professor Lorenz im letzten Weltkrieg noch gar nicht auf der Welt gewesen war, handelte es sich offenbar nur um eine Metapher. Oder der Anästhesist pflegte bei Operationen nebenher gewaltverherrlichenden PC-Spielen zu frönen ...

Herfried zog den Gürtel seines Kamelhaarmantels fester zu. Offenbar hatte Lorenz das Überwachungsvideo aus dem Aufzug noch nicht zu sehen bekommen, sonst hätte er ihm schon längst unbequeme Fragen gestellt. Und was dann kam, wusste Herfried nur zu genau: der lange Arm des Gesetzes. Herfried musste von hier verschwinden, solange es noch ging.

»Es tut mir leid, Herr Professor. Ich sehe mich außerstande, am heutigen Tag qualitativ hochwertige Arbeit zu leisten.«

»Kommen Sie mir doch nicht so«, donnerte Lorenz. »Wir sprechen hier nicht davon, dass Sie mit einem Schweizer Taschenmesser eine Lobotomie durchführen sollen. Sie müssen nur ein Plastikkissen in einen Fleischlappen schieben – das macht unser Präzisionsoperationsbesteck quasi von allein.«

Lorenz kochte förmlich. Die Assistenzärzte Funk und Schreieck versuchten, möglichst unsichtbar eins mit dem sündhaft teuren Wandteppich zu werden.

Es klopfte, und im selben Augenblick ging die Tür auf. Es war Kommissar Nägele. »Dr. Herfried, Sie wollen uns verlassen?«

Herfried nickte. Wortlos. Seine Gedanken rasten.

»Vergessen Sie bitte nicht, morgen auf dem Revier vorbeizuschauen. Sie müssen Ihre Aussage noch unterschreiben.«

»Natürlich«, krächzte Herfried.

»Falls Sie Ihre Aussage nicht noch ändern wollen.« Nägele

hob eine Videokassette hoch. »Sind Sie sicher, dass Sie die Frau nicht kannten?«

»Absolut. Wir haben nur so geplaudert.« Herfried war mittlerweile leichenblass. Nägele und Lorenz musterten ihn misstrauisch: Nägele, weil er vom Gegenteil überzeugt war, Lorenz, weil er langsam an den Persönlichkeits-Qualitäten des Kollegen Herfried zu zweifeln begann. Ein guter Schönheitschirurg zeichnete sich immer durch eine gesunde Portion Selbstüberschätzung und die charismatische Aura eines Machismo-Vertreters in Reinkultur aus. Herfried ließ beides schmerzlich vermissen. Der würde die Probezeit niemals überstehen.

»Ich geh dann jetzt mal«, erklärte Herfried und winkte mit finaler Geste, bevor er auf dem Absatz kehrt machte und schleunigst entschwand.

Erst in seinem Mercedes fühlte er sich sicher. Geborgen wie in einem Panzer. Die konnten ihn doch alle kreuzweise. Er hatte schon so oft neu angefangen, das würde auch diesmal wieder glücken. In Asien boomte der Markt, die würden sich alle zehn gelben Finger nach einem Fachmann wie ihm lecken.

Er bog auf die Bundesstraße ein und fuhr leise pfeifend in den Sonnenuntergang.

Doch als sich urplötzlich hinter ihm die karierte Reisedecke bewegte und Manuela Hüpferdinger mit schrillem Kichern und einem Skalpell in der Hand darunter hervorschoss, verriss er das Steuer und knallte gegen eine der Buchen am Straßenrand.

Die nicht angeschnallte Busenpleite wurde in hohem Bogen in den vorderen Fußraum katapultiert, wobei sie mit dem Skalpell Herfrieds Zweireiher aufschlitzte. Gott sei Dank trug er an diesem Tag seinen Bauch-weg-Miedergürtel. Es floss kein Blut.

70

Herfried wuchtete sich aus der nur mäßig lädierten Edelkarosse, in deren Fußraum der offensichtlich weitgehend unverletzte Monsterbusen lautstark zeterte, und rannte in wilder Panik davon.

Manuela Hüpferdinger berappelte sich wieder, noch bevor die ersten Helfer am Unfallort eintrafen.

Ihr Schädel brummte, und ihre linke Schulter schmerzte tierisch, aber sie blutete nicht, und das war die Hauptsache. Sie wollte kein Aufsehen erregen. Gemächlichen Schrittes, als ob nichts wäre, folgte sie dem Hinterkopf des flüchtenden Mannes auf schnurgerader Straße. Es war ihr egal, ob er sie zu den Pforten der Hölle brachte oder nur zum nächsten Taxistand.

Sie brauchte sich nicht zu beeilen. Wohin Herfried auch immer fliehen wollte, zuvor würde er in seiner Wohnung vorbeischauen, sein Sparschwein knacken und seine Fotosammlung einpacken. Ohne die Schnappschüsse, auf denen drittklassige Möchtegernpromis Herfried die Hand schüttelten, würde der nirgends hingehen.

Herfried, der Schönheitschirurg von Gottes Gnaden. Oder besser, von Sancho Saramangos Gnaden, dem Fälscher, der ihm sämtliche Diplome gebastelt hatte. Über den drahtigen, kleinen Argentinier war sie in Buenos Aires gestolpert, als sie sich für ihren eigenen Neuanfang neben einem neuen Gesicht auch einen gefälschten Pass besorgen wollte.

Man stelle sich vor: Herfried war gar kein Arzt! Er hatte niemals Medizin studiert! Genauer gesagt war er Postbote! Ein ungelernter, noch dazu. Ein ungelernter Postbote hatte es gewagt, sich an ihren Brüsten zu vergreifen! Mit dem Kunstfehler eines Experten hätte sie leben können, das wäre Schicksal gewesen, aber diese Kurpfuscherei kam einer Blasphemie gleich; ein Feld-, Wald- und Wiesenbriefträger hatte sie zu dem gemacht, was sie heute war: eine Lachnummer.

Bei dem Gedanken daran kreischte die Hüpferdinger wie eine wild gewordene Furie auf. Eine strickende Oma, die an einer Bushaltestelle wartete, schreckte auf.

Manuela Hüpferdinger trabte weiter, teuflisch grinsend. Mit dem Kleinwagen, dem Sturmgewehr, der Botoxspritze und dem Skalpell hatte es nicht geklappt, aber sie hatte ja noch die Handgranate aus alten argentinischen Armeebeständen. *Falkland gehört uns*, hatte irgendein Soldat krakelig auf Spanisch draufgekritzelt, aber Handgranaten pflegten ja kein Verfallsdatum zu haben.

Die Hüpferdinger fiel in leichten Trab, ihr Gesicht ein Abbild der Entschlossenheit.

»Bis jetzt habe ich nur geübt«, zischelte sie. »Jetzt wird es ernst. Sayonara, Postbote!«

Wer weiß, vielleicht würde sie mit Matze Lubinski – oder Julius Herfried, wie er sich jetzt nannte – nicht aufhören. Vielleicht würde sie einfach weitermachen und alle Wegschnippel-, Festzurr- und Absaugquacksalber dieser Erde ausradieren. Ja genau, nehmt euch besser in Acht, ihr Herren Schönheitschirurgen!

Mit fester Hand umklammerte Manuela Hüpferdinger die Handgranate in der Tasche ihres Schwesternkittels. Die Treibjagd war eröffnet, auf zum großen Halali.

»Arrivederci, Herr Doktor!«

Tunnelblick

Trotz der üppigen Haartolle, die wie eine Markise die Stirn überdachte, war der Kopf im Verhältnis zum Körper winzig. Man fühlte sich an einen dieser kleinen, unschuldig aussehenden Kippschalter erinnert, die mitunter monströse Maschinen in Bewegung zu setzen vermochten. Am rechten Hosenbein hatte der Mann diverse Blutspritzer. Frische Blutspritzer.

»Entschuldigen Sie meine Hose. Ich komme gerade von einem ziemlich unappetitlichen Axtmord.« Er lachte wiehernd, hievte eine Plastiktasche mit Ausbuchtungen in Form einer Axt auf die Gepäckablage und setzte sich auf den Platz vor der Tür.

Klaus Arbogast schluckte. Seine linke Wange zuckte. Warum hatte er auch »Abteil« gebucht und nicht »Großraum«? Verdammt!

Er kam von einem Vorstellungsgespräch. Ab dem übernächsten Ersten würde er einen Topjob bekleiden. Wenn er den übernächsten Ersten noch erlebte. Die vorbeihuschenden Häuser funkelten in der untergehenden Sonne. Es war ein herrlicher Abend, und wenn er schon jemals sterben musste, dann war heute einfach nicht der Tag dafür.

Die Klimaanlage des Zuges sorgte dafür, dass Arbogast nicht in Angstschweiß ausbrach. Aber seine Handflächen wurden feucht.

»Stört es Sie, wenn ich rauche?«, fragte der Axtmörder.

Arbogast schüttelte mit falschem Lächeln den Kopf. Es war ja ein Raucherabteil. Er hatte selbst eben zur Zigarette greifen wollen, was er nun aber unterließ. Das Zittern seiner Hände würde seine Angst verraten. Wenn es das Zucken seiner linken Wange nicht schon längst tat.

Aus den Vororten wurde Landschaft. Zweifellos kam gleich der Zugbegleiter zur Fahrkartenkontrolle. Arbogast hatte ihn schon gesehen. Es war ein stämmiger, südländisch wirkender Schaffner – genau der Richtige, um den Axtmörder in Schach zu halten, bis am nächsten Bahnhof die Sondereinsatzkommandos von Polizei und Streitkräften eintrafen.

Arbogast wischte mit schwitzigen Hände die Bügelfalten seiner besten Hose platt. Der Pendlerzug war weitgehend leer. Hilferufe würden nichts bewirken. Die Hirnzelle in Arbogasts Kopf, die für Geistesblitze verantwortlich war, wurde aktiv. Die Notbremse ziehen? Bis Hilfe eintraf, würde er längst als Geschnetzeltes die Polstersitze garnieren. Das Zucken seiner linken Wange wurde stärker.

»Herrlicher Tag heute, nicht?«, smalltalkte der Axtmörder mit tückisch bebender Stimme.

Arbogasts falsches Lächeln brannte sich tiefer in sein zuckendes Gesicht. Sein Gehirn arbeitete auf Hochtouren, aber ihm war, als gebe es nur ein rostiges Knirschen von sich, ohne zählbare Resultate zu erzielen. Er versuchte, sich mit seinen allerletzten Gedanken auf dieser Welt ganz auf seine Frau und die Zwillinge zu konzentrieren.

Der Axtmörder war ein bärbeißiger Kerl – Arbogast würde es nicht an ihm vorbei durch die Schiebetür schaffen. Zu allem Überfluss hatte der Axtmörder seinen Trolley auch noch sperrig am Boden des Abteils postiert. Was natürlich Absicht war. Eine gezielt ausgelegte Stolperfalle. Arbogasts Chance, aus dem Abteil zu flüchten, ohne zerhackt, aufgeschlitzt und filetiert zu werden, war gleich null. Seine Wange zuckte.

Der Axtmörder zog die Nase kraus. Zweifellos konnte er – wie alle Raubtiere – Arbogasts Angst wittern. Mit gerümpfter Nase unter der Tolle wirkte der Axtmörder jetzt weniger wie ein Kippschalter, sondern mehr wie eine Backpflaume mit Zahnschmerzen.

Der schwitzenden, zuckenden Masse namens Arbogast fiel es zunehmend schwer, noch zusammenhängend zu denken. Er hätte ein Testament machen sollen. Und der Streit mit seiner Frau beim Abschied war unnötig gewesen. Warum hatte er die beiden Kleinen nur flüchtig geküsst und sie nicht fest in den Arm genommen?

Eine Träne bildete sich in Arbogasts rechtem Auge. Das linke hatte immer schon zu wenig Tränenflüssigkeit produziert. Aber das war ja jetzt auch egal.

Der Axtmörder grinste. Ein fieses Grinsen. Er sah aus wie ein amtstierärztlicher Fleischbeschauer im Schlachthaus, kurz bevor er einer Schweinehälfte den Unbedenklichkeitsstempel auf die Schwarte drückt. »Scheint, als wären wir zwei die Einzigen im ganzen Zug«, flötete er heimtückisch.

Arbogast zog die Augenbrauen hoch und nickte. Sprechen war nicht mehr möglich. In der Schule hatten sie ihn als »feiges Hühnchen« gehänselt, aber damals hatte er sich ein Ei drauf gepellt, weil er nämlich mit Abstand der Beste seines gesamten Jahrgangs war. Ein intellektueller Überflieger. Einer, der mühelos ein Einser-Abitur hinlegte. Vielleicht hätte er doch mehr sporteln sollen. Boxen fiel ihm da spontan ein. Besser noch Kickboxen.

Der Axtmörder wischte sich jetzt auch die Hände am Hosenbein ab. Dabei hinterließ er rostrote Flecken auf dem hellen Stoff. Na bravo, er wusch sich nach getaner Arbeit nicht einmal die Hände. Arbogast bekam zusätzlich zum Zucken auch noch Schluckauf.

»Äh ... fühlen Sie sich nicht wohl?«, erkundigte sich der Axtmörder scheinheilig. Arbogast wollte eine abfällige Grimasse schneiden und den Kopf schütteln. Leider hatte er seine Muskulatur nicht mehr richtig im Griff und wurde zum nervösen Ganzkörperzucker.

Der Axtmörder rückte etwas ab. Dann stand er ruckartig

auf, nahm die Plastiktüte von der Gepäckablage und legte sie auf den Sitz neben sich. »Na, dann wollen wir mal!«, rief er gekünstelt fröhlich.

In diesem Augenblick fuhr der Zug in einen Tunnel. Die Abteilbeleuchtung war nicht eingeschaltet. Vorteil Arbogast! Kurz bevor der Axtmörder ihn in eine bessere Welt verhackstückeln konnte, stürzte Arbogast mit einem gewaltigen Urschrei aus dem Abteil und floh über den Gang und den Großraumwagen in Richtung Bordbistro.

Herrn Köslük, dem Zugbegleiter, gelang es erst gegen 22.31 Uhr, kurz vor der Einfahrt in den Zielbahnhof, Armin Meyer-Heymel, Requisiteur einer Filmfirma, mit Engelszungen zu beruhigen. Die Plastiktüte mit seinen belegten Broten und den Bananen eng an sich gepresst, den Trolley zwischen den Hosenbeinen mit den Kunstblutspritzern, lauschte Meyer-Heymel mit offener Skepsis im Blick den Beteuerungen Köslüks, dass der unheimliche, stumme Fremde mit dem pathologischen Gesichtszucken den Zug bereits vor drei Haltestellen verlassen habe; bestimmt handele es sich um nichts weiter als einen nervösen Tick und ganz sicher stelle der Mann keine Gefahr für die Allgemeinheit dar.

Dennoch reservierte Armin Meyer-Heymel seitdem nur noch »Großraum«, kein »Abteil« mehr, wenn er – wie jeden Freitag – direkt von der Arbeit nach Hause fuhr ...

Killer-Kerwe in Klingenmünster

Ich bin ein Verfechter der Theorie, dass man Glückseligkeit am Boden einer Weinflasche finden kann.

Gerard Depardieu

Die Leiche musste weg. Und zwar dringend. Aber nicht an einem der Hot Spots der Metropole. Zu riskant. Die Leiche war heiß. Er musste sie dort entsorgen, wo niemand nach ihr suchen, keiner sie vermuten würde. An irgendeinem Randzipfel der Republik. Sein Finger kreiste über die aufgeschlagene Deutschlandkarte. Er kam auf der Pfalz zum Ruhen.

Auf Klingenmünster.

Wenn er an seine Kindheit dachte, war ihm, als blättere er in einer fremden Biografie und sehe mit seinem inneren Auge Bilder, die nichts mit ihm zu tun hatten. Und dennoch hatte diese Kindheit das aus ihm gemacht, was er heute war: ein professioneller Entsorger. Von Leichen.

Das Geheimnis des Erfolgs war die richtige Endlagerung. Und er liebte die Leere des Augenblicks danach: mit der Zigarette in der Hand auf sein Werk zu schauen – einen Ort, an dem nichts auf eine Leiche hindeutete – und an nichts zu denken. Höchstes Glück. So musste sich ein Schönheitschirurg nach der Fettabsaugung fühlen.

Jetzt saß er in einem der idyllischen, bewirteten Innenhöfe in Klingenmünster und trank ein Glas Muskateller. Wein beflügelte sein Denken. Es war der Freitag vor dem letzten Augustwochenende. Und im Kofferraum seines geklauten

77

Porsche Carrera lag die zusammengefaltete, frische Leiche eines russischen Mafioso.

Er brachte die Leute nicht selbst um, er war nur der Entsorger. Und arbeitete freiberuflich mit drei renommierten Auftragskillern zusammen, die wussten, dass man sich auf ihn verlassen konnte. Seinem Ruf wollte er auch dieses Mal wieder gerecht werden.

Wohin also mit der Leiche?

Laut dem Prospekt, den irgendein Tourist auf dem Tisch hatte liegen lassen, war Klingenmünster ein staatlich anerkannter Erholungsort am Ostrand des Pfälzerwaldgebirges. Der geschützten Lage verdanke der Ort sein besonders mildes, mediterranes Klima mit überdurchschnittlich viel Sonnenschein – weshalb die Gegend auch die deutsche Toskana genannt wurde. Nun gut, an diesem Tag schüttete es in der »Toskana« wie aus Kübeln. Aber er saß ja Gott sei Dank unter einem Schirm.

In dem Prospekt lag ein kleinerer Prospekt über die Burg Landeck. Die war ihm schon bei der Anfahrt in den Ort aufgefallen. Aus dem umgebenden Grün ragend, wuchtig in Nebelschwaden getaucht. Er machte sich ja nichts aus Geschichte, aber den Mafioso würde es doch bestimmt freuen, wenn er seine letzte Ruhestätte an historischem Ort fand. Der Killer hatte ihm mit einem stumpfen Gegenstand den Schädel eingeschlagen. Wenn er die Leiche vom Burgfried warf, würde es womöglich wie Selbstmord aussehen.

Gedacht, getan.

Der dicke Porsche, in den der Russe dank seiner mageren Gestalt zusammengeklappt und unter einer karierten Flanelldecke gut hineinpasste, düste den Zugangsweg hinauf. Burg Landeck lag eingebettet in einem Nest von prächtigen Edelkastanien. Aufgrund des bescheidenen Wetters war der Parkplatz so gut wie leer, nur ein einsames BMW-Cabrio harrte seines Besitzers.

Der Entsorger drehte seine Runde. Die Burgschänke im Burginnenhof hatte geöffnet, wirkte aber leer. Auf der Zugangsbrücke aus Douglasienholz sah man hinunter in den Halsgraben. Perfekt. Er hievte die Leiche aus dem Wagen. Der Tote ließ sich mühelos schultern. Nach kurzem Fußweg noch mal tief Luft geholt, angehoben – und schwupp! In hohem Bogen segelte der Leichnam nach unten. Und traf einen Touristen.

Man hörte ein übles Knacken.

Tot.

Die Leiche hatte dem Touristen sauber das Genick gebrochen.

Der Entsorger saß in der Boxmühle und trank einen großen Schluck Riesling. Um sich abzulenken, las er die Rückseite der Speisekarte. Da stand, wie die Boxmühle – die eigentlich Bocksmühle hieß – zu ihrem Namen gekommen war. Irgendein schwarzer Geißbock mit funkelnden Augen hatte seinerzeit zwei »Minschder« Burschen auf Schatzsuche verschreckt.

Das war einfach blödes Pech. Nicht die Sache mit dem Geißbock. Die Sache mit dem toten Touristen. Er hatte ihn nicht im Burggraben liegen lassen können. Nicht mit gebrochenem Genick. Und mit Faserresten und Hautabrieb von einem toten russischen Mafioso. Aus den Ausweispapieren des Kollateralschadens ging hervor, dass ihm der BMW gehörte und er aus Stuttgart kam. Also warf der Entsorger den toten Russen und den toten Schwaben in den Kofferraum des Cabrio – in den Porsche passten die beiden zusammen nicht hinein – und fuhr los.

Und nun saß er hier. Und atmete tief durch. Keine Panik. Er würde sich ein Zimmer für die Nacht nehmen und die Leichen in den frühen Morgenstunden loswerden. Dann eben nicht auf der Burg. Es musste in Klingenmünster noch andere Möglichkeiten geben.

»Sie sehen ein wenig blass aus«, meinte der junge Mann, der ihm den Saumagen mit Kraut servierte.

Der Entsorger lächelte unverbindlich. »Ich komme von der Burg«, sagte er, als ob das irgendetwas erklären würde.

»Ist Ihnen der Maulus mit dem Kopf unterm Arm begegnet?« Jeder im Ort wusste, dass der Keysermühlenmüller einmal einen erschlagen hatte, der jetzt kopflos auf der Burg spukte. Der junge Mann mit dem schwarzen *Boxmühlen*-Shirt lächelte und ging wieder in die Küche.

»Netter Bursche, nicht?«, meinte eine dauergewellte Touristin am Nebentisch zum Entsorger. »Man würde doch nie und nimmer auf die Idee kommen, was er von Beruf ist.«

»Kellner?«, mutmaßte der Entsorger.

»Aber nein, das machen er und seine Freunde doch nur nebenher.« Sie ließ die Lockenpracht wallen, mit ihrem Wissen prahlend. »Nein, er ist im wirklichen Leben Polizeioberkommissar.«

Der Entsorger wurde noch blasser, warf zwanzig Euro auf den Tisch und verschwand.

»Tja, Saumagen ist eben nicht jedermanns Sache«, meinte die Touristin und zog den unangerührten Teller zu sich heran.

Café Brutsch, Fremdenzimmer Nr. 3, *Burgruine Gräfenstein.*

Der Entsorger lag auf dem Einzelbett mit der blauen Bettwäsche und trank einen Schoppen Riesling.

Er hatte definitiv ein Problem.

Der Klingbach, der Klingenmünster seinen Namen gegeben hatte, war zwar schön, aber nicht tief genug. Da konnte er die beiden Leichen nicht entsorgen.

Der Weiher des Dorfes, ein idyllischer Großtümpel mit Enten und Nutrias (NUTRIA FÜTTERN VERBOTEN – DIE ORTSGE-MEINDE), wäre zwar geeignet, aber Wasserleichen hatten die dumme Angewohnheit, sich aufzublähen und an die Oberfläche zu steigen. Er müsste sie beschweren. Aber womit?

Manchmal half es ihm beim Denken, wenn eine halbwegs attraktive Frau seinen Nacken massierte. Aber er wollte die einheimischen Mädels nicht verschrecken. Und ein geeignetes Etablissement war nicht vorhanden, seit das *Prinz Ali* dichtgemacht hatte, wie ihm ein Netzhemdträger an der Tanke anvertraut hatte.

Also musste es ohne Nackenmassage gehen. Wohin mit den beiden Toten?

Wenigstens war die Witterung für August ausgesprochen herbstlich. Der Russe hätte sonst bestimmt schon angefangen zu müffeln. Der Schwabe hielt noch gut einen Tag.

Da klingelten seine Handys. Alle beide gleichzeitig.

Er klappte erst das schwarze Motorola-Teil auf. Sein Arbeitshandy. Es war der Ukrainer, sein Arbeitgeber. »Du haben Igor schon entsorgt?«

»Nein, aber so gut wie. Morgen bin ich wieder in Berlin.«

»Ist gut.«

»Wieso dauert das so lange, bis zu abnimmst?«, verlangte auf dem anderen Handy die Großmutter des Entsorgers zu wissen.

»Oma, ich bin bei der Arbeit.«

»Für seine Großmama hat man immer Zeit!« Erika Plonz liebte ihren Enkel abgöttisch, aber das hielt sie nicht davon ab, eine gewisse Strenge walten zu lassen. »Ich will dich nur daran erinnern, dass wir morgen mit Tante Gerda zu Abend essen. Sei ja pünktlich!«

»Ja, Oma.«

Draußen im Flur ging eine Zimmertür auf. Ein Gast trat hinaus und sprach offenbar in sein Handy. »Nä«, war zu hören, »heit esch Kerwe. Morche esch Kerwe, bis zum Ondach Owend.«

Kerwe. Kirmes. Ein Fest.

Der Entsorger richtete sich auf. Heureka! In dem Gewühl eines Festes konnte man immer einen Menschen verschwinden lassen. Notfalls auch zwei.

Die obligatorische Wummer-Wummer-Musik vom *Autoskooter Fleischmann* aus Freckenfeld hörte er schon, als er das BMW-Cabrio parkte, hinter den Schaustellerfahrzeugen im Schatten der Klingbachhalle.

Der Regen hatte an Intensität zugenommen. Knapp fünf Schritte und er war bis auf die Haut nass. Der Pfälzer an sich, von der Sonne verwöhnt, reagierte verschreckt und war zu Hause geblieben. *Zucker Gross Landau* und das Kinderkarussell waren besucherlos. Nur zwei Unerschrockene versuchten, Enten zu angeln.

Der Entsorger eilte zielgerichtet zum *KVK&DRK*-Stand. Die Kürzel entpuppten sich als Gemeinschaftsaktion von Karnevalsverein und Rotem Kreuz. Die Currywurst schmeckte lecker, weder nach Konfetti noch nach Mullbinde. Dazu ein Schoppen Riesling.

Vor der Bühne eröffnete gerade eine Pfälzer Weinprinzessin, eine blonde Augenweide im lilafarbenem Taftensemble mit falschgoldenem Krönchen, die Kerwe. Der Entsorger sehnte sich nach einer Nackenmassage. Ihm fehlte dringend ein Geistesblitz. Er hatte auf eine Geisterbahn gehofft. Oder doch wenigstens auf ein paar verfeindete Schlägertrupps, die man anstacheln und in deren Hau-drauf-Getümmel man die beiden Leichen werfen konnte, bevor die Polizei aus dem nahen Bad Bergzabern anrückte. Aber nein. Tote Hose. Und nur nette Jugendliche. Es war zum Verzweifeln.

Nee, das brachte nix. Er kippte den Schoppen auf ex – sein wievielter war das heute eigentlich schon? – und ging zum Auto. Einsteigen, Motor an, Gang rein und mit Schmackes los.

Es holperte nur ganz wenig.

Aber für den jungen Mann, der sich vor dem Cabrio übergeben und sich dann mit weichen Knien kurz hingelegt hatte, war das Gewicht des Cabrio auf seinem Kopf wohl doch zu viel gewesen.

Matschbirne.

Noch eine Leiche.

Mist!

SWR 1-Der Abend.

Auch in den ansprechend hergerichteten Räumlichkeiten von Weingut Werner Kuhn und Söhne tobte der Bär. Man hörte die Melodien aus dem Radio kaum, so feucht-fröhlich lärmten die Gäste.

Der Entsorger war leicht deprimiert. Er hatte einen Saab Kombi stehlen müssen, um die drei Leichen unterzubringen. Was für ein Auto musste er wohl als Nächstes kurzschließen? Einen Monstertruck?

Seine Blase meldete sich zu Wort. Wo war hier die Herrentoilette? So ganz geradeaus konnte er nicht mehr gehen. Eigentlich trank er bei der Arbeit ja nie, aber wer konnte dem guten Pfälzer Wein schon widerstehen? Über den Hof führte der Weg sicher, sicher nicht. Aber keiner hielt ihn auf, und so marschierte er einfach weiter.

Und hatte sein Epiphanias-Erlebnis.

Es hörte auf den melodischen Namen *Vaslin* und war sehr groß und sehr gelb. Eine elektrische Kelter! Natürlich! Warum war ihm dieser Gedanke nicht gleich gekommen? Immerhin befand man sich in einem Weinort.

Oben warf man die Leichen hinein, innen drin wurden sie hübsch gepresst, und in die Saftpfanne unten tröpfelten dann DNS-gemischte, nicht mehr zuzuordnende Flüssigüberreste. Genial!

Fröhlich Pfalz, Gott erhalt's, stand an der Wand. Der Entsorger konnte nur mit ganzem Herzen zustimmen.

Doch da bog der Hofhund um die Ecke.

Schwarz und offenbar mit weißem Schaum vor den Lefzen ...

Der Entsorger fürchtete sich nicht vor bewaffneten Vietnamesengangs. Er hatte schon ganz andere Probleme bewältigt als testosteron-schnaubende Zuhälter aus Nigeria. Selbst seiner Mutter, einer rabiaten Xanthippe von Weltformat, gab er Widerworte. Aber mit Hunden hatte er echt ein Problem. Er konnte ja nicht wissen, dass die schwarze Cora der Kuhns nur mit dem weißen Golfball in ihrem Maul spielen wollte. Für den Entsorger war sie eine Kreatur der Hölle, die ihm seine Seele rauben würde – oder zumindest seine männlichen Weichteile.

Kurzum: Er war geflüchtet.

Mit der Flasche in der Hand saß er nun auf dem Friedhof.

Quasi neben ihm, nur wenige Meter entfernt hinter dem efeuumrankten Mäuerchen, parkte der Saab. Der Kofferraum stand auf und der Entsorger sah missmutig auf die drei verknoteten Männerleichen.

Auf der anderen Seite des Tales lag Burg Landeck, hübsch beleuchtet. Ein wenig erinnerten die Strahler an Teelichter. Dennoch eindrucksvoll.

Selbst hier oben hörte man noch die Wummermusik. Wenigstens hatte der Regen aufgehört.

Der Entsorger saß auf der Bank neben der letzten Ruhestätte von August Becker, dem großen Sohn der Stadt. Das August-Becker-Museum und den August-Becker-Brunnen hatte er en passant schon gesehen. Nun also das Grab. Eigentlich war der Meister ja in Eisenach gestorben, aber dann umgebettet worden. Jetzt lag er hier mit Frida, seiner treuen Lebensgefährtin.

Kurz überlegte der Entsorger, ob er nach einem frisch

gebuddelten Grab Ausschau halten sollte, aber das brachte nichts. Drei Leichen würden ohnehin nicht hineinpassen, wo nur Platz für einen ausgehoben worden war.

Vielleicht dort drüben, auf diesem Biomüllplatz? Dort durfte man Äste und anderes Grünzeug aus dem Garten kostenlos abladen. Da könnte man doch mit Schnellkompostierer ...

Seine Gedanken wurden immer langsamer.

Seine Glieder wurden schwer.

Und dann dämmerte er weg.

Erst das höllisch laute Brummen eines Flugzeugs weckte ihn. In »Ameisenhöhe«, wie es unter Piloten hieß, bretterte ein altmodisches Doppeldeckerflugzeug über Burg, Dorf und Friedhof hinweg.

Der Entsorger wischte sich mit dem Jackenärmel den eingetrockneten Sabber aus dem Mundwinkel. Es war schon wieder hell. Hatte er doch tatsächlich die Nacht verpennt.

Moment mal. Was war das?

Drüben am Biomüllplatz machte er aus den Augenwinkeln eine Bewegung aus.

Was der Mann im dunkelbraunen Anzug mit den beigefarbenen Schuhen allerdings gerade zwischen die Äste hievte, war nur im weitesten Sinn Biomüll. Es war ... Also, das war doch die Höhe! Der Entsorger, der sich vorsichtshalber hinter das wadenhohe Mäuerchen geduckt hatte, richtete sich auf.

Da lud doch tatsächlich einer eine Leiche ab!

An dem dunkelgrünen Mercedes, der mit laufendem Motor hinter dem Mann stand, war ein Karlsruher Kennzeichen auszumachen.

Der Entsorger blies empört die Wangen auf. Für Leichen galten die gleichen Regeln wie für Atommüll: Wenn man selbst kein Endlager besaß, verschiffte man sie ins Ausland – nicht in idyllische Dörfer gleich um die Ecke. Wenn er seine

Berliner Leiche in die Pfalz brachte, hieß das, dass badische Leichen nach Mecklenburg-Vorpommern gehörten! Diese Naherholungsgebietentsorgung war ein eklatanter Verstoß gegen alle Profikillerregeln. Bestimmt war da ein Amateur zugange. Jetzt holte der Mann auch noch Schnellkompostierer aus dem Kofferraum.

So ja nicht!

Nicht mit ihm!

»He da!«

Der Beigeschuhträger zuckte zusammen, dann rannte er zu seinem Mercedes. Der Entsorger war aber schneller. Er packte den Mann am Revers und schleuderte ihn gegen die teure Protzkarosse. Und als er gerade die Faust heben wollte, um diesem Wicht mal ordentlich die Fresse zu polieren, gingen plötzlich Sirenen an.

Polizei!

»Sie haben sich da unnötig in Gefahr begeben, Herr ...« Der Polizist sah auf den Führerschein des Entsorgers. »... Herr Krawuttke. Es hätte völlig gereicht, über Handy den Notruf zu wählen.«

Der Entsorger nickte. »Ja, äh, der Akku war leer.« Und der Führerschein war gefälscht.

»Na, jedenfalls sehr couragiert von Ihnen, diesen Mörder dingfest machen zu wollen. Saxofonspieler. Frauenheld. Hat seine Ehefrau umgebracht. Wir wurden von einer Nachbarin verständigt – sie hat beobachtet, wie er die Leiche seiner Frau im Kofferraum verstaute –, und dann haben wir ihn von der Autobahn bis hierher verfolgt. Ist ja ein auffälliger Wagen.« Nicht ganz neidfrei sah der Polizist, der privat einen VW Familienkombi fuhr, auf das mächtige Gefährt.

Der Entsorger schluckte. »Sie müssen sicher meine Aussage aufnehmen, nicht?«

»Ja, aber das dauert nicht lange. Sie sind auf der Durchreise?«

»Der Entsorger nickte. »Meine Großmutter erwartet mich in Berlin.« Ralf Krawuttke alias Diddi Plonz wies ganz automatisch mit dem Kopf zum Saab.

Dem gestohlenen Saab.

Dessen Kofferraum weit offen stand.

Und aus dem ein Männerbein ragte.

Der Unterkiefer des Polizisten klappte herunter.

Oma Plonz würde noch eine Weile warten müssen ...

Vorsicht: Liebe

Es war eine Frage mikrosekundenschnellen Timings. Haare aus dem Gesicht streichen, Kopf in leichte Schräglage bringen, Lippen benetzen, Lächeln anknipsen.

Volltreffer!

Ich senkte den Blick. Es ging um Verführung, nicht um eine feindliche Übernahme.

Als ich wieder aufschaute, sah ich etwas, das an eine enorme Aubergine mit weißem Latz erinnerte. Schnaufend kam der rotunde Kellner des italienischen Szenelokals auf mich zugewatschelt. Schielte ich seit Neuestem, oder warum fühlte der sich auf einmal angesprochen? Auf die Speisekarte hatte ich geschlagene zehn Minuten warten müssen und nun sollte eine lässige Kopfbewegung genügen, um ihn zu mir eilen zu lassen?

»Sie wünschen, Signorina?«

»Von Ihnen gar nichts!«, fauchte ich. Gerade noch rechtzeitig schlüpfte ich wieder in meine Mata-Hari-Persona mit Sphinxlächeln, als *er* an meinen Tisch trat. Er, dem meine Verführungsoffensive gegolten hatte. Wegen Typen wie ihm war ich in Berlin. Theaterintendant. Grimme-Preisträger. Jahreseinnahmen im sechsstelligen Euro-Bereich. Noch ohne Viagra einsatzfähig.

»Ein Glas Prosecco auf den Weg?« Sonore Stimme. Zwei Gläser und die Flasche schon in der Hand. Lässig, charmant, gut aussehend. Genau richtig.

Keine sechzig Minuten später machten wir uns auf den Weg zu seiner Wohnung.

»Wohin?«, fragte der Taxifahrer, zog den zähflüssigen Inhalt seiner Nasennebenhöhlen hoch und schluckte vernehmlich.

Den Rest der kurzen Fahrt verbrachte er damit, uns im Rückspiegel zu beobachten. Dass er nicht von der Spur abkam, grenzte an ein Wunder, das nur durch jahrelange Praxis oder das Eingreifen himmlischer Mächte zu erklären war.

Wir boten ihm nämlich Einiges. Zwei Erwachsene, die einvernehmlich in Richtung Horizontale unterwegs waren. Arme und Beine wie Tentakel ineinander verschlungen. Münder vakuumverschlossen aufeinandergepresst.

Andere mögen das Vorspiel nennen.

Ich nenne es PHASE 1.

PHASE 2 beginnt mit Gurren und Schnurren.

Da liegt er bereits weitgehend entkleidet unter mir. Sein Haarschopf erinnert an einen explodierten Iltis, sein Teint ist Zeuge für eine Mischung aus Erregung und akutem Bluthochdruck. Er sagt nichts – eine so komplexe Bewegungsabfolge wie das Streicheln meiner sanft gerundeten Hüften überfordert die einsame Gehirnzelle in seinem Schädel und legt somit das Sprachzentrum lahm.

Schon früher hatte ich gemerkt, dass ich eine ganz besondere erotische Aura ausstrahlte, dass ich ein Mensch war, dem man grandiosen Sex zutraute, inklusive erderschütternder Tabubrüche. In Wirklichkeit besitze ich die Sinnlichkeit eines koreanischen Kleinwagens und bevorzuge ausnahmslos die Missionarsstellung. Aber für meinen Beruf war diese allgemeine Fehleinschätzung meiner Libido unbezahlbar.

Ich räkele mich auf dem Braunbärfell, das er Brustbehaarung nennt. Er stöhnt seinen Genuss heraus, versetzt mir einen kräftigen Klaps auf den Po. Ich raune mit rauchiger Stimme in sein Ohr, wie sehr ich kleine Fesselspielchen mag. Er weilt schon viele Jahrzehnte auf diesem Globus, aber solch heiße Bereitwilligkeit hat er offenbar noch nie erlebt – zumindest nicht für umsonst. Seine Mundwinkel verziehen sich nach oben, während ich die Plüschhandschellen aus meiner *Prada*-Tasche fische. Und – zack! – ist er am Bettgestell festgemacht.

Noch freut er sich.

Da geht hinter mir die Schlafzimmertür auf und Mutti ruft: »Bist du endlich soweit?«

PHASE 3 läuft immer gleich ab: Mutti nörgelt.

»Mein Gott, hast du dir wieder Zeit gelassen. Man könnte fast glauben, es gefällt dir.«

»Tut es nicht!«, blaffe ich pampig.

»Tut es doch«, lästert Mutti. »Und nächstes Mal bittest du gefälligst den Taxifahrer, nicht so schnell zu fahren – ich bin ja kaum hinterhergekommen!«

»Ich habe immerhin dafür gesorgt, dass die Wohnungstür nur angelehnt war«, wehre ich mich.

»Das ist ja wohl eine Selbstverständlichkeit.« Mutti guckt streng.

Mit diesem Geplänkel vertreiben wir uns die Zeit, während wir die Wohnung nach tragbaren Wertgegenständen durchsuchen – und ich spreche hier nicht von Stereoanlagen, sondern von seiner *Rolex*, seinen goldenen Manschettenknöpfen und einer Geldkassette mit zehntausend Schleifen zwischen den Boxershorts.

Währenddessen grunzt der Wohnungsinhaber, dem ich seine Socken in den Mund gestopft habe, und ergeht sich in sinnlosen Befreiungsversuchen. Mit seinen ruckartigen Bewegungen rubbelt er sich die Haut von den Handgelenken, aber dafür kann ich nichts: Würde er still liegen, wie ich es ihm befohlen habe, wäre die Angelegenheit absolut schmerzlos für ihn. Die Adern auf seiner Stirn sind zorngeschwellt. Wie kommt einer, der eine echte *Rolex* sein Eigen nennt, überhaupt dazu, sich aufzuregen, bloß weil sein heimisches Sparschwein geknackt wird? Das bisschen Klimpergeld kratzt ihn doch gar nicht. Darüber könnte ich mich ärgern, wenn ich nicht schon mit meiner Wut auf Mutti vollauf beschäftigt wäre.

»Das ist aber dürftig hier«, motzt Mutti. Durch ein kaum wahrnehmbares Anspannen der Nasenmuskulatur gibt sie mir zu verstehen, dass meine Auswahl der Zielperson – wieder einmal – eklatant missraten ist. »Warum hast du diesen Theatertypen genommen und nicht den Zigarillo-Raucher zwei Tische weiter rechts? Der hätte bestimmt mehr zu bieten gehabt! Ein Society-Schönheitschirurg!«

Wenn Mutti irgendwo einen Promi entdeckte, ging sie immer gleich per Handy online und checkte seinen finanziellen Background.

Ich schweige und schiebe eine Maria-Callas-CD in meine *Prada*-Tasche.

»Was machst du da? Die CD bringt doch nichts ein! Oder willst du etwa ein persönliches Andenken an diesen Höhlenmenschen?«

»Mutti, lass gut sein!«, warne ich, doch vergebens.

»Wirklich – diese Unprofessionalität. Ich weiß gar nicht, von wem du das hast. Bestimmt von deinem Vater.«

Da raste ich aus.

Ich. Werde. Wütend.

Üblicherweise setzen wir uns in PHASE 4 ab – getrennt, versteht sich.

Mit unserer Masche reisen wir nun schon fünf Jahre durch deutsche Großstädte. Erst Frankfurt, dann München, später Stuttgart und Hamburg. Und jetzt Berlin. Dank meines Aussehens reiße ich immer irgendeinen reichen Schnösel auf, dessen Wohnung wir in aller Ruhe leer räumen, während er in peinlicher Pose verschnürt herumliegt.

Meist geht Mutti zuerst, wenn wir fertig sind, wobei sie sich abwechselnd als schwer vermummte türkische Putzfrau oder als Aristokratin mit Riesenradhut tarnt. Ich folge in aller Regel in meinem Handwerkeroverall. Und jedes Mal ändere ich hinterher meine Haarfarbe, mein Styling, mein ganzes Ich.

Aber jetzt bin ich es satt.

Ich bin es ja so was von satt, Muttis kleiner Liebling zu sein. Quasi ihr 1,80 Meter großer, 90-62-90-Chihuahua. Wenn ich nach ihrer Pfeife tanze, bekomme ich ein Leckerli. Aber wehe, ich wage es, aufzumucken. Und nie, wirklich nie, gibt es ein Lob!

Mein Befreiungsschlag ist weiter nicht schwer.

Ich knalle die Vase auch nicht wirklich fest auf ihren Hinterkopf. Nur so kräftig, dass Mutti kurzzeitig ausgeknockt ist. Dann ziehe ich ihr das *Chanel*-Kostüm aus und kette sie mit den Ersatzhandschellen nackt auf unser letztes Opfer, das mittlerweile mit dem Leben abgeschlossen zu haben scheint.

Ein wirklich niedliches Stillleben. Das in dem Augenblick, als Mutti wieder zu sich kommt, ihre Situation erkennt und wie eine Furie loszetert, zu einem Horrorkabinettsstück wird. Hätte sie sich mal frische Unterwäsche angezogen, wie sie es bei mir immer anmahnt.

Ich schieße noch ein Polaroid-Foto zur Erinnerung. Falls mich eines fernen Tages Gewissensbisse überfrauen sollten. Dann nehme ich die Beute und Muttis Schlüssel zum Nummernkonto in der Schweiz.

»Ciao, Mama«, rufe ich und werfe ihrem delligen Po eine Kusshand zu.

Feinripp mit Folgen

Das mit der Blockhütte war nicht meine Idee gewesen, weiß Gott nicht. Sinnlosen Trinkgelagen war ich schon immer abhold, und meinen Dreißigsten mit mir wildfremden Menschen abseits jedweder Zivilisation zu begehen, schien mir von allen dummen Ideen die dümmste. Aber Klärchen wollte es so. Selber schuld, kann ich da nur sagen.

Klärchen heißt eigentlich Karin und ist meine Cousine zweiten Grades aus dem idyllischen Dörfchen Welling-stedtenerkamp. Nach der Rückkehr von meinem letzten »Auslandsaufenthalt« – London, New York und ein paar Zwischenstopps in Afrika und Asien – nahm sie mich groß-herzig in ihrem Reihenhaus mit Mann, Kindern, Topfpflan-zen und Tierheimhund auf.

»Wie furchtbar, da gurkst du durch die Weltgeschichte und kaum bist du wieder zu Hause, brennt dein Elternhaus ab.« Klärchen ließ Betroffenheit in ihrer Stimme mitschwingen.

Ich fühlte mich bemüßigt, leidend aus der Wäsche zu schauen.

»Und dann noch so tragisch mit einem Todesfall.«

Tragisch würde ich das nun gerade nicht nennen, wenn meine Nachbarin, Frau Langenberger-Werneck, die eigent-lich nur ein wachsames Auge auf mein Elternhaus werfen und hin und wieder den Briefkasten von den Werbesendun-gen leeren sollte, es beim Schnüffeln in meinen vier Wänden irgendwie fertig bringt, das ganze Haus abzufackeln – und sich gleich mit.

Ich senkte den Blick, nickte bedächtig und murmelte Betroffenheittriefendes. Klärchen hielt mich sonst womöglich noch für gefühllos.

Klärchen legte ihre Hand auf meine Schulter. War wohl

tröstlich gemeint. »Also, zu deiner Aufheiterung dachte ich an ein Fest im Grünen, im Schoße der Natur, mit vielen Freunden.«

»Ich habe keine Freunde.«

Meine Cousine schenkte mir einen weiteren mitleidigen Blick. Wahrscheinlich hätte sie mich am liebsten tränenreich umarmt, wusste aber, dass ich derlei Gefühlsergüssen abhold bin. »Meine Freundinnen feiern sicher gern mit dir. Ich habe ja unzählige Freundinnen. In unserem Alter ist es wichtig, liebe Menschen um sich zu scharen.«

Unser Alter – lächerlich. Sie ist satte zehn Jahre älter und wirkt mindestens doppelt so alt wie ich. Das liegt an dem verhärmten Blick.

»Außerdem habe ich schon eine wunderbare Idee für eine Themenparty. Wir machen ein Dessousfest! Das wird grandios – jede schenkt dir etwas Neues für unten drunter. Bei dem Feuer hast du doch sicher viele lieb gewonnene Stücke verloren. Und ich weiß, was qualitativ hochwertige Unterwäsche kostet. Also abgemacht!« Sie nickte, mehr zu sich selbst als zu mir.

»Klärchen, das kann ich doch nicht annehmen.« Eigentlich wollte ich mich vehementer sträuben, aber der Gedanke an spitzenbesetzte Leibchen und verruchte Strapse machte mich schwach. Ich habe eine Leidenschaft für feminin-elegantes Untendrunter. Vielleicht würde ich ja einen echten Wonder-Bra bekommen!

»Du kannst nicht nur, du musst!«, insistierte Klärchen. Ich schmolz dahin.

So war es also beschlossene Sache: Klärchen aktivierte den Töpferinnenkreis, den (rein weiblichen) Literaturzirkel und die Damen von der ehrenamtlichen Schulpausenaufsicht. Jede brachte einen selbst gebackenen Kuchen mit.

Ich brachte mich mit.

Meine Laune angesichts der farblosen Matronen besserte sich schlagartig, als ich den Geschenkeberg entdeckte. Mitten in dieser Schar gackernder Landpomeranzen im besten Alter erhob sich eine Pyramide aus kreativ verpackten Einzelteilen, die mich allesamt zu locken schienen: *Öffne mich, öffne mich, öffne mich.*

»Du hast uns ja gar nicht erzählt, wie reizend deine Cousine mittlerweile aussieht«, schallte es aus der Menge heraus.

Ich war in unserer Heimatstadt nicht gerade für mein Modebewusstsein bekannt.

»Ja, gaaaanz entzückend.«

Ich lächelte lieblich. Das kann ich. Nicht oft, aber wenn die Situation es erfordert, wachse ich über mich hinaus. Klärchen hatte mir ein etwas eng sitzendes, rosafarbenes Trägerkleid und eine hellgelbe Blümchen-Bluse ausgeliehen – ich sah nicht nur süß aus, mit einem Hauch Zuckerguss hätte ich sogar eine prima Torte abgegeben.

Torte gab es allerdings nicht. Die Ladys erklärten es mir. Es hatte irgendwas mit dem Klimawandel zu tun oder so. Vielleicht war's auch der Weltfrieden. Auf jeden Fall musste ich mir, wie alle anderen auch, ein Stück Vollwert-Getreidekuchen antun.

Zu Kaffee und staubtrockenem Kuchen hagelte es Fragen, womit ich denn meinen Lebensunterhalt in der Fremde verdient hätte. Nicht einmal Klärchen wusste, welchen Beruf ich erlernt hatte, und das fuchste sie. Ich ließ mich nicht festlegen, murmelte irgendwas von »selbstständig« und brachte die Inquisition erst zum Schweigen, als ich auf die quengelige Frage »Und in welcher Branche?« nachdrücklich »Ungezieferbekämpfung!« bellte.

Weil alles, was mit schleimigen Krabbeltieren und pelzigen Nagern zu tun hatte, für eine fröhliche Vollwertgetreidekuchenrunde zu unappetitlich war, durfte ich mich endlich auf die Präsente stürzen. Sesam, öffne dich!

Ich weiß nicht, was ich erwartet hatte, schließlich waren mir die Anwesenden allesamt fremd und normalerweise schenkt man einer Fremden Pralinen, eine Grünpflanze oder einen Taschenbuchklassiker. Ein Dessous ist erheblich intimer und somit irgendwie ein Vabanquespiel. Aber ich vertraute darauf, dass meine Cousine, die um meine heiße Leidenschaft für Spitzenstrings und transparente BH-Hemdchen wusste, alle angemessen instruiert hatte.

Sie hatte nicht.

Als ich die erste, mit einer Paketschnur gesicherte Schachtel auspackte (Geschenkpapier war in dieser Runde verpönt, und dieses Mal hatte es auf jeden Fall etwas mit der Umwelt zu tun, da bin ich mir sicher), was musste ich da entdecken? Einen fleischfarbenen Miederslip. Tötete jedwede Erotik auf den ersten Blick. Garantiert.

Ich machte gute Miene zum bösen Spiel, lächelte gezwungen und hauchte: »Wie ... äh ... entzückend, vielen Dank!«

»Der ist von mir!«, quäkte eine hagere Brillenträgerin mit Prinz-Eisenherz-Frisur. »Mit Bauch-weg-Effekt durch den vollelastischen Elastikbund!«

Gut, ich bin stämmig, aber einen Bauch habe ich nicht. In meinem Beruf ist körperliche Fitness zwingend vorgeschrieben, und selbst mit acht Dioptrien müsste doch eigentlich jede sehen, dass ich zweimal die Woche ins Studio gehe und anstelle eines Bauches nur stahlharte, flache Muskeln besitze. Ich packte das zweite Geschenk aus. Irgendeine der Damen gluckste. Zum Vorschein kam – Tusch! – genau, ein weiterer, großzügig geschnittener Taillenslip, diesmal in weißem Feinripp.

Ob ich mich wieder zu einem Lächeln zwingen konnte? Ehrlich gesagt, ich weiß es nicht mehr. Innerlich sackte mein Wohlfühlwert auf Minusgrade ab. Mir schwante Schauerliches: Alle Geschenke, und derer gab es wahrlich viele, hatten in etwa dieselbe Größe. Sollte ich auf einen Schlag zur Königin aller Feinrippträgerinnen Deutschlands gekürt werden? Ich sollte.

Als ich auch das zwölfte Geschenk seiner Hülle entledigt hatte, tummelten sich vor mir Formslips, Komfort-BHs, Funktionsmiederhosen und ein Entlastungsbody. In verschiedenen Farben, aber alle gleichermaßen gruselig.

Klärchen strahlte beseelt. »Freust du dich? Die anderen wollten dir ursprünglich lauter so unpraktisches Spitzenzeugs aus Paris schenken. Aber ich habe gleich gesagt, das will meine Cousine nicht. Sie braucht jetzt eine solide Grundausstattung, praktische Basisteile für jede Gelegenheit. War doch richtig so, oder?«

Alle sahen mich erwartungsvoll an. Ich habe es nicht so mit Worten, deswegen brachte ich es nicht über die Lippen, ihnen mitzuteilen, dass ich nie einen Feinrippschlüpfer besessen hatte, auch nie einen besitzen wollte und im Übrigen alles Feinrippige hasste. Und dass meine Cousine darüber hinaus eine Idiotin war und höchstwahrscheinlich adoptiert sein musste, denn so viel Schwachsinn schien selbst in meiner bescheuerten Familie rekordverdächtig. Klärchen hatte mich offenbar mit meiner verstorbenen Mutter verwechselt: einer begeisterten Feinrippenthusiastin und Freundin von praktischer Unterwäsche. Was einer der Gründe war, warum ich bereits am Vorabend meines 18. Geburtstags, kurz nach ihrem frühen Ableben, ausgezogen war.

Ich ließ meinen Blick über die Runde schweifen – alles, was ich nie sein wollte, war hier versammelt: Brave, angepasste Strähnchenfrisurträgerinnen, die eine Atmosphäre von Frieden, Freude und ökologisch-korrektem Pflaumenkuchen verströmten. Nach ihrem Ableben würden unzählige Ehemänner und Söhne zweifelsohne in schmerzliches Geheule verfallen, weil nun niemand mehr kaltes Bier zum Fernsehsessel trug.

Ich entschuldigte mich. »Wenn ich gerührt bin, kommen mir immer die Tränen. Ich geh' nur mal schnell raus und ringe nach Fassung.«

Ich hatte die Tür noch nicht richtig geschlossen, da ging das Geschnatter schon los. »Ich weiß nicht, so richtig gefreut hat sie sich ja nicht.« – »Singles sind verwöhnt, wahrscheinlich hat sie Designerware von Schiesser erwartet.« – »Dabei ist qualitativ hochwertige Unterwäsche ganz schön teuer, selbst im Schnäppchenmarkt.« – »Sie hätte ja wenigstens so tun können, als ob es sie freut.«

Sollten sie ihren Gefühlen ruhig freien Lauf lassen. Je lauter sie sich unterhielten, desto unwahrscheinlicher war es, dass eine mitbekam, wie ich meinen Kofferraum öffnete und mein Sortiment durchging: das Schnellfeuergewehr – prima geeignet für Großeinsätze wie damals im Kongo, als ich den putschenden Oberst samt Leibwachen umgenietet hatte, sieben auf einen Streich –, die kleinkalibrigen Schusswaffen mit Schalldämpfer – eher für Präzisionsarbeiten wie seinerzeit die Sache in der Hotellobby in Moskau, die dem Oppositionsführer aus Usbekistan gar nicht gut bekommen war –, die Kanister mit Benzin – die Erinnerungen an Frau Langenberger-Werneck weckten, was hatte die alte Schnepfe auch in meinen Sachen schnüffeln müssen –, die Schachtel mit dem Plastiksprengstoff?

Gut, dass wir so weit von der nächsten Siedlung entfernt waren – da hatte ich die freie Auswahl. Mal sehen ... Was eignete sich am Besten für Klärchen und ihre Freundinnen?

Elvis forever!

Mord im Repelner Jungbornpark

Wie viele Elvis-Imitatoren braucht man, um eine Glühbirne einzudrehen? Fünfzehn. Alle singen munter zur Klampfe, während ein herbeigerufener Elektriker Licht in die Dunkelheit bringt. Wir sind allerdings nur elf. Und am Ende sind auch noch zwei von uns tot. Es wird also finster bleiben. Ach, was sage ich: zappenduster!

Moooment, werden Sie jetzt rufen. Was erzählt uns die Tante denn von Elvis-Imitatoren? Seit wann war Elvis eine Frau?

Na gut, die rundumsanierte Cher als Elvis war ein Griff ins Klo, aber ich bin echt gut. Sie sollten mich mal sehen: Von Mutter Natur mit stämmigem Körperbau und einer üppigen Tolle schwarzen Haares ausgestattet, den erotisierenden Elvis-Hüftschwung in jahrelangen Bauchtanzstunden an der Volkshochschule perfektioniert, und mein Parade-Song *You give me fever* ist vom Meister höchstselbst nicht mehr zu unterscheiden. Okay, ich gebe den frühen Elvis, in Jeans, Hemd, Halstuch und sonst gar nichts, was optisch nicht viel hermacht, weswegen ich auch schon mal ausgebuht werde und noch nie einen Preis einheimsen konnte. Aber das kratzt mich nicht.

Ich tue das nicht für Ruhm und Ehre.

Elvis – das ist eine Lebenseinstellung!

> *Elvis ist nicht tot – er ist nur nach Hause gegangen.*
> Men in Black

Ein Freitag im Juli, 13.30 Uhr. Zehn Männer und eine Frau stehen, umrundet von Koffern, Reisetaschen und Seesäcken, vor der Dorfkirche in Moers-Repelen. Es ist tierisch heiß, und wir haben alle eine lange Anreise hinter uns. Mund- und Körpergerüche wabern in öligen Wolken durch die Luft.

Vor uns ist der Aufbau der Buden und Stände in vollem Gange. Wir werden hier Geschichte schreiben: Zum ersten Mal gibt es – dank des großzügigen Sponsorings der Sparkasse – auf dem Repelener Dorffest einen Elvis-Imitatoren-Wettbewerb. Die ehrenamtlichen Helfer werfen uns freundliche, aber auch skeptische Blicke zu. Ich kann sie verstehen. Unser Haufen erinnert in Zivil eher an eine biedere Kaffeefahrtreisegesellschaft als an schillernde Showstars.

Die Jungs und ich sehen uns nicht zum ersten Mal. Dr. Klaus Pönsken, studierter Germanist und von allen nur der »Colonel« genannt – nach dem Manager des echten Elvis, Colonel Tom Parker –, organisiert diese Elvis-Amateurwettbewerbe nun schon seit zwei Jahren, und fast alle von uns sind regelmäßig dabei. Ich will ehrlich sein: Wir sind nur zweite Wahl, manche Kritiker meinen sogar, nur dritte Wahl, aber dafür kriegt man uns echt günstig. Und unser Unterhaltungswert ist mindestens so groß wie der professioneller Elvis-Imitatoren.

Da ist zum Beispiel »Swami« Kowalski, ein Yogalehrer aus Stuttgart – sieht aus wie eine ätherische Elfe, aber bei seinem Hüftschwung fallen die Omas reihenweise in Ohnmacht. Oder »Big John« Meierschön, ein Zweihundert-Kilo-Koloss aus dem Bayerischen, der als Markensong *Blue Suede Shoes* schmettert, doch leider aufgrund seiner Farbenblindheit grüne Wildledertreter trägt. Oder Herrmann Baumgärtner, ein unscheinbarer Lateinlehrer, der zwar keinen Spitznamen hat, dafür aber eine verhuschte Ehefrau namens Elke, die ihn zu allen Wettbewerben begleitet und ihm den Paillettenanzug ausbessert, notfalls noch auf dem Gang zur Bühne und vor dem Mikro.

Apropos Pailletten: Die Jungs tragen natürlich alle den obligatorischen Glitzeranzug. Bei den meisten hat Mutti Hand angelegt, nur »Handsome« Willi Kaiser, ein schwuler Schnauzbartträger aus Hamburg, besitzt mehrere »echte« Original-Elvis-Kostüme: Kopien der realen Anzüge von den Konzerten auf Hawaii und in Las Vegas, maßgeschneidert in Memphis – Objekt der Gier von uns anderen. Wir alle hoffen insgeheim neidvoll, dass irgendwann sein Schrank mit den Elvis-Kostümen von gefräßigen afrikanischen Killermotten leergenagt wird ...

»Ah, da seid ihr ja«, dröhnt der Colonel und tritt mit einem gestandenen Mannsbild aus der Kirche. »Darf ich euch vorstellen: Herr Bratkus-Fünderich, Pfarrer der hiesigen Gemeinde und unser Gastgeber.«

Wir nicken und murmeln Begrüßungsfloskeln.

Der Colonel ruft »Mir nach!« und geleitet uns im Gänsemarsch zu der Bühne, die direkt gegenüber der Kirche unter einem riesigen Stoffbanner mit der Aufschrift REPELEN: AKTIV – SYMPATHISCH – LIEBENSWERT errichtet worden ist. Dann stellt er sich vor das Mikro und bellt »Eins, zwei, drei, Sprechprobe«. Daraufhin röhren wir abwechselnd einige Takte ins Mikro, Pfarrer Bratkus-Fünderich schießt erste Fotos, und der Dackel eines älteren Passanten heult engagiert mit.

Kurz bevor ich an der Reihe bin, bekomme ich aus den Ohrenwinkeln einen hässlichen Streit zwischen Kalle »Knallhart« Optendrenk aus Wachtendonk und »Thunderbolt« Oehler aus Jena mit. Knallhart mokiert sich gern über seinen sächselnden Elvis-Kollegen, und Thunderbolt kontert stets damit, dass *seine* Tolle echt sei und nicht regelmäßig beim Auftritt verrutsche wie das Haarteil von Knallhart. Ich befürchte schon, die beiden lassen ihre mageren Fäustchen sprechen, aber da treffen die Damen vom Frauenchor mit ihren Kuchenplatten ein, was den Waffenstillstand einläutet.

Anschließend geht es im Gänsemarsch zurück zur Kirche. Die Sakristei und der erste Stock des Kirchturms werden uns morgen Abend als Umkleide dienen. Pfarrer Bratkus-Fünderich lässt uns eine kurze Führung der Räumlichkeiten angedeihen. Die Jungs klettern auf wackeligen Holzstiegen sogar bis zur Turmspitze mit dem herrlichen Rundum-Ausblick, was ich wegen meiner Höhenangst dankend ablehne.

Danach geleitet uns der Colonel gänsemarschig zum *Hotel zur Linde*, wo uns die Besitzer – Herr und Frau Welling mitsamt Herrn Waldmann, dem Koch – freundlichst in Empfang nehmen. Es gibt einen Begrüßungscocktail für alle, dazu lecker Jungbornschnittchen (»unten sündig, oben gesund«: Honig, Apfelkraut und Quark auf Grahambrot).

Woraufhin die Zimmerverteilung erfolgt. Handsome Willi nächtigt natürlich nicht im Hotel, er ist wieder mit seinem Wohnmobil angereist, das er originellerweise »Graceland« getauft hat. Auch der Colonel hat wie üblich keines der normalen Zimmer belegt, sondern für sich und seine beiden Groupies Gabi und Tiffy (90-60-90, blond, silikonisiert) die luxuriöse Linden-Suite angemietet.

»Nicht vergessen«, ruft der Colonel noch, »um 18 Uhr führt uns Frau Wittfeld vom *Felkeverein* freundlicherweise durch den Jungbornpark und erzählt uns Einiges zur Stadtgeschichte. Und um 19 Uhr ist der Interviewtermin mit Frau Kliem von der NRZ. Ab 20 Uhr treffen wir uns dann alle zur Eröffnung des Dorffestes. Und zwar in Uniform, wenn ich bitten darf!«

Ein paar von uns salutieren.

Der Abend verläuft ereignislos. Das Dorffest wird von der stellvertretenden Bürgermeisterin Erika Scholten eröffnet. Die Massen, die sich eingefunden haben, bejubeln das spritzige *Akkordeonorchester St. Tönis* und den örtlichen Posaunenchor. Wir Elvisse haben mittendrin einen Kurzauftritt auf der Bühne, wo wir uns artig verbeugen und der Colonel die Dorfgemeinschaft ganz herzlich zum morgigen Elvis-Wettbewerb einlädt. Alle jubeln. Aber da weiß ja auch noch keiner, dass dieses Dorffest in die Geschichte eingehen wird. Unter der Rubrik »Blutigstes Event seit der Gründung von Repelen«.

Gegen elf zieht es mich auf mein Zimmer; die Jungs stehen noch um den *Diebels*-Bierausschank und bechern fröhlich mit den Einheimischen. Unterwegs treffe ich auf Elke. Sie sitzt weinend vor der grünen Telefonzelle in der Hoteleinfahrt, weist mich aber, als ich ihr meinen Beistand anbieten will, barsch ab. Na dann nicht, liebe Tante.

Als ich in die schicke Hotel-Lobby einbiege, sehe ich den Grund für die Tränen. Elkes Gatte Herrmann, der biedere Gymnasiallehrer, knutscht einen der Playboyhasen des Colonel ab. Ich glaube, es ist Tiffy. Kann aber auch Gabi sein. Irgendwie sehen diese Hoppelhasen ja alle gleich aus.

Frauen, die so gut sein wollen wie Männer, haben keinen Ehrgeiz.
Zimmer 211 in Wellings Hotel zur Linde

Samstag, 13.30 Uhr. Die Sonne sticht. Die Elvis-Tolle hält. Eine stämmige Frau, ganz in coolem Schwarz gekleidet, spaziert Pizza mümmelnd durch Repelen. Ich habe mir die Pizza Margherita bei *Mamma Francesca* besorgt und mich nur kurz gewundert, dass die jungen Männer hinter der Theke nicht italienisch, sondern arabisch miteinander sprechen. Aber der Niederrhein ist ja für sein Multikulti-Ambiente berühmt.

Eigentlich bin ich mit einem dicken Vorurteil nach Repelen gereist – von wegen Dorf und so. Doch eine Frau Razborsek bietet tibetische Druckpunktmassage an, und es gibt ein mobiles Internetcafé für das Projekt »Senioren online« – mehr hat mein heimisches Schwäbisch Hall auch nicht zu bieten.

Pünktlich komme ich nach meinem Rundgang wieder zum Dorfplatz zurück. Auf dem ein Dorfsheriff gerade Knallhart und Thunderbolt trennt, die sich zwischen den Häuschen der *Sammlerfreunde Repelen e.V.* und der Gruppe *ZWAR (Zwischen Arbeit und Ruhestand) e.V.* im Staub wälzen. Und das wegen einer falschen Haartolle und eines Dialekts, den immerhin schon August der Starke sprach. Männer!

Auf der Bühne probt dazu der Herrenshantychor von Repelen unverdrossen *Das kann doch einen Seemann nicht erschüttern.* Solche Momente ergeben Erinnerungen, die man sich für kein Geld der Welt kaufen kann.

»Ladies and Gentleman, Eeeeeeelvis lebt!«

A Little Less Conversation dröhnt ohrenbetäubend aus den Verstärkern. Zehn pomadisierte Elvisse und eine Elvira stürmen auf die Bühne.

Die Menge tobt.

Radio KW sendet live. Ramba-zamba-Partystimmung.

Wir rocken, was das Zeug hält. Big John Meierschön platzt im Eifer des Gefechts die Paillettenjacke, und ein Knopf segelt in hohem Bogen mitten in die Schar der extra angereisten Groupies in der ersten Reihe, die im Chor *Schubidua* singen. Die Menge johlt.

Ein grandioser Abend – die Nacht ist warm, und wir machen sie noch heißer!

Der Colonel moderiert uns nach dem Anfangschorgesang versiert einen nach dem anderen ab. Über die Reihenfolge hat wie immer das Los entschieden, und so macht Handsome Willi in seiner Original-Elvistracht (die im Dunkeln leuchtet!) den Anfang. Schon er ist kaum noch zu toppen, aber wir geben alle unser Bestes. Knallhart Optendrenk heizt dermaßen auf der Bühne herum, dass sein Haarteil dem Knopf von Big John in die Menge folgt. Die Stimmung brodelt.

Okay, bei der anschließenden Preisverleihung mache ich nur den vierten Platz, was mir keine Elvis-Statuette und keine Preisgeldprämie einbringt, sondern nur eine Anstecknadel (Made in Taiwan) und einen schwitzigen Händedruck von Colonel Pönsken, aber im Nachhinein erweist sich das noch als Glücksfall.

Elvis has left the building

Mitternacht.

Ich lehne am *Diebels*-Stand und kippe ein Bier. Zwei Repelener stoßen neben mir aufeinander.

»Tersteegen?«

»Friesen?«

»Na, wie is et?«

»Wie soll es sein? Und selbst?«

Der Niederrheiner an sich gibt grundsätzlich keine Antwort, sondern stellt eine Gegenfrage, das habe ich schon gelernt. Ich beäuge die beiden wie ein Anthropologe, der eine seltene Primatenart im kongolesischen Regenwald observiert.

»Was für ein fulminanter Abend.« Urplötzlich baut sich der Colonel neben mir auf.

Verwunderlich. Der Mann meidet mich sonst wie einen hochgradig ansteckenden Ebola-Kranken. Als Purist verachtet er weibliche Elvis-Imitatoren.

»Ein wunderbares Publikum.« Er prostet den Umstehenden zu. Die Umstehenden nehmen das nicht weiter zur Kenntnis.

Ich flehe um eine Eingebung. Smalltalk ist nicht meine starke Seite, und beim Colonel bin ich immer wie versteinert.

»Der Herrmann freut sich tierisch«, platzt es unbeholfen aus mir heraus. Das ärgert den Colonel. Er findet auch Herrmann zum Kotzen, weil der grundsätzlich wie ein Klotz auf der Bühne steht und trotzdem immer wieder vom Publikum siegerprämiert wird. Vielleicht weckt seine Unbeholfenheit Mutterinstinkte – und im Publikum sitzen ja meistens Frauen.

Prompt legt sich die Stirn des Colonels in Falten. »Der Herrmann ist für einen Elvis viel zu moralapostelig. So einer sollte zu Hause bleiben und höchstens unter der Dusche singen«, blafft er.

Offenbar weiß der Mann nicht, dass der »anständige Saubermann« eines seiner Häschen rammelt. Ich sehe mich nicht veranlasst, ihn aufzuklären.

Ich überlege mir gerade, wie ich mich gekonnt und ohne unhöflich zu wirken, abseilen könnte, als die Glocken der Dorfkirche einsetzen. Mit Schmackes. Ein wirklich beeindruckendes Geläut, das man bei uns im Süden eigentlich nur zu Silvester oder bei frisch erfolgter Papstwahl zu hören bekommt.

Die Musik, die mittlerweile vom Band schmettert, verstummt ebenso abrupt wie das Festgeplauder. Und nur deswegen können wir hören, was die Elke brüllt, die in diesem Moment hysterisch aus der Kirche gerannt kommt.

»Mord!«, gellt sie, »Mord, Mord, Mord!«

Ich muss sagen, die Polizei ist ruckizucki vor Ort. Und noch schneller haben die beiden anwesenden Dorfsheriffs mit Hilfe der Securityleute den gesamten Festplatz abgeriegelt, damit auch ja keiner einen Fluchtversuch wagt. Ich bestelle mir ungerührt noch ein zweites Bier. Zu meiner Verteidigung sollte ich anführen, dass ich ehrlich der Überzeugung bin, Elke habe den Stress der vergangenen Tage nicht verkraftet und irgendwelche Knochen von Pestleichen aus dem 14. Jahrhundert, die ja oft in Kirchen herumliegen, mit einer frischen Leiche verwechselt. Aber dann stellt sich doch relativ zügig heraus, dass es einen von uns erwischt hat.

Herrmann Baumgärtner, Elkes Mann, der Gewinner des großen Elvis-Imitatoren-Wettbewerbs von Repelen, ist mit seiner Preisträgerstatue erschlagen worden.

Elvis ist tot!

»Um 23 Uhr 30 war die Veranstaltung zu Ende. Um 24 Uhr wurde die Leiche gefunden. Haben Sie Herrn Baumgärtner in dieser Zeit noch gesehen?«

Als der schmucke Kommissar mich endlich befragt, ist es zwei Uhr fünfzehn. Und ich habe noch Glück: Ich bin eine der Ersten, die vernommen werden.

»Ich sah, wie er in die Kirche ging.«

»Aha!«

»Das war aber völlig normal. In der Kirche befand sich unsere Umkleide, und er musste doch seinen Paillettenanzug ausziehen.«

»Sind Sie ihm in die Kirche gefolgt?«

»Nein. Ich brauchte erst mal was kühles Blondes.«

»Aha!«

Dieses »Aha!« geht mir allmählich auf die Nerven.

»Wie Sie sehen, trage ich nur Jeans und ein Hemd. Reinigungstechnisch völlig unkompliziert.«

»Haben Sie sonst noch jemand in die Kirche gehen sehen?«

Ich überlege. Nach Veranstaltungsende hatte es einen wahren Massenexodus in die Kirche gegeben: alle Elvisse (außer mir), Repelener Bürger auf Autogrammjagd, Elke, der Colonel und seine Hoppelhasen, der Pfarrer und die Küsterin. Genau das erzähle ich dem Kommissar. »Und sagen Sie jetzt nicht ›Aha‹!«

Er spitzt nur die Lippen. »Gibt es Zeugen, die bestätigen können, dass Sie nicht in der Kirche waren?«

Mist. Das habe ich nun davon. Schnell, den Verdacht auf jemand anderen lenken. Völlig unschwesterlich fällt mir Elke ein, die Frau des Toten.

»Herrmann hat Elke betrogen. Das wäre doch ein gutes Motiv!«

Der Kommissar lächelt. »Die Küsterin hat ausgesagt, dass sie mit Frau Baumgärtner seit dem Ende des Wettbewerbs ununterbrochen zusammen war. Frau Baumgärtner habe gegen Mitternacht plötzlich das Handy-Klingelzeichen ihres Mannes gehört. Offenbar eine unverwechselbare Melodie.«

Blue Moon of Kentucky. Die erste Song-Einspielung von Elvis. Wer kennt sie nicht? Herrmann hatte grundsätzlich vergessen, sein Handy auszuschalten, selbst wenn wir auf der Bühne waren.

»Frau Baumgärtner und die Küsterin gingen dem Klingeln nach und fanden das Handy und die Leiche im dritten Stock des Kirchturmes. In einer Fallgrube.«

»Eine Fallgrube?«

Der Kommissar nickt. »Stimmt, ungewöhnlich für einen Kirchturm, wenn nicht sogar einmalig. Man entdeckte sie vor Kurzem bei Renovierungsarbeiten.«

»Aber das deutet doch ganz klar auf einen Einheimischen als Täter! Es war ein Elvis-Hasser aus Repelen! Wer sonst hätte von der Fallgrube wissen können?« Ich fühle mich ungeheuer gerissen – ein schwäbisches Cleverle auf den Spuren von Altmeister Holmes.

Der Kommissar grinst nur. »Man kann auch durch Zufall über eine Fallgrube stolpern.« Er beugt sich vor und beäugt mich wachsamen Auges. »Haben Sie Herrn Baumgärtner eigentlich seinen fulminanten Sieg missgönnt?«

Zu guter Letzt notiert sich der Kommissar meinen Namen und meine Heimatadresse, dann darf ich ins Bett. Ein Bett, das zwar extrem bequem ist, mich aber dennoch nicht einschlafen lässt. Ich sehe dauernd den toten Herrmann vor mir. Gerüchten zufolge harrt er immer noch blutüberströmt in der Fallgrube im Kirchturm auf seinen Abtransport zur Gerichtsmedizin durch das Bestattungsunternehmen *Latzke-Wallor*, das praktischerweise direkt am Dorfplatz gelegen ist.

Ich gerate ins Grübeln. An Elkes Stelle hätte ich ihn kaltgemacht. Untreue ist eine ganz miese Kiste. Aber sie hat offenbar ein wasserdichtes Alibi. Außerdem hat sie so viel Liebe und Mühe in sein Elviskostüm investiert, nie im Leben hätte sie ihren Gatten im Kostüm gemeuchelt. Erst wenn Selbiges gereinigt und gebügelt im Schrank gehangen hätte, hätte sie ihm blutlüstern den Schädel eingeschlagen.

Wer bringt einen Lateinlehrer so grausam um? Seine Schüler wohnen zu weit weg. Seine hoppelhäsige Geliebte? Zu wenig Grips. Bestimmt eine Verwechslung. Jede Wette, der Mörder hatte im Halbdunkel des Kirchturms einfach den *falschen* Elvis erledigt. Vor meinem inneren Auge marschieren die überlebenden Elvisse militärisch geordnet vorbei. Nein, eigentlich war keiner von denen so widerlich, dass man ihn final entsorgen musste. Wenn schon, dann wäre der Colonel dafür ein geeigneter Kandidat, aber der hatte ja seinen knalllila Veloursmoking getragen und war somit eindeutig erkennbar.

Nein, nein, nein – das alles hat mit uns nichts zu tun. Ein irrer Mörder aus Repelen mit intimen Kirchturmkenntnissen hat den Herrmann rein zufällig kaltgemacht. In diesem Moment fällt mir wieder ein, dass Pfarrer Bratkus-Fünderich die Jungs durch den Kirchturm geführt hat und somit alle von der Fallgrube gewusst haben können. War es etwa doch einer von uns?

Ich wälze mich im Bett. Ich zappe mich durch alle Programme. Ich lasse mir ein Bad ein, probiere das bereitliegende Badesalz aus und spiele mit der ebenfalls bereitliegenden, gelben Gummiente. Hilft alles nichts. Um 5.30 Uhr bin ich immer noch hellwach.

Ich ziehe mich an und beschließe, durch den Jungbornpark zu spazieren.

Mächtig großer Fehler.

> *Die Menschen sind fröhlich, die Luft rein und stark,*
> *Es ladet zum Wandern ein üppiger Park.*
> *Durch Wiesen und Felder ein Wässerchen zieht,*
> *Vom Ufer erschallet manch lustiges Lied.*
> *Man turnt und man badet, man macht sich's bequem,*
> *Man reibt sich und sonnt sich und packt sich in Lehm.*
> *Hier wird man gesund. Sag, was mag das wohl sein?*
> *Das ist Repeln's Jungborn am Niederrhein.*
> Der Jungbornmarsch

Ich weiß ja nicht, ob Sie es wissen, aber Repelen war mal ein ganz bekannter Weltkurort. So ab 1898. Pastor Emanuel Felke hat da seinerzeit die Schlammbäder populär gemacht. Christa Wittfeld vom Felkeverein hat uns das gestern höchst anschaulich erklärt. Man packte sich in Lehm oder nahm Lichtluftbäder – quasi Aerobic im Adamskostüm. Nein, ich erfinde das nicht, es gibt Fotodokumente!

Die Zeiten sind allerdings vorbei. In dem Bach, der sich durch den Park schlängelt, baden allenfalls noch die Enten im Schlamm. Ich füttere einige von ihnen mit den gehamsterten Resten einer Jungbornschnitte vom gestrigen Empfang im Hotel. Bachaufwärts gibt es einen See, das so genannte Repelener Meer. Naturbelassen mit biologisch-reinem Wasser, deshalb auch voll von deliziösen Karpfen und Welsen. An dessen

Ufer bleibe ich stehen, lausche der leichten Brise im Blätterdach und dem Quaken der Enten, die nach mehr Jungbornschnittchen verlangen, und werde eins mit meiner Umwelt.

Bis mich eine freundliche, ältere Dame in roter Windjacke energisch am schwarzen Fliegerblouson zupft. »Haben Sie ein Handy dabei?«

»Wie bitte?« Ich schrecke auf.

»Es gab einen Unglücksfall. Schnell, wir müssen die Polizei verständigen.«

Sie zeigt in Richtung einer kleinen Vogelinsel im Meer. Dort steht ein älterer Herr, ebenfalls in roter Windjacke, und beugt sich über etwas Weißes, Glitzerndes, das halb auf dem Land, halb im Wasser liegt.

Ich renne los.

Allerdings nicht in Richtung Dorf, sondern in Richtung Insel. Durch kniehohe Brennnesselbüsche kämpfe ich mich zum Ort des Geschehens. Mein Adlerauge hat mich nicht getäuscht, es ist ein Elvis. Tot – aus dem Zustand seines Kopfes zu schließen, von dem nicht mehr viel übrig ist. Ich komme gerade rechtzeitig, um zu sehen, wie sich eine kleine, fleischfressende Rotwangenschmuckschildkröte an seinen kopfmäßigen Überresten ihr Frühstück sichert. Woraufhin ich den Tatort mit reichlich Erbrochenem ziere. Und anschließend in Ohnmacht falle.

Herr und Frau Zorn aus Utfort, denen eine unleidige Schicksalsgöttin auf ihrem Morgenspaziergang einen toten Elvis vor die Füße legte, müssen ohne meine Hilfe die Exekutive verständigen. Was sie auch beherzt tun. Und sie bringen gleich einen Sanitäter mit, der mich mit einem Riechfläschchen wieder ins Hier und Jetzt holt.

Wir sitzen im gemütlichen Frühstücksraum des *Hotels zur Linde*. Ich trinke schon die dritte Tasse Kaffee.

»Unfassbar!«, murmelt der Colonel. »Wer tut mir so etwas an?« Er ist den Tränen nahe. Seine Trauer gilt allerdings nicht den beiden Toten. Er sieht kosmische Zielgerichtetheit in willkürlicher Koinzidenz und glaubt, durch diese Morde vom Schicksal persönlich abgestraft zu werden.

Bevor ich meiner aufkeimenden Empörung darüber Luft machen kann, bittet mich der übernächtigt wirkende »Aha!«-Kommissar zu sich in die liebevoll restaurierte »Upkammer« des Hotelrestaurants. Bei Hochwasser ein sicherer Fleck. Nur dass Hochwasser momentan nicht unser Problem ist.

»Jetzt mal ganz ehrlich und aus dem Bauch heraus – wer könnte es Ihrer Meinung nach auf Thunderbolt Oehler abgesehen haben?«

Ach ja, habe ich das nicht erwähnt? Der tote Elvis im Repelener Meer ist unser wackerer Sachse. Natürlich muss ich von seinem Streit mit Knallhart Optendrenk erzählen. Ich kratze mich an den Fußknöcheln. Verdammte Brennesseln!

»Wir sind Hobbymusiker, Herr Kommissar«, erkläre ich abschließend defensiv. »Schlichte Gemüter. Wir mögen uns bisweilen anpöbeln, aber wir bringen uns nicht gegenseitig um.«

»Sie halten es also für wahrscheinlicher, dass ein unbescholtener Repelener durchdreht und massenweise Elvis-Imitatoren umbringt? Meine Güte, wie schlecht waren Sie denn?« Der Kommissar sieht mich spöttisch an.

Ich gucke beleidigt zurück.

Zur Verteidigung des Kommissars muss gesagt werden, dass er sich gleich darauf entschuldigt. Und mir mitteilt, dass Herr Meier vom Tennis-Club *Schwarz-Gold* nach seiner nächtlichen Vernehmung durch die Polizei noch schnell ins Clubhaus gefahren ist, von wo aus er gegen 5.45 Uhr eine Gestalt in einem Elvis-Kostüm den Jungbornpark habe verlassen sehen. »Wo waren Sie um diese Uhrzeit?«

Ich schlucke. »Wie Sie bereits wissen, besitze ich kein Elvis-Kostüm.«

Der Kommissar lächelt süffisant. »Herr Meierschön sagte aus, dass man ihm sein Ersatzkostüm gestohlen habe.« Er taxiert mich. »Und Sie beide scheinen mir dieselbe Statur zu haben.«

Na bravo.

Nachdem wir unsere Aussagen gemacht haben, dürfen wir eigentlich abreisen. Sogar ich. Kurz vor zehn lungern wir allesamt abreisebereit in der Lobby.

»Nicht so hurtig, Kinder«, mahnt der Colonel, der im Stechschritt auf uns zueilt. »Ich habe dem Herrn Pfarrer zugesagt, dass wir noch am Gottesdienst teilnehmen und ein kleines Lied für die Verstorbenen singen.«

Dagegen lässt sich nicht groß anmotzen, obwohl die meisten nicht sehr glücklich aus ihren Zivilklamotten starren und lieber hurtig die Fliege machen würden.

Da die Kirche noch als Tatort abgesperrt ist und unsere Hotelzimmer bereits an eine Seminargruppe von Thyssen weitervermietet sind, ziehen sich die Jungs auf der Toilette um. Ich habe das nicht nötig, trage ich doch wie immer meine schwarzen Jeans und mein schwarzes Hemd. Womit ich als Einzige passend gekleidet zum ökumenischen Open-Air-Trauergottesdienst erscheine.

Der Platz ist gerammelt voll. Vor uns singt der Gospelchor *Joyful Voices*, wirklich sehr schön und sehr ergreifend. Pastor Bratkus-Fünderich hält eine bewegende Rede, und dann sind wir dran. Wir haben uns für *You Are Always On My Mind* entschieden. Kein Auge bleibt trocken. Danach gehen wir von der Bühne ab und setzen uns in die erste Reihe.

Nur der Colonel krallt sich noch am Mikro fest. »Herrmann, wir werden dich nie vergessen«, röhrt er.

Elke schluchzt auf. Eines der Bunnys auch. »Geiselhart, in Gedanken bist du immer bei uns.« Geiselhart? Wer war Geiselhart? Meine Fresse, hatte Thunderbolt Oehler im richtigen Leben etwa Geiselhart geheißen?

Und in diesem Augenblick fällt mir auf, wie seltsam der Colonel auf der Bühne zuckt. Ob er mal für kleine Colonels muss? Nein, es sieht eher so aus, als jucke ihn etwas am Knöchel.

Plötzlich kommt ein quasi alt-testamentarischer Sturmwind auf. Die Pepsi-Sonnenschirme knicken reihenweise um. Servietten, Bonbonpapiere und gebrauchte Tempos flattern durch die Lüfte. Und gleich darauf setzt der Regen ein.

Was für ein überaus passendes Wetter für die Aufklärung des Falles, die mir zu verdanken ist: der besten weiblichen Elvis-Imitatorin östlich von Memphis!

> *You give me fever when you kiss me*
> *Fever when you ho-old me tight ...*
> Elvis

Der Aha-Kommissar fährt mich höchstselbst zum Bahnhof nach Duisburg. Die Ringe unter seinen Augen reichen mittlerweile fast bis zum Knie. Er ist echt fertig. Was ich nach sechsunddreißig Stunden auf den Beinen wohl auch wäre.

»Meine Hochachtung«, raspelt er mit heiserer Stimme.

Wenn er nicht gerade »Aha!« sagt, ist er richtiggehend sympathisch.

Ihm war das natürlich nicht aufgefallen, er trug ja auch Cowboystiefel. Ich dagegen hatte Flipflops getragen, als ich mich zur Leiche von Thunderbolt durchkämpfte. Und mir die Füße an den Brennnesseln verbrannte. Ebenso wie der Colonel, der niemals Socken zu seinen Sandalen trug, was er für die am weitesten verbreitete Sünde unter deutschen Männern hielt.

»Ich freue mich, dass ich Ihnen helfen konnte«, protze ich. »Es macht mich stolz, dass der entscheidende Hinweis von mir stammt.«

»Jetzt mal halblang«, lacht der Kommissar. »Sie haben nur ein winziges Indiz beigesteuert. Dass Dr. Pönsken zusammenbrach, als wir ihn auf den juckenden Ausschlag an seinen Knöcheln ansprachen, konnten Sie ja nicht ahnen.«

Der Colonel, diese Flennmaus, ist eben kein abgebrühter Verbrecher, nur ein ausgebrannter Organisator von drittklassigen Elvis-Wettbewerben, der es nicht mehr ertragen hat, sein Idol von Möchtegernsängern, die keinen Ton halten können, in den Schmutz gezogen zu sehen.

Ja gut, der Kommissar glaubt, der wahre Grund sei die Tatsache, dass es der Colonel mit minderjährigen Hoppelhasengroupies trieb. Herrmann Baumgärtner habe das herausgefunden und ihm einen unterschriebenen Erpresserbrief zukommen lassen. Der Colonel musste also aktiv werden. Thunderbolt hätte beobachtet, wie der Colonel, angetan mit einem der Talare, die ganz offen in der Sakristei hingen, den guten Herrmann in die oberen Gefilde des Kirchturms lockte, weswegen auch ihm die Stunde schlug. Den blutüberströmten Talar fand man später im Repelener Meer, das ebenfalls blutüberströmte Elvis-Ersatzkostüm von Big John lag sauber gefaltet in des Colonels Reisetasche.

Kurz vor 18 Uhr hält der Kommissar im Halteverbot vor dem Duisburger Bahnhof. »Kommen Sie gut nach Hause«, ruft er mir noch zu und blinzelt verschmitzt, als ich meinen Seesack schultere.

Mein ICE steht schon am Gleis bereit. Ich steige ein, sichere mir einen Fensterplatz und freue mich auf mein Zuhause. In diesem Moment sehe ich auf dem gegenüberliegenden Gleis Elke, die frisch gebackene Witwe. Sie trägt ein perfekt sitzendes, schwarzes Kostüm und wartet augenscheinlich auf ihren Zug.

Merkwürdig. Die Frau trägt sonst immer nur Pastelltöne. Wo hat sie an einem heiligen Sonntag ein schwarzes Trauerkostüm her? Und noch dazu in exakt der richtigen Größe? Etwa vorsorglich mitgebracht? Ich rieche Lunte.

Und gerade, als mein ICE sich in Bewegung setzt, fällt mir ein, dass Herrmann den Colonel nicht mit den minderjährigen Bunnys erpressen konnte, wenn er selbst mit einer von ihnen einen Affäre hatte. Es gab – mal abgesehen von dem Toten und der Kleinen – nur zwei Menschen auf der Welt, die davon wussten, beide weiblichen Geschlechts, und ich hatte dem Colonel keinen Erpresserbrief mit Herrmanns Unterschrift zukommen lassen.

Woraufhin ich mich auf den Weg zum Schaffnerabteil und mithin zum Zugtelefon mache, um den Kommissar zu verständigen. Wäre doch gelacht, wenn ich ihm nicht noch ein respektvolles »Aha!« entlocken könnte ...

Womit wieder mal bewiesen wäre: Die besten Elvisse sind weiblich.

Und Elvis lebt!

Im Kreise meiner Lieben

Geld allein macht nicht glücklich. Auch wenn ich regelmäßig in maßgeschneiderten Roben von Armani als Premierengast in Bayreuth und Salzburg weile und in Fünf-Sterne-Hotels von Hongkong bis Rio schon zum Frühstück esslöffelweise Beluga-Kaviar auf mein Rührei häufe, all das erfüllt mich nicht mit diesem warmen Gefühl des Glücks, das ich selbstverständlich empfinde, wenn ich in die Augen meiner Lieben schaue, in die Augen der Menschen, die mir am nächsten stehen.

Meine Nichte Ursula. Ihr Mann Ulrich. Ihre Zwillingssöhne Yannick und Gabor.

Blicke voller Herzlichkeit.

So wie jetzt.

Es hat Zwiebelrostbraten mit viel Soße gegeben. Mein Lieblingsessen. Damit verwöhnen mich meine Lieben auf meinen Wunsch hin immer bei meinen Heimatbesuchen. Ich finde, das ist für ihre einzige, noch lebende Verwandte nicht zu viel verlangt, auch wenn sie alle behaupten, Vegetarier zu sein.

Ich atme ruhig. Und bin guter Dinge.

Eine dumpfe Ahnung drängt sich mir auf. Ich sollte dringend etwas erledigen. Nur was? Vielleicht wenn ich tiefer unter der Kopfhaut denke?

Drüben im Badezimmer schüttet Ursula den Rest der Bratensoße in die Kloschüssel und drückt mehrmals auf die Spülung. Als Hasso aus der Schüssel trinken will, scheucht sie ihn fort.

Hasso ist ein reinrassiger Schäferhund mit einem Stammbaum so lang wie mein Arm. Ich habe ihn Yannick und Gabor als Welpen zum Geburtstag geschenkt. Sie sollen ja schließlich keine Läuse von irgendwelchen Mischlingskötern aus dem Tierheim bekommen.

Meine Glieder werden seltsam schwer.

Gott sei Dank sitze ich entspannt in dem beigefarbenen Designerledersessel, den ich Ursula und Ulrich zum letzten Weihnachtsfest aus Mailand schicken ließ.

Ulrich arbeitet als kleiner Sachbearbeiter in untergeordneter Stellung und kann sich die Annehmlichkeiten des Lebens nicht leisten. Auf einem Sperrholzteil mit Plastikbespannung aus dem Möbelmitnahmemarkt möchte ich jetzt – pappsatt und mit eigenartigem Völlegefühl – nicht sitzen müssen.

Meine rechte Hand wird taub. Das Kristallglas – natürlich auch ein Geschenk von mir – rutscht mir aus den Fingern und fällt auf den handgeknüpften Perserteppich. Der Rotwein hinterlässt einen unschönen Fleck. Ist nicht weiter schade. Abscheuliches Gesöff, was ich Ursula und Ulrich auch in deutlichen Worten mitgeteilt habe – ein Wunder, dass sich der Teppich darunter nicht auflöst.

Was wollte ich doch gleich erledigen?

Die Erdanziehung lässt mein Hirn so schwer werden, dass es mittig durchsackt und im Magen landet.

Dennoch bin ich guter Dinge.

Allerdings wird meine Zunge pelzig. Und aus den rissigen Lippen steigt mir ein beißender Gestank in die bebenden Nasenlöcher. Außerdem bekomme ich einen Krampf im Kiefer, der sich ganz allmählich über meinen gesamten Körper ausbreitet. Bevor ich merke, dass ich brechen muss, habe ich die Brocken schon im Mund.

Ich bleibe jedoch guter Dinge. Und atme ruhig. Was wollte ich doch gleich erledigen?

Meine Haare fallen büschelweise aus. Ich freue mich an der angenehm kühlen Brise, die über meine freigelegte Schädeldecke streicht. Und jetzt weiß ich auch wieder, was ich tun wollte. Über Handy den Notruf wählen. Dummerweise kann ich mich nicht mehr bewegen. Das heißt, ich bewege mich durchaus. Meine Arme und Beine zucken. Aber aus eigenem Antrieb und ohne, dass ich darüber irgendeine Kontrolle hätte.

Meine Schluckmuskulatur versagt. Schaumiger Sabber tropft mir aus den Mundwinkeln.

Die Zuckungen meiner Gliedmaßen werden immer unkontrollierter.

Yannick fragt: »Ist sie nicht bald hinüber?«

Gabor will wissen, ob er mit seinem Anteil aus meinem Erbe eine neue Playstation kaufen darf. Während sein Vater – vergeblich! – versucht, mir die Diamantringe von den geschwollenen Fingern zu ziehen, lässt er ihn wissen, dass mit dem Geld sein Studium bezahlt werden soll, basta.

Ursula kniet vor mir und wischt das Erbrochene auf.

Ich verliere die Kontrolle über meine Blase. Lauwarmer Urin tränkt meinen Schritt.

Allmählich bin ich nicht mehr so guter Dinge. Und atme auch nicht mehr so ruhig.

Ich verfluche meine gottverdammte, giftmischende Nichte, ihren Nichtsnutz von Mann und diese widerlichen Jungs mit den albernen Namen. Ich habe sie nie leiden können. Aber Blut soll ja angeblich dicker sein als Wasser. Nur deswegen habe ich einmal im Jahr in dieser versifften Vier-Zimmer-Altbauwohnung vorbeigeschaut und noch und nöcher teure Geschenke verteilt. Das tut mir jetzt leid.

Mir tut auch leid, dass meine Kiefer zu verkrampft sind, um dieses räudige Pack von Blutsverwandten wissen zu lassen, dass ich unlängst mein Testament geändert habe und mein italienischer Lover Alfredo all mein Geld bekommen wird. Ich hätte ja zu gern ihre entgleisenden Gesichtszüge gesehen, wenn sie es erfahren. Aber das wird wohl nichts mehr.

Da setzt auch meine Darmkontrolle aus.

Es geht mir nicht gut. Aber das geht mich nichts mehr an.

Aus die Maus.

Zwei Schweizer schwitzen beim Schweißen

Berta trägt nichts weiter als Badeschlappen, ein Netzhemd, Shorts und diverse Ketten – Kruzifix, tibetische Gebetsperlen, Davidstern, das Auge der Fatma, einen Fuchsschwanz am Plastikband. Berta glaubt fest an die Parole: Viel hilft viel. Um ja kein Risiko einzugehen hat er alle Weltreligionen und auch ein paar Naturreligionen bemüht. Denn Berta kann alle Hilfe der Welt gebrauchen. Berta, mit bürgerlichem Namen Urs Berthaler, steht nämlich vor einem Tresor, den er zu knacken gedenkt.

»Beat, hurtig!«, ruft Berta.

Beat Berthaler, Bertas kleiner Bruder, muss das Schweißergeschirr zu Fuß in das obere Stockwerk der Villa tragen. Beat ist ein kräftiger Bursche, unfreundliche Zeitgenossen nennen ihn mitunter einen Zwei-Meter-Fleischklops –, aber bei schwülen 38 Grad im Schatten (gefühlte 60 Grad bei 100 Prozent Luftfeuchtigkeit) wurden aus der Sauerstoff- und der Acetylengasflasche mit einem Schlag tonnenschwere Gewichte, selbst für Riesenklöpse wie Beat. In diesem Moment bleibt er auch noch mit den Schläuchen am ersten Treppenabsatz hängen, fällt donnernd auf die Knie und schlägt sich die Stirn unter der Dächlikappe am Treppengeländer blutig.

Beat ist ein Klotz sondersgleichen, denkt Berta nicht zum ersten Mal, mit dem kann ich unmöglich verwandt sein.

Berta ist grazil, sehnig und das Hirn der Brüderbande. Er geht schon mal vor ins Schlafzimmer der Döbelins und betrachtet die Sicherungsbolzen des Tresors. Dort, wo sie in den Rahmen des Tresors greifen, wird er mit seinem Schneidbrenner ansetzen. Neuere Tresore mit Beton lassen sich allenfalls über die Schlösser öffnen – das ist kaum noch zu machen. Aber dieser Tresor ist alt. Ein Kinderspiel für einen Profi wie ihn!

»Beat!«

»Ja, ja.« Beat wuchtet das Geschirr ins Schlafzimmer von Dr. Dr. h.c. Friedemann Döbelin, ehemaliger Konzernchef, ein Macher, der keinen Ruhestand kennt, sondern immer noch diverse Aufsichtsratsposten innehat. Seinen letzten Managementjob hat er mit einer legendären Abfindung verlassen, von der ein nicht geringer Teil in diesem Tresor ruht, wie Berta gewissenhaft recherchiert hat. Das heißt, Mutti Berthaler, die mit Döbelins Putzfrau zusammen zur Senioren-Wassergymnastik geht, hat es ihm erzählt. Döbelin ist Deutscher, der aus Steuerersparnisgründen in der Schweiz residiert – es ist kein Verbrechen, so einen um den finanzamtshinterzogenen Notgroschen zu erleichtern – es ist im Gegenteil ein Akt der Solidarität mit dem deutschen Gemeinwohl und mithin eine völkerverständigende Geste.

»S'isch arg heiß«, beschwert sich Beat, der sich sonst nie beschwert. Aber im Kanton Baseler Land herrschen derzeit Temperaturen, die man sonst nur aus der Atacama-Wüste kennt. Und selbst dort nur an höllisch heißen Tagen.

Berta wischt sich den Schweiß von der Stirn. »Stell dich nicht so an.« Dann geht er mit gutem Beispiel voran und schweißt los.

Sie haben keine drei Minuten geschweißt, da erklärt Beat: »Ich verdurste.« Er zieht los und kommt ewig nicht wieder. Gott hat weniger Zeit gebraucht, um die Welt zu erschaffen, als Beat braucht, sich auch nur die Zähne zu putzen. Als er dann doch endlich auftaucht, hält er eine teuer aussehende Flasche Bordeaux und eine turbogegrillte Cervelat-Wurst in den Händen. »Schau, lecker«, freut er sich und sprüht Schweißtropfen en masse von sich, weil Alkohol und Grillwurst zwar lecker sein mögen, aber zur Körperabkühlung nicht wirklich beitragen. »Magsch au?«

»Bist du noch bei Trost?«, bellt Berta und drückt vor Zorn versehentlich auf die zusätzliche Grifftaste für Sauerstoffstöße. Die Flamme lodert auf und erfasst den Vorhang neben dem Tresor, der – wie sich Sekunden später herausstellt – nicht aus feuerfestem Material gewoben ist. Er brennt abrupt lichterloh. »Gopferdammi!«, flucht Berta. Berta will keine negativen Karmapunkte sammeln, aber mit so einem Idioten als Bruder und Arbeitskollegen in Personalunion ist man doch echt gestraft, das sehen bestimmt selbst die Karmagötter ein.

Beat erweist sich derweil als lebendes Beispiel dafür, dass schwere Dinge schwerer aus der Ruhe zu bringen sind als leichte. Mit einer seelenvollen Gemütsruhe löscht er die Flamme mit dem Wein. »S'isch net schad drum, s'gäb noch reichlich ang'staubten Bordeaux im Keller«, erklärt er und zuckt mit den Schultern, nicht ahnend, wie viele hundert Euro er gerade in den Brandschutz hat fließen lassen.

Berta seufzt.

Sie schweißen weiter.

Ungefähr eine Minute lang.

Da ertönt eine Männerstimme. »Was ist denn hier los!«

Dr. Dr. h.c. Friedemann Döbelin steht in der Tür, eine Reisetasche in der linken Hand, den Burberry-Trenchcoat über den rechten Arm geworfen – wozu bitte ein Trench bei dieser brüllenden Hitze? –, und starrt mit einer steilen Zornesfalte in den Raum. Genauer gesagt, starrt er auf den an der Gardinenstange baumelnden Vorhangrest. Es wirkt fast so, als entsetze ihn der halbverkokelte Vorhang mehr als die beiden in flagranti ertappten Schweißer vor seinem Schlafzimmertresor.

»Gopferdammi!«, flucht Berta schon wieder. Er würde gliedmaßeneinschläfernd lange Zen-meditieren müssen, um das Fluchkarma wieder aufzulösen und in seiner nächsten

Inkarnation nicht als etwas so Minderbemitteltes wie sein kleiner Bruder wiedergeboren zu werden.

»Beat, fass!«, befiehlt Berta.

Und Beat gehorcht. Mit einem wuchtigen Sprung wirft er sich auf Döbelin, von dem gleich darauf nichts weiter zu sehen ist als eine graue Haarlocke und ein Zipfel vom Trenchcoat.

»Hab' ihn!«, freut sich Beat, der sich grundsätzlich über alles freut. »Grüezi! Und exgüsi!«, sagt er zu dem Menschenknäuel unter ihm, weil er ja gut erzogen ist.

Berta hofft, dass sein Bruder den Mann nicht zerquetscht hat.

»Wsslldnnds!«, empört sich eine unverständliche, aber durchaus lebendige Altmännerstimme unter der linken Achselhöhle von Beat.

Berta zieht derweil die Betten ab.

»Wsslldnndshrrgttnchml!«, echauffiert sich der pensionierte Konzernchef weiter.

Solange er sich noch derart echauffieren kann, ist er zumindest weder von Beat zerquetscht noch von Beats Achselschweiß zu Tode erstunken, denkt Berta und reißt aus den Bettlaken Fesseln zurecht. Mit einer Handbewegung fordert er Beat auf, sich zu erheben.

Döbelin liegt flachgedrückt im Perserteppich. »Was soll denn das?!«, donnert er aus der tiefer gelegten Horizontalen.

Berta bleibt ihm die Antwort schuldig. Stattdessen stopft er dem Mann ein Stück Laken in den Mund. Gleich darauf ist Döbelin gefesselt und geknebelt und im Sitzen an die Wand gelehnt. Berta wischt sich mit einem Handtuch den Schweiß von der Stirn. Wenn er es jetzt auswringt, kann er mit dem Wringwasser locker den Wassernotstand in nordafrikanischen Dürregebieten beheben. Döbelin dagegen schwitzt null, transpiriert nicht, hat nicht einmal eine glänzende Stirn.

»Hmpf!«, schimpft es unter dem Knebel.

»Ja, ja«, sagt Berta zu ihm und »Wir machen jetzt weiter« zu seinem Bruder.

Sie schweißen konzentriert voran. Und schwitzen dabei, was das Zeug hält. Unter Beat hat sich – in Relation zur Raumgröße – schon eine Pfütze im Ausmaß des Bodensees gebildet.

In regelmäßigen Abständen gibt Döbelin einen Hmpf-Laut von sich, aber ansonsten hört man nur Schweißgeräusche. Und Schwitzgeräusche. Und das Ticken der kitschigen Kuckucksuhr.

In dem Moment, als das leise »Plopp« ertönt, zeigt die Kuckucksuhr 18.53 Uhr.

»Plopp«, wiederholt Beat, der nie viel sagt, aber wenn er was sagt, dann ist es immer irrelevant. Oder redundant. Oder einfach Blödsinn. Oder alles drei.

Berta zieht die Tresortür auf und verkneift sich dabei das »Sesam öffne dich!« Aber er strahlt über alle vier Backen.

Bis sich ihm das Innere des Tresors weit offen entgegenreckt.

Und nichts darin liegt.

Also, *nichts* stimmt nicht ganz. Es ist zwar kein Geld darin, keine Pretiosen, keine Wertpapiere. Dafür unzählige Sextoys – auf den ersten Blick erkennbar ein Vibrator in Rosa, ein schwarzer Strap-on, eine Lederpeitsche, eine Hals-Hand-Fessel, ein Kondomvorrat, mit dem die gesamte Fremdenlegion ein Jahr lang bequem hätte auskommen können, diverse Massageöle und Analplugs in allen Farben des Regenbogens.

»Ja, ist es denn ...?«

Beat lugt über die Schulter seines kleinen großen Bruders. »Stark!«, sagt er, die Sachlage verkennend.

Der Abgrund zwischen Erwartungshaltung und Erfüllung hallt wider von den Schreien jener, die noch fallen. In Berta schreit es laut.

»Gopferdammi noch eins«, flucht Berta, in Kauf nehmend, dass ihn seine nächste Inkarnation als Schmeißfliege auf die Welt entsenden wird.

Dr. Dr. h.c. Friedemann Döbelin hmpft zur Abwechslung nicht.

»Was ist denn das?«, fragt Beat und will nach etwas Türkisfarbenem in Delfinform mit Noppen greifen.

Es setzt eine Ohrfeige. »Finger weg!«, herrscht Berta und wirbelt zu Döbelin herum. Er funkelt ihn mordlustig an, aber Döbelin ist von Aktionärsversammlungen seiner alten Firma weitaus schlimmere Blicke von Kleinaktionären gewöhnt und zuckt mit keiner Wimper.

Berta reißt Döbelin den Knebel aus dem Mund, was sich als schwierig erweist, weil er mit seinen schweißnassen Händen immer wieder wegglitscht.

»Was ist hier los?«, verlangt Berta zu wissen.

»Das würde ich auch gern erfahren!«, pöbelt Döbelin zurück.

Das muss man diesen Wirtschaftsheinis lassen, denkt Berta, die kriegt man nicht so leicht kleinlaut. Dabei sieht der Beat doch aus wie ein besonders fieser Folterknecht der CIA, mit seiner Aknevisage und dem Stiernacken.

»Wo ist das Geld?«, röhrt Berta.

»Was für Geld?«, röhrt Döbelin zurück.

»Darf ich mir den Rest von der Cervelatwurst nehmen?«, fragt Beat, dessen Prioritäten immer genau definiert sind und bei dem die Erziehungsbemühungen von Mutti Berthaler gefruchtet haben.

»Mensch, wollen Sie mich verarschen?« Berta baut sich in seiner imposanten Gesamthöhe von 1,65 Meter vor dem am Boden sitzenden Döbelin auf, noch knapp unter dem Haaransatz von Tom Cruise, nur knapp über Döbelins Augenhöhe.

Döbelin hat eine ungute, rote Farbe angenommen. Berta

macht sich nicht wirklich Sorgen. Fesselspiele muss der doch gewohnt sein, denkt er mit Blick auf die Bondage-Ausstattung im Tresor. Wahrscheinlich liegt es an der Hitze. Der hereinbrechende Abend bringt keine Abkühlung.

»Das Geld ist weg. Futsch. Perdu.« Döbelin hebt eine Augenbraue. Es sieht aus, als wölbe sich eine besonders haarige Raupe über seinem rechten Auge. Es ist ein verächtliches Wölben.

»Wie kann denn eine Millionenabfindung einfach weg sein!«, zischelt Berta ungläubig. So weg wie Beat, der – den Geräuschen nach – in der Küche Cervelatwürste zu grillen scheint.

»Sie stehen mitten in meiner Abfindung«, sagt Döbelin, der kurz vor dem Hitzschlag auf einmal ganz ruhig wird. »Was glauben Sie denn, was bei Ihnen in der Schweiz so eine Villa in Toplage kostet? Und was an Rest blieb ... nun ja ... das habe ich mit Monique in Monte Carlo verzockt. Deswegen bin ich ja auch früher zurückgekommen.«

»Ihre Frau heißt ja gar nicht Monique, sondern Gisela«, tönt es aus Richtung Tür, wo Beat mit einer dampfenden Cervelatwurst steht, aus deren aufgeplatzten Enden Fett und Senf tropft. Rasch bückt sich Beat und wischt mit einem schweißfeuchten T-Shirt-Zipfel den Fleck auf. Alles für Mama.

Berta seufzt. Das ist mein Bruder, denkt er, mein Fleisch und Blut, mein Gott, wir dürfen uns unter keinen Umständen fortpflanzen.»Gisela hat mich schon lange verlassen.« Döbelin stockt kurz. Dann meint er trotzig: »Ist nicht schade drum. Im Bett hat sie immer so getan, als seien meine Wünsche pervers. Dabei bin ich ein ganz normaler Mann. Ein Mann mit Bedürfnissen.«

»Mein Gott, mir kommen die Tränen«, höhnt Berta, aber nur der Form halber, weil seine Jacqueline ihm auch nur die Basisnummern gönnt und er Sympathie für einen Mitmann in ähnlich unbefriedigter Lage empfindet. Berta räuspert sich. »Ich sag' Ihnen gleich, ich geh' hier nicht mit leeren Händen.«

»Dann nehmen Sie eben in Gottes Namen die Kuckucksuhr mit«, lästert Döbelin.

Beat freut sich, schiebt sich den Rest Grillwurst in den übergroßen Mund und nimmt die Uhr von der Wand. »Merci vielmals«, sagt er.

Berta und Döbelin funkeln sich böse an.

Da strahlt Döbelin plötzlich auf.

»Womöglich können wir uns gegenseitig helfen«, sinniert er.

Berta guckt misstrauisch.

»Es liegt doch auf der Hand«, fährt Döbelin, sichtlich begeistert über seinen Geistesblitz, fort. »Ich erzähle der Polizei, ich sei nach Hause gekommen und da sei der Tresor aufgestanden. Alles weg. Ich bin enorm gut versichert. Wir teilen uns die Versicherungssumme. Na, was meinen Sie?«

»Darf ich den süßen Delfin auch mitnehmen?«, fragt Beat in die Stille hinein, die Bertas Entscheidungsfindung verströmt.

Es setzt noch eine schallende Ohrfeige.

Dann sagt Berta zu Döbelin: »Also gut. Aber wenn Sie uns verscheißern wollen, machen wir Sie kalt, damit das klar ist.«

»Keine Sorge«, beruhigt ihn Döbelin. »Auch wenn mir der Kältetod bei dieser Affenhitze sehr verlockend erscheint. Und würden Sie mich jetzt freundlicherweise losbinden?«

Dr. Dr. h.c. Friedemann Döbelin meldet seiner Versicherung den Verlust des gesamten Erbschmucks seiner verblichenen Großtante sowie den Raub seines Picasso. Nach den üblichen Verzögerungstaktiken überweist ihm die Versicherung eine Schadenssumme in zweistelliger Millionenhöhe.

Weil Döbelin erst mal genug Sex hatte und er wegen seiner

Spielsucht in therapeutischer Behandlung ist, haut er das Geld nicht gleich auf den Kopf, sondern legt es gut an, unter anderem in ein Hochsicherheitssystem rund um seine Villa. Als Berta und Beat ihren Anteil abholen wollen, werden sie von Kampfhunden mit Schaum vor dem Mund angeknurrt, und muskulöse Russen mit Sonnenbrillen und ominösen Ausbuchtungen unter dem Jackett rufen ihnen »Weg hier oder ihr fangt euch eine Kugel ein« zu. Oder aber »Keine Haustürgeschäfte nach 14 Uhr«. Das ist nicht eindeutig herauszuhören, weil sie es auf Russisch rufen und Berta und Beat des Russischen nicht mächtig sind. Ihnen macht ja schon die Muttersprache Schwierigkeiten. Aber die Gesten der Russen sind eindeutig.

Die Welt ist schlecht, denkt Berta, und wirft seine Kettchen in den Müll.

»Aber immerhin hat dieser Döbelin die Polizei nicht auf euch gehetzt, Schatzi«, sagt Jacqueline beim Frühstück und klaubt die Kettchen wieder aus dem Müll.

Berta ist dennoch von dem Berufsbild Schweißereinbrecher enttäuscht und sattelt um. Er und Jacqueline betreiben jetzt einen Tibet- und Esoterikladen, ganz in der Nähe des Tinguely-Museums. Und seit Neuestem interessiert sich Jacqueline für tibetischen Tantra-Sex. Berta ist glücklich.

Beat wandert in die USA aus und schließt sich der World Wrestling Foundation an. Sein Trikot ist edamergelb und sein Kampfname lautet »The Swiss Hulk«. Zweimal in Folge wird er Sieger des Cervelatwettessens des Clubs der Exilschweizer in Baton Rouge, Florida, seinem neuen Wohnort. Vor seiner Abreise schenkt er Mutti noch den niedlichen türkisfarbenen Delfin, den er bei Döbelin hat mitgehen lassen.

Mutti freut sich. »Er wird einen Ehrenplatz bekommen«, verspricht sie ihrem Jüngsten, »aber sag Berta nix davon.«

Tja, eigentlich könnten alle glücklich sein.

Vor allem Döbelin.

Der hat nämlich zwei Tresore in seinem Schlafzimmer. Berta und Beat haben sich einfach den falschen ausgesucht. Gott, diese blöden Schweizer. Denen hat er es aber gezeigt. Wochenlang kann er sich das Grinsen nicht verkneifen.

Das ihm erst vergeht, als er eines Tages von einer Aufsichtsratssitzung in Frankfurt zurückkehrt.

Beide Tresore sind leer!

Das Versicherungsgeld, die Millionenabfindung, der Picasso, der Erbschmuck – alles weg!

Die Hunde schnarchen im abgeschlossenen Gartenhaus glücklich vor sich hin, ihre Bäuchlein randvoll mit Cervelatwurstresten.

Und die Russen sind verschwunden.

Mutti Berthaler hat sie mit je einer Million bestochen. Der Rest reicht immer noch locker, um ihr den Lebensabend zu verschönern.

Ja, was glauben Sie denn, von wem die Berthaler-Buben das Schweißen gelernt haben?

Die gemeine Reblaus

M enzel, alter Freund!«
Schwer sauste die manikürte Pranke auf Menzels Schulter nieder.

Sie waren allein auf der Herrentoilette des Edelrestaurants Seyffermann.

Für Menzel war Hagen von Schindler das Böse in Person. Noch dazu ein impertinenter Unsympath. »Hallo, Schindler«, flötete er nichtsdestotrotz betont jovial.

Sie befanden sich auf dem Abschlussfestakt des kleinen, aber feinen internationalen Weinkenner-Kongresses, der wie immer in stilvollem Rahmen begangen wurde. Die fünfzig namhaftesten Weinkenner weltweit – für drei Tage vereint. Sollte sich in diesem Moment die Erde auftun und das Restaurant Seyffermann verschlucken, wäre alles Wissen um exquisite Weine verloren und Billigweine in Pappkartons mit Schraubverschluss würden ihren Siegeszug rund um den Globus antreten.

Während Menzel und von Schindler in der Herrentoilette aufeinander trafen, hielt Sayyed Chandighar gerade seine berüchtigte Rede über die »Önologie der Neuen Welt unter besonderer Berücksichtigung des Napa Valley«. Der Neuseeländer indischer Herkunft war eine Legende. Seine weitschweifigen Reden hätten sich – in Flaschen abgefüllt – bestens als Schlafmittel geeignet. Menzel gehörte zu den Wenigen, die rechtzeitig aus dem Vortragssaal entkommen konnten.

Was hatte Menzels Vater seinerzeit getobt, als er ihm seine Entscheidung, Weinkritiker zu werden, mitgeteilt hatte. »Weinkritiker?«, hatte Menzel senior gewettert und dabei einen nässenden Spuckeregen verteilt. »Weinkritiker? Das ist doch nichts weiter als eine Ausrede, um professioneller Alkoholiker zu werden!«

Für Menzel, der großen Ehrgeiz besaß, jedoch den Umgang mit Menschen für überflüssig hielt, kam kein Beruf infrage, bei dem nur über Teamarbeit Erfolge vorzuweisen waren. Er brauchte einen Elfenbeinturm, in dem er als Solist Großes zuwege bringen konnte. Im solitären Umgang mit edlen Tropfen fand er seine Erfüllung. Und mit seinem Ratgeber EINFÜHRUNG IN DIE WEIN-SENSORIK – DEGUSTATION FÜR DEN INTERESSIERTEN LAIEN hatte er bereits ein Werk von solcher Erhabenheit verfasst, dass es alle anderen Bücher auf diesem Gebiet in den Schatten stellte. »Über dieses Thema ist von nun an nichts mehr zu sagen«, hatte ein Kritiker geschrieben. Menzel hatte sich die Rezension ausgeschnitten und eingerahmt.

Wenn etwas Menzels Glück trüben konnte, dann nur Hagen von Schindler. Wie ein Kerl mit einer solch ausladenden Statur Weinkritiker werden konnte – *der* Beruf für zart gebaute und sensibel veranlagte Feingeister –, war Menzel schleierhaft. In seiner wöchentlichen Fernsehsendung »Weingenuss für jedermann«, die allsonntäglich auf *Hessen 3* lief, wirkte von Schindler wie ein gedungener, osteuropäischer Auftragskiller, vollgepumpt mit Steroiden. Menzel verdächtigte von Schindler, heimlich Krafttraining zu betreiben. Außerdem trug der Mann zu seinem Kompaktkörper eine fragile Fönfrisur. Also wirklich, konnte man ihn als geschmackssicheren Weinverkoster da überhaupt noch ernst nehmen?

Bei der gestrigen Degustation im Rahmen des Kongresses hatte sich von Schindler wieder einmal von seiner prolligsten Seite gezeigt. Für Menzel war eine Weinverkostung wie eine Sonntagsandacht: aufmerksames Eingehen auf die Weine, begleitet von stillem Insichgehen, danach ein gegenseitiger Gedankenaustausch in ehrfürchtigem Flüsterton. Von Schindler hatte dagegen mittig in der Degustation fidel eine

»Blindverkostung« mit anschließender Siegerehrung ausgerufen und mit seiner charismatischen Art die anderen zu dieser Perfidie überreden können. Menzel hegte keinerlei Zweifel daran, dass von Schindler bei Verkostungen immer schluckte. Er nahm sich fest vor, das nächste Mal von Schindlers Spucknapf zu kontrollieren.

Hagen von Schindler war wie eine menschliche Phylloxera, eine Reblaus, die ihren Kollegen den Saft aus den Wurzeln saugte, bis diese faulten und abstarben beziehungsweise in Vorruhestand gingen und nur noch hin und wieder eine kleine Weinkritik in ihren örtlichen Tageszeitungen veröffentlichten.

Dennoch hatte es von Schindler irgendwie fertiggebracht – Menzel dachte spontan an Bestechung, Vetternwirtschaft oder schwarze Magie –, in den vergangenen fünf Jahren mit insgesamt drei Kolumnen in den führenden Weinjournalen dieser Erde vertreten zu sein. Er, Menzel, hatte dagegen nur einen einzigen Eintrag im *Lexikon der Kellermeisterei* unterbringen können und selbst der war rigide gekürzt und von den Verantwortlichen bis zur Unkenntlichkeit geändert worden. Das war unfair. Und potenziell karriereschädlich.

Von Schindler und er hatten sich in diesem Sommer auf dieselbe frei gewordene Stelle in der *Confrérie des Chevaliers de Tastevin* im Burgund beworben, der wohl berühmtesten Weinbruderschaft der Welt. Menzels Chancen standen schlecht.

Von Schindler ratschte seinen Hosenschlitz auf. Menzel selbst vermochte in Beisein anderer Männer kein Stehpissoir zu benutzen, und es war ihm auch zutiefst zuwider, sich die Hände waschen zu müssen, während von Schindler sich erleichterte. Aber wenn er jetzt abrupt ging, stellte das wohl einen schlimmen Etikettenbruch dar. Außerdem war er voller Seife. Also blieb er wie festgewurzelt stehen und starrte sein Spiegelbild an.

Man hörte von fern das Klatschen der restlichen Delegierten. Der Ehrengast, Professor Bensonmam von der Oxford University Wine Society, war zweifelsohne soeben vor das Mikrofon getreten.

»Ah, der alte Bensonmam ist dran«, kicherte von Schindler. »Aber warten Sie, wie die Meute erst klatschen wird, wenn ich meine Rede gehalten habe. Ich habe eine sensationelle These zur Fort- und Weiterentwicklung der önologischen Geschmackssensorik entwickelt. Bahnbrechend, kann ich nur sagen!«

Menzel verzog sein hageres Gesicht zu einem missglückten Grinsen. Schindler fuhr einen roten Porsche und legte reihenweise hübsche Sommelièren flach. Und zu allem Überfluss besaß er auch noch ein umfangreiches Wissen in Sachen Wein und ein untrügliches Gespür für gute PR. Warum wurde dieser Kerl vom Glück nur dermaßen favorisiert?

Menzel seifte sich neuerlich ein und schrubbte sich seinen Unwillen rigoros von den Händen.

»Tut mir leid, Menzel, altes Haus, aber mit meiner sensationellen These werde ich Sie wohl in die niederen Gefilde der Obskurität stoßen. Die Mitgliedschaft in der *Confrérie des Chevaliers* ist mir sicher. Und Hugh Johnson wird meiner These in seinem nächsten Weinführer zweifelsohne ein halbes Kapitel widmen.«

Er klopfte auf das Bündel Seiten, das aus seiner Jackentasche ragte, und lachte wie eine stumpfe Kreissäge, die auf einen Astknoten stößt, wobei er ein makelloses Gebiss freilegte. Menzel presste die blutleeren Lippen über seinem Unterbiss zusammen und zerrte am Rollhandtuch. Dabei kam ihm der Deckel der Apparatur entgegen. Na bravo, das Sahnehäubchen eines verkorksten Tages!

Er stand mit dem schweren Plastikteil vor dem Waschbecken und sah einfach lächerlich aus. Er, der sein Herzblut dem Wein verschrieben hatte, zum Niemand gemacht von einer muskelgestählten Fönwelle.

Es sei denn ...

Was ihm an Übung abging, machte er durch Vehemenz wett. Die Plastikabdeckung bekam eine dicke Delle, das Schädeldach Hagen von Schindlers aber auch.

Zur Sicherheit schlug Menzel noch einmal im Schläfenbereich zu. Geschah Schindler recht, mit einem billigen Plastikteil erschlagen zu werden, anstatt mit einer klassischen französischen Bouteille mit Sammlerwert.

Menzel wischte die Fingerabdrücke mit seinem Taschentuch ab und zog das blutige Manuskript aus Schindlers Jackentasche.

Hagen von Schindler hatte sich tatsächlich nicht geirrt: Seine These war spektakulär und wurde umjubelt. Das heißt, es war ja jetzt Menzels These. In der Woche nach dem Kongress wählte man Menzel einstimmig zum neuen Mitglied der *Confrérie des Chevaliers de Tastevin* und Hugh Johnson widmete ihm sogar ein ganzes Kapitel – ein noch nie dagewesenes Ereignis. Menzels Buch *Illustre Weine für das 21. Jahrhundert* wurde später auch ein populärwissenschaftlicher Erfolg und mit Brad Pitt als Erzähler dokumentarisch verfilmt.

Nur bei der zwölf Monate später stattfindenden Verleihung des renommierten Château-Lafite-Preises für den besten Weinkritiker des Jahres reckte irgendwo in den Windungen seiner Neokortex sein Gewissen vorsichtig das Haupt, just in dem Moment, als er ans Rednerpult trat.

Menzel räusperte sich.

Nahm einen Schluck aus der bereitgestellten Trockenbeerenauslese zum Schmieren der Stimmbänder.

Räusperte sich erneut.

Und ... hob lächelnd zu seiner Dankesrede an.

Wie man seinen Kater loswird –
die Haller Methode

Ein infernalisches Getöse bombardiert sein Trommelfell mit der Macht der Posaunen des Jüngsten Gerichts und katapultiert die obere Hälfte seines alles andere als schmächtigen Körpers in die Senkrechte. »Wie? Was?«, ächzt er und hält sich gleich darauf mit beiden Händen die Schläfen, die unter der höllischen Schallwellenattacke sekündlich zu platzen drohen.

»Aufhören!«, gellt er verzweifelt, einem horrorfilmwürdigen Ende nahe. Hinter geschlossenen Lidern sieht er diabolische Schatten vorbeihuschen. Seine Augäpfel pochen qualvoll.

Aber das Getöse hört nicht auf. Es nimmt an Intensität noch zu. Das muss auch so sein. Es ist nämlich Pfingsten. Pfingstsonntag, um genau zu sein. Pfingstsonntag in Schwäbisch Hall. Kurzum: Das traditionelle Kuchen- und Brunnenfest ist in vollem Gange. Die Sieder, wie die Nachfahren der ehemaligen Salzsieder der alten Salzstadt Hall heißen, trompeten und trommeln, was das Zeug hält. Die Mauern der Stadt trotzen dieser Attacke, anders als seinerzeit in Jericho, aber Rüdiger Büschler hat das Gefühl, in rasantem Tempo zu Staub zu zerbröseln.

Natürlich nur bildlich gesprochen.

Man stirbt nämlich nicht an einem Kater. Auch wenn man es sich noch so sehr wünscht, weil der Fanfarenzug der einheimischen Trachtengruppe draußen auf dem Marktplatz zu den Hurra- und Bravo-Rufen Hunderter Touristen und Einheimischer mit Vehemenz zeigt, wozu Männermünder in Kombination mit Lungenvolumen fähig sein können., und weil jeder einzelne Blechblaston Rüdigers verkaterten Körper in immer heftigere Schmerzkonvulsionen verfallen lässt.

Nein, man stirbt nicht an einem Kater.

An einem Messerstich in die Brust dagegen schon.

Das muss Rüdiger Büschler feststellen, als die Sieder in ihrem Geblase eine Pause einlegen, er sich kraftlos zurück auf das Laken fallen lässt, gequält aufstöhnt und nach rechts schaut. Er hätte auch nach links schauen können, aus seinem Schlafzimmerfenster, direkt auf das Dach des Gebäudes, in dem die Löwen-Apotheke untergebracht ist. Aber nein, er schaut nach rechts auf die andere Hälfte seines Doppelbettes und sieht dort – er blinzelt, schaut wieder, überlegt, ob er sich in den Arm kneifen soll – und sieht dort einen ihm fremden Mann.

Blond, mit grünen Augen.

Nackt. Mit einem Dolch in der Brust.

Definitiv tot.

Es gibt endlos viele Tipps, was man mit einem ausgewachsenen Kater tun sollte:

Kastrieren lassen, liebhaben und nur mit Whiskas füttern, schlachten und das Fell gegen Kreuzschmerzen in den Rücken legen, zählen nicht zu den schlechtesten.

Für Rüdiger Büschler kommt der stoische Ansatz – Schlaf, Ruhe, Dunkelheit und Zeit – nicht infrage. Selbst in seinem zutiefst angeschlagenen Zustand dünkt ihm, dass hier ein klarer Kopf Not tut – die Leiche eines Unbekannten kompostiert in seinem Schlafzimmer und er kann sich an absolut nichts mehr erinnern!

Doch ja, er weiß noch, wie er heißt und dass die Quersumme seiner Bahncard-50-Nummer gleich der Summe seiner Volksbank-Pin-Kennzahl ist.

Aber was in den letzten zwölf Stunden geschehen ist? Nichts. Nada. Ein schwarzes Loch.

Rüdiger Büschler versucht, sich trotz der pochenden Kopf-schmerzen zu konzentrieren. Ja, er versucht es wirklich. Aber da setzen die Siederhände die Blechblasnäpfe an die Sieder-münder, und schon geht das lustige Fanfarenfurioso weiter. Konzentrieren ist sinnlos.

Erstmal aufs Gästeklo und kotzen.

Aus dem Bauch heraus entscheidet Rüdiger zehn Minuten später, noch kniend und über die Kloschüssel gebeugt, dass er die Polizei nicht informieren wird. Wie sieht denn das aus? Ein männlicher Toter in seinem Bett! Und er mit Erinne-rungslücke. Das katapultiert ihn doch sofort an die Spitze der schwulen Verdächtigen. Nein, er wird erst mal abwarten. Womöglich kehrt seine Erinnerung zurück, sobald es ihm wieder halbwegs besser geht.

Doch wer sich auf die Logik der Darm-Peristaltik verlässt, der ist verlassen.

Rüdiger geht es nämlich nicht besser.

Eine halbe Stunde später – draußen wirbelt die Tanzgruppe der Sieder fröhlich über das Marktplatzpflaster – hat er alle alten Tricks aus seiner Studentenzeit durchprobiert: Er hat den Rollmops vertilgt, der noch verlassen in einem Faschings-Rollmopsglas im Kühlschrank dümpelte. Er hat den komplet-ten Inhalt des Pfefferstreuers in die dreiviertelvolle Tomaten-saftflasche gekippt und das Gebräu auf ex getrunken.

Nichts hat geholfen.

Rüdiger ist kurz davor, die von seinem guten Freund Eckhard propagierte Lieblingsmethode – dreizehn Nadeln in den Korken eben jener Flasche zu stecken, die einem den Kater beschert hat –, aber dazu hätte er sich in die Unver-zichtBar begeben müssen, seine Stammkneipe. Dort beginnt der Filmriss: Rüdiger weiß noch genau, wie er gegen 22 Uhr die volle Kneipe betreten und dem Chef Ralf zugewunken hat. Von da an: nichts mehr.

Draußen hat die Tanzgruppe das Ihre getan und die Fackel gewissermaßen an die Hobbyschauspieler weitergereicht, die jetzt eine mittelalterliche Magistratssitzung nachspielen. Ein schändlich Weib wird beschuldigt, falsch Zeugnis abgelegt zu haben, und muss an den Pranger. Der Magistrat ruft unisono »Buh, elende Metze, schämen sollt Ihr Euch!« und sämtliche Zuschauer buhen rhythmisch dazu. Rüdigers Kopfschmerz fühlt sich bemüßigt, ebenfalls im Takt zu pochen. Weiß Gott keine angenehme Erfahrung.

Rüdiger macht sich auf die Suche nach seinem schnurlosen Telefon. Es liegt natürlich im Bett. Unter dem Toten, um genau zu sein. Rüdiger muss ihn anheben, wozu er vorher den Fäustling anzieht, der noch vom Skiausflug an Ostern über die Oscar-Statuetten-Imitation gestülpt ist.

Im Badezimmer findet er die Packung Sagrotan-Tücher, die ihm seine Mutter regelmäßig vorbeibringt und die bei ihm nie zur Anwendung gekommen waren. Bis jetzt. Er wischt das Telefon damit ab. Rüdiger hat gehört, dass tote Menschen Leichenflüssigkeit absondern, und er will kein Risiko eingehen. Rüdiger wählt die Handynummer von Lolle, die samstags immer in der UnverzichtBar kellnert.

»Was habe ich gestern bei euch getrunken?«

Lolle ist schon hellwach und somit in der Lage, die begrüßungslose Stimme ihres Stammkunden Rüdiger zuzuordnen. »Drei Schorle weiß-sauer«, sagt sie daher. Es klingt sehr sicher.

»Unmöglich. Mir geht's scheiße!«, hält Rüdiger dagegen.

»Drei Schorle weiß-sauer! Die Striche auf dem Bierdeckel sind eindeutig. Der liegt übrigens in der Bar, falls du mal vorbeikommen und zahlen möchtest ...«

Rüdiger muss wieder an die haitianische Methode denken. »War der Weißwein aus einer Flasche mit Schraubver-

schluss? Oder kann ich den Korken bei euch abholen?«
Lolle legt auf.

Wann fängt eine Leiche eigentlich an, zu verwesen?

Rüdiger meint, einen modrigen Geruch zu wittern. Er läuft in die Küche, zieht die Plastiktischdecke vom Tisch und deckt damit den Toten zu. Dann schließt er die Tür zum Schlafzimmer und legt zur Sicherheit ein feuchtes Handtuch unten vor die Türritze.

Dean Martin hatte auf die Frage, wie man einen Kater vermeiden kann, einmal gesagt: »Stay drunk«. Betrunken bleiben. Der Mann war eine Schnapsnase und musste wissen, wovon er sprach. Findet Rüdiger. Und deduziert, dass man ein Gift am besten mit ihm selbst bekämpft.

Folglich sucht Rüdiger in seiner Hausbar nach etwas Adäquatem. Seine Hausbar besteht bedauerlicherweise nur aus einer leeren Eierlikörflasche (damit stärkt sich seine Mutter immer, wenn sie ihn besuchen kommt) und einer leeren Kirschlikörflasche (damit macht er sich seine Freundin Gabi willig). War ja auch logisch, findet Rüdiger, wenn er noch etwas Ordentliches zu trinken gehabt hätte, wäre er ja wohl nicht in die Kneipe gegangen. Auf dem Fernseher steht noch eine Flasche Hustensaft. Gibt der nicht auch einen Kick? Rüdiger nimmt den Hustensaft zur Hand und sucht nach dem Haltbarkeitsdatum. Mist, seit drei Jahren abgelaufen. Ob der Saft dennoch kickt?

Er will gerade die Flasche ansetzen, da klingelte es an der Wohnungstür.

Dreimal lang, dreimal kurz.

Gabi!

»Du, mir ist nicht gut«, sagt Rüdiger und stellt sich so in die Tür, dass sie nicht in ihrer üblichen schwungvollen Art eintreten kann.

140

Doch wer Gabi kennt, weiß um die Fruchtlosigkeit eines solch täppischen Versuchs.

Sie schubst ihn mit dem linken Ellenbogen schmerzhaft in die Rippen, und während er sich nach vorn krümmt, huscht sie in den Flur. »Lolle hat mich angerufen. Dir geht's nicht gut, hat sie gesagt. Du siehst auch echt nicht gut aus. Ich habe salzige Hühnersuppe mit Nudeleinlage dabei, das hilft.«

Rüdiger mag Gabi sehr, ehrlich, aber ihre Hochfrequenzstimme wird zweifellos binnen kürzester Zeit dafür sorgen, dass seine Augäpfel Risse bekommen und aus den Augenhöhlen ploppen.

»Gabi ...«, fängt er an, aber sie werkelt schon in der Küche.

Er muss irgendwie verhindern, dass sie in sein Schlafzimmer kommt. Verkehrte Welt!

»Lolle hat gesagt, du hattest nur drei Schorle. Hast du zu Hause weitergebechert?« Sie wirft einen kritischen Blick in seinen Mülleimer. Rüdiger hat die Herausforderung der Mülltrennung nie wirklich bewältigt, darum stapeln sich in seinem Abfalleimer Tageszeitungen, Nutellagläser und Zigarettenkippen. Aber Alkoholika sind nicht darunter.

Gabi setzt die Suppe auf.

»Ich hab' tierisch Durst«, rutscht es Rüdiger heraus, dessen noch funktionierenden Gehirnzellen zwar das Motto GABI LOSWERDEN herausgegeben haben, aber da die Verbindung des Gehirns zu den Regionen unterhalb der Nasenhaare gekappt sind, geben die Stimmbänder die Bitte des dehydrierten Restkörpers ungefiltert weiter.

»Setz dich. Ich bring dir Wasser«, sagt Gabi, deren Bemutterungsinstinkt frohlockt. »Mit Eis?«

Rüdiger will den Kopf schütteln, aber der ihn plötzlich durchzuckende Schmerz macht jede Bewegung unmöglich.

Gabi öffnet den Kühlschrank, stutzt kurz, holt die Eiswürfel aus dem Tiefkühlfach, gibt sie in das einzige gespülte Glas weit und breit, schnitzelt eine halbfaule Zitrone in Scheiben, setzt den Schnitz mit dem geringsten Schimmelanteil auf den Glasrand, hält das Glas unter den Leitungswasserhahn und bringt es dann Rüdiger.

Der trinkt mit großen Schlucken.

»Das tut gut«, sagen seine Stimmbänder, dann setzt er das Glas erneut an.

Gabi nickt. »Du, Rudi, wessen Kopf ist das im Kühlschrank?«

Rüdiger saugt die Luft ein und verschluckt dabei den Zitronenschnitz. So wie er ist. Am Stück.

Röchelnd und würgend mehrt sich in ihm die Vermutung, dass dies einfach nicht sein Tag ist.

Sie stehen zu zweit vor dem geöffneten Kühlschrank.

Rüdiger ungläubig, Gabi kopfschüttelnd.

»Ich glaub's nicht!« Rüdiger ist kurz davor, loszuheulen.

»Der ist echt. Wo ist wohl der Rest?«, fragt Gabi.

»Im Schlafzimmer jedenfalls nicht. Der hat seinen Kopf noch«, sagt Rüdiger.

Gabi schaut ihn fragend an.

Zum Kuchen- und Brunnenfest gehört auch ein gewaltiger Krug in Form eines Hahns, der – so will es die Legende – mit seinem Gekrähe einst die Stadt vor einer Feuersbrunst bewahrte. Die jungen Sieder dürfen nach einem mehr oder weniger gewagten Trinkspruch einen großen Schluck daraus nehmen. Voraussetzung ist nur, dass man stark genug ist, den Krug halten zu können. Nach jedem Trinkspruch wird ein fröhliches »G'sondhait!« in das Mikro gerufen. Die Menge lacht und klatscht.

Ein solches »G'sondhait!« ertönt draußen auf dem Marktplatz unter dem Jubel der Menge, als Gabi und Rüdiger vor dem toten Blonden stehen. Die Plastiktischdecke hat Rüdiger zurückgeschlagen. »Das ist er«, sagt Rüdiger. »Ich kenn' den nicht. Du etwa?«

Gabi schüttelt den Kopf. Dann kriecht sie auf die freie Betthälfte und versucht, den Toten an der Schulter anzuheben.

»Was machst du denn da?« Rüdiger ist entgeistert.

»Ich suche Tätowierungen. Oder Muttermale. Irgendwas, wodurch man ihn identifizieren kann.«

Rüdiger meint lapidar: »Wer tätowiert sich schon seinen Namen und seine Anschrift auf den Körper?«

Dank Gabis Anwesenheit ist Rüdiger in der Lage, wieder klarer zu denken. Sie ist seine Freundin, kann auf Anfrage jedermann seine heterosexuelle Virilität bestätigen, und somit kann ihn die Polizei auch nicht als schwulen Verdächtigen einstufen.

»Ich rufe jetzt die Bullen«, verkündet Rüdiger folglich.

»Zieh' dir erst mal was an«, rät Gabi.

Es ist Rüdiger gar nicht aufgefallen, dass er im Adamskostüm herumläuft. Er kratzt sich verlegen am Kopf, dann geht er zum Schrank.

Und zuckt entsetzt zusammen.

Als er nämlich die Schranktür öffnet, schaut er in den Lauf einer Pistole.

An der ein finster dreinschauender Mann hängt. Ein sehr lebendiger, finsterer Mann.

»Hände hoch!«, befiehlt der Finsterling.

Rüdigers Hände schießen nach oben.

Rüdiger ist einen Sekundenbruchteil lang versucht, die Schranktür zuzuschlagen und das Ganze zu vergessen.

Der Mann mit der Pistole sieht das anders. Er stellt seinen Springerstiefelfuß in die Tür und bellt »Aufs Bett!«

Rüdiger hopst mit hochgereckten Armen nach hinten.

Gabi, die den Ernst der Lage erfasst, als sie das blutver-

143

schmierte Hemd des Mannes sieht, zuckt vor Schreck so sehr zusammen, dass der tote Blonde vom Bett kullert.

»Ist heute nicht mein Tag«, räumt der Finsterling ein. »Eigentlich wollte ich schon längst wieder auf dem Weg nach Stuttgart sein.«

Gabi und Rüdiger nicken mechanisch. Ihr Tag ist es definitiv auch nicht.

Der Fremde stellt sich ans Fenster und schaut zum Marktplatz hinunter. »Da, Millionen Menschen«, schimpft er. Was so nicht ganz stimmt. Ein paar Tausend, mehr passen wirklich nicht auf den malerischen Platz zwischen der wuchtigen St. Michaelskirche mit ihrer ausladenden Treppe und dem im Krieg zerstörten, aber wieder aufgebauten Barockrathaus.

»Ich dachte, in so einer Provinzstadt herrscht Ruhe, da könnte ich die beiden toten Russen problemlos entsorgen. Aber nein, hier tobt ja der Bär! An jeder Ecke potenzielle Zeugen.« So, wie es der Finsterling sagt, kommt es als persönlicher Vorwurf an Gabi und Rüdiger rüber.

Rüdiger findet es peinlich, dass er nackt sterben soll. »Kann ich mir was überziehen?«, fragt er deshalb.

»Nein!«, bellt der Fremde und schimpft weiter. »Dann denk ich, guck dir irgendein Landei in einer Kneipe aus, wirf ihm eine K.O.-Pille in den Drink und lade die toten Russen bei dem Landei in der Wohnung ab. Soll das Ei doch sehen, wie es damit fertig wird. Prompt gerate ich an dich. Weißt du, wie schwer es war, dich und die beiden Toten hier in den vierten Stock zu tragen?«

Rüdiger zuckt entschuldigend mit den Schultern. »Nur die Jogginghose. Bitte?«, sagt er.

»Nein!«, beharrt der Fremde. »Und jetzt habe ich euch beide an der Backe, verdammt. Ich entsorge normalerweise nur. Ich bringe niemanden um. Das kriege ich nicht bezahlt. Ich bin nur der Entsorger!«

»Also, wegen uns müssen Sie jetzt nicht mit dem Morden anfangen«, meint Gabi.

Rüdiger nickt.

»Klappe!«, befiehlt der Finsterling. »Und kaum bin ich am Zerlegen des einen Russen, geht draußen ein Heidenlärm los, und du wachst auf. Ich werfe also den Kopf in den Kühlschrank und den Rest in die Badewanne und haste zum Schlafzimmerschrank, um in Ruhe nachzudenken, was ich jetzt mache, da klingelt es, und die Braut taucht auf. Ihr macht es mir echt nicht leicht!«

Er fuchtelt mit der Pistole vor ihnen herum.

»Ich finde, wir zerlegen jetzt alle zusammen die Leichen. Die Kleinteile sind doch viel praktischer zu entsorgen. Dann können Sie uns immer noch umbringen«, schlägt Gabi vor.

»Spinnst du jetzt oder was?«, keucht Rüdiger.

»Hm«, sagt der Finsterling. »Also schön, warum nicht!«

Gabi geht voraus, Rüdiger stolpert hinterher, der Finsterling bildet den Abschluss. Gabi und Rüdiger hieven den Kopflosen aus der Wanne und tragen ihn in die Küche, weil das Bad so schmal ist, dass man da nicht gut sägen kann, wie Gabi einwirft.

»Keine Dummheiten, verstanden!«, warnt der Finsterling und baut sich vor ihnen auf.

Rüdiger wird das alles zu viel, er muss sich wieder übergeben.

»Warte, ich helfe dir«, sagt Gabi und greift nach dem Küchenhandtuch, das zum Trocknen über dem Griff des Backofens hängt. Das heißt, sie tut nur so. In Wirklichkeit packt sie den Topf mit der kochenden Hühnersuppe und schüttet in einer einzigen, fließenden Bewegung den Inhalt desselben über dem Finsterling aus.

Der brüllt auf und lässt die Pistole fallen. Gabi kickt die Pistole in Richtung Flur. »Lauf«, ruft sie Rüdiger zu, »lauf!«

Rüdiger läuft los, will ins Schlafzimmer abbiegen, um sich

die Jogginghose zu krallen, wird aber von Gabi am Arm gepackt und ins Treppenhaus gerissen. »Lauf um dein Leben!«, befiehlt sie, und sie hechten die Treppe nach unten.

Und gerade, als die Sieder zu einem neuerlichen Fanfarenstoß ansetzen, reißen Gabi und Rüdiger die Haustür auf und rufen »Polizei!« Die Menge bekommt nichts mit.

Nur Polizeiobermeister Schuricke und seine junge Kollegin Hebsacker, die zufällig vor der Löwen-Apotheke stehen, sehen eine aufgelöste Blondine und einen nackten Pferdeschwanzträger aus dem direkt danebenliegenden Eckhaus laufen. Schuricke treibt die Beiden im Nullkommanichts in eine etwas weniger leicht einsehbare Nische auf der Schaufensterseite des Apothekengebäudes.

Auf dem Marktplatz geht das bunte Treiben seinem triumphalen Ende entgegen. Über den Lärm hinweg schreit Gabi: »Ein Mörder, in unserer Wohnung ist ein Mörder!«

»Wie bitte?«, sagt Schuricke.

Während Gabi ihm unter furiosen Fanfarenklängen zu erklären versucht, was sie eben erlebt haben, zieht sie ihre Strickjacke aus und reicht sie Rüdiger. »Umbinden«, befiehlt ihr Blick.

Rüdiger versucht, die Jacke so um sich zu schlingen, dass nur noch seitlich etwas Hüftfleisch herauslugt. Und als er gerade die Ärmel verknotet, sieht er doch tatsächlich ... »Da! Da läuft er! Der Mörder!« Rüdiger schreit und fingert.

Der Finsterling bemerkt ihn. Sein Gesicht ist knallrot verbrannt, es hängen noch einzelne Nudeln an Haaransatz und Augenbrauen. Flugs dreht er sich um und schlängelt sich im Fluchtmodus durch die Menschenmassen.

»Stehen bleiben!«, ruft Rüdiger und fädelt sich hinterher.

»He!«, ruft Schuricke und macht sich an die Verfolgung.

Die beiden Frauen bleiben kopfschüttelnd zurück.

Das Gros der Menschen sitzt noch auf den Stufen vor St.

Michael oder steht zu beiden Seiten des Marktplatzes. Aber einige Dutzend wollen schon vor dem Ende zu einem der zahlreichen Gasthäusern aufbrechen, um nachher nicht im Gewühl stecken zu bleiben und nicht rechtzeitig zum reservierten Tisch mit dem leckeren Pfingstbraten zu kommen. Oder sie machen sich schon auf den Weg zur Nachmittagsvorstellung, die auf dem Unterwöhrd stattfindet, einer Insel im Kocher, wo es in wenigen Stunden noch mehr Fanfaren und Böllerschüsse geben wird, und wollen sich dort einen der begehrten Plätze auf der Brückenmauer ergattern.

In diese Woge aus Menschen taucht der Finsterling ein. Hin und wieder sieht man eine Nudel durch die Luft fliegen, wenn er sich nach seinen Verfolgern umdreht. Und man hört die zahlreichen »Was soll denn das?!«-, »Nicht drängeln!«- und »Unverschämt!«-Rufe der Touristen, an denen er sich schonungslos vorbeidrängelt.

Rüdiger weiß, es geht um alles. Er darf den Finsterling nicht aus den Augen verlieren. Mit der Linken den Strickjackenärmelknoten festhaltend, mit der Rechten die Menschenleiber teilend wie weiland Moses das Rote Meer, hastet er dem Flüchtigen hinterher und ruft: »Aufhalten, halten Sie den Mann auf!«

Vorbei am Stadtarchiv, am Schuhbäck, wo schon Dr. Faustus speiste, am Gebäude des *Haller Tagblatts*, und weiter in Richtung Unterwöhrd. Die Menschen werden weniger, das Tempo erhöht sich.

Rüdiger bekommt Zweifel.

Wird ihn der Pistolenmann abhängen? Er hat schon einen ordentlichen Vorsprung gewonnen. Wohl auch deshalb, weil er mittlerweile seine Pistole gezogen hat und die Menschen ihm freiwillig den Weg räumen.

»Aufhalten, den Mann!«, schreit Rüdiger dennoch und legt noch einen Zahn zu.

Von fern hörte man eine Polizeisirene.

»Aufhalten, den Mann!«, schreit Rüdiger.

»Stehen bleiben!«, schreit Schuricke.

»Ohne Eintrittskarte dürfen Sie da nicht durch!«, schreit eine zierliche Brünette ihren Rücken hinterher.

Und – zack! – ist es vorbei.

Ein versprengter Sieder – traditionell in Rot (Feuer), Schwarz (Kohle), Grün (Sole) und Weiß (Salz) gekleidet – will eigentlich nur dafür Sorge tragen, dass auch alles für das nachmittägliche Spektakel auf dem Unterwöhrd vorbereitet ist, da sieht er drei Männer über die Steinbrücken rennen und denkt sich: Hm, komisch. Und dann entdeckt er die Pistole in der Hand des Mannes ganz vorn. Na, da ist dann klar, wem er mit einem kühnen Streich seine Feuerbüchse gegen die Schienbeine zu knallen hat.

In hohem Bogen fliegt der Finsterling auf das Pflaster. Es gibt ein hässliches Geräusch. Vermutlich ist seine Nase gebrochen.

Rüdiger, der auf den letzten Metern enorm aufgeholt hat, kann nicht mehr rechtzeitig abbremsen. Seine Beine bleiben stehen, aber sein Oberkörper wird aufgrund physikalischer Gesetze, die er einst in der Schule gelernt, aber wieder vergessen hat, weiter nach vorn katapultiert. Er fällt zu Boden, Gott sei Dank abgefedert vom Körper des bewusstlosen Pistolenmannes, macht einen Überschlag und rutscht noch einige Meter über das Pflaster, wobei er sich schmerzhaft den Rücken aufschürft. Die Strickjacke hat diese artistische Einlage nicht mitgemacht. Im Adamskostüm bleibt Rüdiger schwer atmend liegen. Mütter halten ihren Kindern die Augen zu.

Wie ein Großwildjäger hat mittlerweile der Sieder den rechten Fuß auf die Schulter des bewusstlosen Finsterlings gestellt und stützt sich auf seinem altertümlichen Gewehr ab.

Und genau so wird er vom Fotografen des *Haller Tagblatts* abgelichtet, sowie von einer Reisegruppe aus Tokio und diversen anderen Touristen. Die meisten halten das Ganze für eine Inszenierung der Tourismus- und Marketinggesellschaft von Schwäbisch Hall. Einige applaudieren.

Weiter hinten, nicht mehr im Bild, liegt immer noch Rüdiger. Nackt, wie Gott ihn schuf. Schwer atmend.

Mein Gott, was für ein Pfingstfest, denkt er. Und gleich darauf: He, aber mein Kater, der ist weg!

Gefüllte Gans

Diese Ruhe. Endlich!
Weihnachtsessen mit der Familie, das ist Horror pur. Einzeln mögen die alle ja noch angehen, aber im Rudel ...

Wenigstens haben wir keinen Vegetarier dabei. Und nur Tante Grethe reagiert auf Milchprodukte allergisch. So gibt es gefüllte Gans, wie es in unserer Sippe seit den Tagen Karls des Großen üblich ist. Natürlich nicht reihum, sondern immer bei mir. Damit ich als Alleinstehende auch mal ein heimeliges Familiengefühl bekomme. Sagen die Andern. Die wollen sich doch alle nur nicht den Stress aufhalsen.

Letztes Jahr ist meine kostbare antike Vase zu Bruch gegangen. Und mein Meißen hole ich schon gar nicht mehr raus, Ikea muss genügen. Der Kleine von meiner Cousine Rieke, für den ich extra einen Kinderstuhl besorgt hatte, hat auch dieses Mal wieder wie am Spieß gebrüllt. Wenn er nicht gerade Weitwurf mit der Gemüsebeilage zur Gans übte. Natürlich darf er nur Hipp essen, aber das Gemüse vom Teller der Mama zu werfen ist für ihn okay. Großtante Rose lacht dazu immer, obwohl man ihre Wohnung nur mit Hausschuhen betreten darf und ihr Sofa unter einer Plastikschutzdecke ein keimfreies Leben führt. »Die Flecken fallen auf deiner Rosentapete doch gar nicht weiter auf«, entschuldigte Rieke ihr Balg, und Onkel Theo hielt das Ganze im Bild fest. Im Grunde kann ich die ganze Wohnung nach so einem Familienweihnachtsessen renovieren lassen.

Und dann der Lärm! Wenn alle durcheinanderreden, das macht mich fertig. Das können meine Nerven nicht ab. Ich bin Krankenschwester. Seit über zehn Jahren in der Psychiatrie. Nur schwere Fälle. Da will ich wenigstens zu Hause Ruhe und Frieden haben.

Dieses Weihnachten habe ich damit ernst gemacht!

Ich besitze schon lange den Schlüssel zum Giftschrank der Station und habe mich für ein Mittel entschieden, das schnell wirkt: Man japst nur kurz, nestelt am Hemdkragen, und dann kippt auch schon der Kopf in den Nacken. Mitleid hatte ich keines – das sind ja alles nur Verwandte, keine Menschen, die mir wirklich nahe stehen.

Die meisten hängen schon mit herausquellender Zunge über den Sitzmöbeln. Nur Tante Grethe werkelt noch in der Küche.

Das Gift habe ich in die Äpfel gespritzt. Die Apfelfüllung essen nämlich alle, auch meine Nichte Lisa-Marie, die magersüchtig ist und sonst nichts isst. Ich habe Gastritis vorgeschoben und nur ein Glas Holunderbeerwein getrunken.

Tante Grethe kam als Letzte, darum wird es bei ihr auch am längsten dauern. Aber gleich muss es soweit sein.

Ich greife nach dem Hipp-Glas. Bananenbrei steht drauf. Finger hineingestippt und probiert. Ja, lecker!

Tante Grethe kommt aus der Küche gewankt, die Hand am Hals. Ich nicke ihr freundlich zu. Sie war immer meine Lieblingstante gewesen. Ich probiere noch eine Fingerspitze voll Hipp-Brei. Schmeckt wirklich ausgezeichnet. Sehr apfelig.

Apfelig? Wieso nicht bananig?

Hat Rieke etwa ...? Sollte sie tatsächlich den Rest der Apfelfüllung aus der Gans in das Hipp-Glas umgefüllt haben ...?

Nein!, denke ich noch, während ich am gestärkten Kragen meiner weißen Feiertagsbluse nestele.

Dann kippt auch schon mein Kopf in den Nacken.

Wie man sich seine eigene Mumie bastelt

Traugott Wilferdinger stammte mehr als wir alle vom Affen ab – und das nicht nur rein äußerlich. Dies gesagt habend empfinde ich es schon fast wieder als Beleidigung: für die Affen natürlich. Jedenfalls stand mir Traugott Wilferdinger im Weg, und das gedachte ich zu ändern.

»Kupfersulfat, bitte. 100 Gramm müssten genügen.« Ich lächelte der Apothekerin zu.

»Jeden Herbst dasselbe. Sagen Sie bloß nicht, Ihre Pferde haben jetzt auch die Strahlfäule?« Fräulein Feuchtenbrink – sie bestand auf der Anrede »Fräulein« – blickte besorgt.

»Oi, wen hat es denn noch erwischt? Bauer Nägele?«, heuchelte ich mitfühlend.

Fräulein Feuchtenbrink nickte. »Alle seine Huftiere, ein schlimmes Unglück. Ausgerechnet jetzt, wo Dr. Völkl in Urlaub ist. Einen Moment, bitte, ich hole Ihnen das Kupfersulfat aus dem Giftraum.«

Fräulein Feuchtenbrink entschwand; zurück blieb ein Hauch von Lavendel. Draußen klatschte der Regen gegen die Scheiben. Es war ein äußerst bescheidener Oktober, und ich hoffte, unser Tierarzt Dr. Völkl genoss seinen Urlaub an der Ostsee, wo es laut Wetterbericht derzeit 20 Grad und Sonnenschein hatte. Mir konnte es nur recht sein, dass der Gute so weit weg weilte, denn er hätte mit einem Blick seiner wasserblauen Augen erkannt, dass meine behuften Hausgenossen alles hatten, nur keine Strahlfäule.

Ich hatte das wunderschöne Schlösschen Schreckenstein mitsamt Bauernhof von der alten Gräfin Agnes geerbt, die unter mysteriösen Umständen verschwunden war, kurz nachdem sie mich testamentarisch zu ihrer Alleinerbin bestimmt hatte. Der Tratsch der Dorfbewohner ließ mich und den knorrigen Walter, der mir bei den Tieren zur Hand ging, kalt. Sollten sie sich doch die Mäuler zerreißen. Aber Traugott Wilferdinger ging mir gehörig auf die Nerven.

Wilferdinger war ein alter Verehrer der Gräfin, ein alleinstehender, emeritierter Professor, der seine Wochenenden in dem zum Schloss gehörenden Kutscherhaus zu verbringen pflegte. Er stand selbst schon mit einem Bein im Krematorium, aber geistig war der alte Mummelgreis noch genügend auf Zack, um mir das Leben schwer zu machen. Jeden Freitagabend stand er auf der Matte.

»Nein, Herr Wilferdinger, Frau Gräfin hat sich immer noch nicht eingefunden. Da hätte ich Ihnen doch Bescheid gegeben«, dröhnte ich jedes Mal wieder in sein Hörgeräteohr. Noch sechs Jahre lang würde die Gräfin nur als vermisst gelten; erst danach konnte ich sie für tot erklären lassen und mein Erbe antreten. Bis dahin hatte ich nur Bleiberecht auf Schloss und Hof. Ein Bleiberecht, das mir Herr Wilferdinger gern streitig gemacht hätte. Ich wette, er war es gewesen, der mir außer der Polizei noch die Presse und die militante Tierschutzgruppe auf den Hals gehetzt hatte.

»Sie können dem alten Herrn doch nicht verweigern, sich an den Wochenenden ein wenig im Schloss umzuschauen. Er und die Gräfin waren praktisch unzertrennlich, und jetzt vermisst er sie eben. Er wird schon nichts mitgehen lassen«, hatte Notar Herbschleb schmunzelnd gemeint, als ich mich bei ihm über Wilferdinger beschwerte. »Und aus seinem Mietvertrag kommen Sie so schnell nicht raus. Bieten Sie ihm einfach einen Sherry an, er liebt Sherry. Dann verschwindet er umso schneller. Der ist doch harmlos!«

Doch ich wusste es besser: Wilferdinger suchte nach Beweisen oder doch wenigstens Indizien, dass ich am Verschwinden der Gräfin nicht ganz unschuldig war.

Da könnte er lange suchen.

Ich pflege keine Spuren zu hinterlassen – und würde auch bei ihm nicht damit anfangen.

Bauer Nägele kommt das Verdienst zu, mich auf Vitriol aufmerksam gemacht zu haben.

»S'kommt immer im Dreier«, hatte er genäselt, als er mir wie üblich das frische Gemüse vorbeibrachte und im Austausch Eier und ein paar Würste erhielt. »Erst der Knöchelbruch bei der Erna, dann die Kropfoperation bei der Sissi, und jetzt die Strahlfäule bei der Luisa.«

Irgendeine der drei musste ein Pferd sein, soviel war klar. Nur welche?

»Kupfersulfat, drauf und fertig. Schon mein Vater und mein Großvater haben das so gemacht. Vorsichtig müssen Sie damit natürlich sein, sonst kann's ins Auge gehen. Der Schulfreund von meinem Großvater hat sich dabei die rechte Hand verätzt. War völlig unbrauchbar. Na, er war ja Linkshänder. Aber gebrüllt hat er wie am Spieß – drei Tage lang.«

Nach intensiver Recherche mit viel heißer Schokolade über den Lexika aus der Schlossbibliothek war mir klar, dass Bauer Nägele wohl das alte Vitriolöl, die rauchende Schwefelsäure, mit dem heute gebräuchlichen Kupfersulfat $CuSO_4$ verwechselt haben musste. Aber immerhin kam ich dadurch auf eine teuflisch-geniale Idee, wie ich fürderhin der ständigen Vermiesung meines Wochenendes durch Traugott Wilferdinger ein Ende bereiten konnte.

»Tut mir schrecklich leid, Herr Wilferdinger, der Sherry ist alle, aber hier hätte ich eine leckere Alternative.«

Der Alte blickte verkniffen auf die Flasche Blue Curaçao. Wir hatten gerade die Inspektionstour durch das Schloss hinter uns. Er war absichtlich langsamer geschlurft als die kontinentale Plattenverschiebung. Und natürlich hatte er nichts gefunden.

»Ich schätze keine Veränderung liebgewordener Gewohnheiten«, knarzte er mit seiner Altmännerstimme.

Mein Lächeln blieb herzlich, obwohl ich sicher bin, dass auf meiner Stirn in Braille das Wort TROTTEL erschien. Gott sei Dank war Wilferdinger kurzsichtig.

»Aber Herr Wilferdinger, es darf doch sicher auch mal ein Likör sein?«

Bevor es gar nichts gab, würde er lieber den Curaçao versuchen. Das war zumindest mein Plan. Und er funktionierte.

Während Wilferdinger sich in den Ohrensessel vor dem flackernden Kamin gleiten ließ, gab ich mixende Geräusche an der Bar von mir. Sein Glas hatte ich allerdings schon vorbereitet. Kupfersulfat ist ein kristallines Pulver von blauer Farbe. Blue Curaçao hatte sich da förmlich schreiend angeboten. Die gesättigte Lösung, die ich Wilferdinger vorsetzte, musste eigentlich ihren Zweck erfüllen. Umso besser, dass Wilferdinger noch nie Curaçao probiert hatte – kleine geschmackliche Veränderungen konnten ihm da nicht auffallen.

»Auf Ihr Wohl, Herr Wilferdinger!«

Er trank das Glas in einem Zuge leer und laborierte anschließend dreizehn Stunden röchelnd im Kaminzimmer an seiner Vergiftung. Derweil schickte ich Walter in Kurzurlaub zu seiner Schwester nach Mechernich und fuhr daraufhin Wilferdingers Benz in die nächstgelegene Kreisstadt, wo ich ihn vor dem dortigen Puff parkte. Kleiner Scherz meinerseits.

Als ich wieder zurückkam, lag Wilferdinger in den letzten Zügen. Ich bereitete mit dem Kupfersulfat, das ich aus der Stadt mitgebracht hatte, die Badewanne vor. Natürlich nicht meine eigene Alltagswanne, bäh, sondern die antike mit den

Löwenfüßen im Keller. Vitriol entzieht dem Körper das Wasser und ist somit stark konservierend. Was von Traugott Wilferdinger übrig blieb, wickelte ich in ein altes Leinenbetttuch und deponierte es im Biedermeierbett des ehemaligen Mädchenzimmers im Westturm.

Eigentlich hatte ich das Tuch in lange Streifen reißen wollen, um dem Ganzen den Hauch historischer Korrektheit zu verleihen, aber das war mir dann doch zu mühsam. Ich steckte seine inneren Organe ja auch nicht in kleine Tonkrüge oder malte anatomisch unkorrekte Männchen in Lendenschürzen an die Wände.

Am Freitag darauf gab ich die Vermisstenanzeige auf.

Jetzt habe ich meine eigene Mumie – und an Wochenenden meine Ruhe ...

Kühlungsborn – wo man ewig leben möchte!

Ich heiße Albin, bin vierundvierzig, Junggeselle und Puppenmacher. Und momentan sitze ich in der Dampflok Molli von Kühlungsborn nach Rostock.

Armer Kerl, denken Sie jetzt womöglich. Sie stellen sich einen mageren, etwas ungepflegten, schütterhaarigen Mann im karierten Pullunder vor, vielleicht mit Brille, neben sich einen abgewetzten Koffer, in dem neben verschlissenen Frottee-Badeschlappen, zwei Eingriffslips zum Wechseln und einer Zahnbürste noch eine halbfertige Marionette liegt. Armer Kerl, denken Sie erneut und freuen sich mit mir, dass ich mir offensichtlich gerade einen Ostseeurlaub gegönnt habe, bestimmt außerhalb der Saison und finanziert von den greisen Eltern, die mich mit ihrer mickrigen Rente immer noch durchfüttern müssen. Puppenmacher. Was verdient schon so ein Puppenmacher? Denken Sie jetzt.

Rotzlümmel, der ich früher war, habe ich doch seit frühester Jugend Puppen geliebt. Mit Lego-Steinen oder Märklin-Eisenbahnen hätte man mich jagen können. Wann immer möglich, hing ich hinter den Kulissen unseres Marionettentheaters herum und berührte ehrfürchtig Ali Baba oder Aschenputtel oder Jim Knopf. Herr Gerhard schnitzte noch selbst. Schon früh durfte ich ihm zur Hand gehen, und als ich zwölf war, hatte die erste von mir geschnitzte Marionette ihren Auftritt. Es hätte Prinzessin Gisela werden sollen, aber als Herr Gerhard mein Werk begutachtete, sagte er »Hm« und nochmals »Hm« und meinte dann, für eine Prinzessin seien ihre Züge etwas herb geraten, aber wenn man einen grünen Wams nähte, könnte die Figur als der finstere Förster aus dem Fichtenforst durchgehen, der Prinzessin Gisela entführen wollte. Es war ein herber Schlag, aber ich ließ mich nicht entmutigen.

Mein Vater, der fünfundvierzig Jahre für VW malocht hatte, machte sich lange Sorgen um meine sexuelle Orientierung – Junge, musst du denn immer mit Puppen spielen? –, war dann aber beruhigt, als noch vor meinem achtzehnten Geburtstag die erste Vaterschaftsklage ins Haus flatterte.

Die Aussichten als Puppenmacher waren nicht rosig, darum ließ ich mich, als ich mit der Schule fertig war, von der Berufsberaterin beim Arbeitsamt zu einer ähnlich gelagerten Ausbildung überreden, die sie gerade im Angebot hatte. Als Tierpräparator.

Das war natürlich nur eine Übergangslösung. Nach dem fünften Wellensittich und dem zwanzigsten Rauhaardackel ist der Kick weg und alles nur noch öde Routine.

Mit Mitte zwanzig ging ich nach London. Nicht zuletzt, um den ganzen Vaterschaftsklagen zu entgehen. Ehrlich, ich muss mir abgewöhnen, Frauen alles zu glauben, ganz besonders wenn sie versichern, sie würden die Pille nehmen. Im Kindergarten bei uns im Viertel wimmelte es von den Folgen meiner Vertrauensseligkeit, und ich fand, es war Zeit für einen Neubeginn.

Als Wachsschnitzer.

Bei einem der *waxcarver*, die für das Wachsfigurenkabinett der Madame Tussaud arbeiteten, durfte ich ein Praktikum machen. Ich darf wohl sagen, dass ich mich sehr geschickt anstellte. Mein Praktikum wurde zu einem Volontariat – und bald schon durfte ich ihm bei den Neugüssen helfen. So eine Wachsfigur hält ja nicht ewig. Alle fünf Jahre wird sie entweder entsorgt, weil der Prominente nicht mehr prominent genug ist, oder neu gegossen. Und schließlich durfte ich endlich allein Hand anlegen. Bei meiner Golda Meir urteilte Mister Daniels noch *splendid work*, aber nach der Katastrophe mit Julia Roberts und dem Desaster mit Kylie Minogue teilte er mir mit, dass er mir nur noch männliche Wachsfiguren anzuvertrauen gedachte. Ich fand das enttäuschend.

Ich beschloss, dass Wachs einfach nicht mein Material war, und ging nach Kalifornien. Zumal ich feststellen musste, dass auch Engländerinnen genauso frech logen wie die deutschen Frauen, was die korrekte Einnahme der Pille betraf.

In Los Angeles kam ich bald schon in Kontakt mit einem sehr netten Mann namens Riley, der Silikonpuppen fertigte. Ich war begeistert! Lebensgroß, lebensecht – und wenn man die Hand auf ihren Arm legte, wurde der Arm mit der Zeit warm. Riley war, wie sich herausstellte, der Marktführer für hochwertige ... äh ... Liebesgespielinnen. Denn wer es sich leisten konnte, fuhrwerkte doch nicht mit einer aufblasbaren, nach Gummi riechenden Attrappe herum, wenn er eine Gefährtin sein Eigen nennen konnte, die im Dunkeln nicht von einer echten Frau zu unterscheiden war – und die vor allem nicht nölte und nicht schnarchte. Gut, in der Anschaffung war sie mit 7.500 Dollar aufwärts nicht ganz billig, aber im Unterhalt waren Rileys Babes einfach unschlagbar günstig. Bei regelmäßiger Reinigung betrug ihre Lebensdauer fünfundzwanzig Jahre. Sagte Riley.

Wir arbeiteten einige Zeit sehr gut zusammen, aber irgendwann nahm er mich beiseite, zog sich die Zigarre aus dem Grinsemund und meinte bedauernd, dass der schwule Markt einfach noch nicht ausreichend entwickelt sei und meine Puppen seien – *no offense* – irgendwie nicht weiblich genug. Und so kam ich wieder nach Deutschland, zog in mein altes Jugendzimmer und überlegte mir, wo genau ich meine Nische finden könnte.

Während ich noch so überlegte, kam mein alter Kumpel Selim, den ich mal vor Gericht kennen gelernt hatte, als wir beide im Flur warteten, mit einer Geschäftsidee auf mich zu. Er wegen irgendeinem minderschweren Tätlichkeitsdelikt, ich natürlich wegen einer Vaterschaftsklage.

Langer Vorrede kurzer Sinn: So kam es, dass ich mich in diesem Sommer zusammen mit Rüdiger auf den Weg nach Kühlungsborn machte. Im dortigen Haus der Völker sollte ein Eingeborener aus Papua-Neuguinea aufgestellt werden.

Rüdiger, wie ich ihn nannte, reiste natürlich separat in einer Transportkiste, bequem ausgepolstert und konstant auf 22 Grad temperiert. Die Logistik-Fachkräfte des Frachtdienstes der Deutschen Bahn würden ihn im Rahmen des »Haus zu Haus-Service« direkt zum Haus der Völker bringen.

Ich reiste nur mit, um von Dr. Leberecht die Abnahme unterschrieben zu bekommen und ihm zu erklären, unter welchen Temperatur- und Stellbedingungen meine Firma eine Haltbarkeitsgarantie von zehn Jahren gab.

Eigentlich hätte ich morgens hin- und abends wieder zurückfahren können, aber in den letzten Monaten war bei uns so viel los gewesen, dass ich mir eine kleine Auszeit verdient zu haben glaubte. Und wer kann bei der mecklenburgischen Ostseeküste schon Nein sagen?

Dr. Leberecht hatte mir als Unterkunft eine Pension in direkter Strandlage empfohlen, mit Reetdach und leckerer Hausbäckerei. Mein Zimmer war gemütlich und hatte Dachschräge. Am Abend meiner Anreise lief ich durch Kühlungsborn und staunte über die eigenwillige Architektur der Villen. Und es waren viele Villen. Ich fühlte mich in ein Seebad der vorvorigen Jahrhundertwende zurückversetzt, ein Kurhotel reihte sich ans andere wie Socken auf einer Wäscheleine. Seit der Wende allesamt aufwändig renoviert worden. Keine Ahnung, warum jedermann nur von Heiligendamm spricht, wo es doch Kühlungsborn gibt – mit Deutschlands längster Strandpromenade. Jedenfalls spazierte ich völlig begeistert durch den Ort und schoss mit meiner Kleinbildkamera um mich wie ein Amokläufer und aß zweimal warm, beide Male Fisch mit Bratkartoffeln und reichlich Tunke.

Am Montag besuchte ich Dr. Leberecht in seinem Museum, das noch bis zur Saisoneröffnung geschlossen war. Rüdiger war noch nicht angekommen, also nutzte Leberecht die Chance zu einer dreistündigen Privatführung durch sein Panoptikum samt Vortrag über Geschichte, Personal und Sinn und Zweck seiner Einrichtung.

Am Nachmittag nahm ich an einer wesentlich kurzweiligeren Stadtführung mit anschließender Sanddornverkostung teil. Am Dienstag gönnte ich mir den Gute-Nacht-Bummel mit Märchenhexe Küboschka, die als Highlight Lieder zum Mitsingen bot. Und am Mittwoch begab ich mich ins Haus der Völker, weil Rüdiger inzwischen angeliefert worden war und ich im Beisein von Dr. Leberecht die Transportkiste öffnen sollte.

Das Haus der Völker war in einer der prächtigen Villen in der Nähe des Bootshafens untergebracht. Dr. Leberecht hatte sich als Wessi kurz nach der Wende berufen gefühlt, den wilden Osten zu zivilisieren, war erst als Museumskurator gescheitert, dann als Galerist, hatte anschließend eine Rostockerin geheiratet, die in Kühlungsborn am Leibniz-Institut für Atmosphärenphysik Bahnbrechendes leistete, und war vor Kurzem auf die Idee gekommen, für die Badegäste eine kolonialhistorische Belustigungsstätte einzurichten. Quasi im Alleingang hatte er sich die Finanzierung durch Land und Kommune und ein paar Wirtschaftssponsoren gesichert, und zu Beginn der letzten Saison war Eröffnung gefeiert worden. Yanomami, Tutsi, Massai, Inuit – jeder Raum galt einem bestimmten Volk und war liebevoll mit Alltagsgegenständen ausstaffiert worden. Wir hatten ihm schon einen Pygmäen geliefert. Und nun eben Rüdiger, einen Eingeborenen aus Papua-Neuguinea.

Ich hob den Deckel der Bleikiste an.

»Fantastisch!«, schwärmte Dr. Leberecht und beugte sich über Rüdiger, damit er die Details genauer bestaunen konnte.

Rüdiger sieht aber auch wirklich total lebensecht aus.

Nackt, nur mit einem riesigen Pimmelschutz und ein paar Federn in den krausen Haaren – wie die Leute auf Papua-Neuguinea eben herumzulaufen pflegten, bevor der Westen sie mit Hawaiihemden und Designerjeans beglückte und ihnen einredete, McDonald's-Burger seien ethischer als der traditionelle Kannibalen-Kebab.

»Fantastisch!«, schwärmte Dr. Leberecht erneut und betastete vorsichtig Rüdigers ledrige Gesichtshaut. Er beugte sich noch etwas tiefer, als ob er Rüdigers Duft einatmen wollte.

Und da – ich weiß auch nicht so recht, wie es kam, es war gar nicht so furchtbar heiß – passierte es. Der Deckel der Transportkiste rutschte mir aus den schwitzigen Fingern und krachte direkt in das Genick von Dr. Leberecht, und das Genick von Dr. Leberecht erwies sich irgendwie nicht als stabil genug. Jedenfalls war er tot.

Ich möchte es als Glücksfall bezeichnen, dass das Haus der Völker noch bis zum Saisonbeginn geschlossen war. Und aus Dr. Leberechts Geblubber vom Montag wusste ich, dass er seine Helferin Frau Patzendorf in Urlaub zur Mutter nach Frankfurt/Oder geschickt hatte und die Putzfrau erst am übernächsten Montag kommen würde. Prof. Dr. Gundula Leberecht-Neuhaus, die Atmosphärenphysikergattin, weilte stipendiumsbedingt ohnehin für sechs Monate am *Center for Atmospheric Research* in Boulder/Colorado.

Tja, was soll ich sagen. Leichen bin ich ja gewohnt. Schließlich hat mich Selim nicht umsonst wegen seiner Geschäftsidee angesprochen und als leitenden Präparator eingestellt.

Ich zog mein iPhone aus der Tasche. »Selim, wir haben ein Problem.«

»Ein großes?«

»Sehr groß. Wir werden beim Wiedereintritt in die Erdatmosphäre verglühen.« Ich seufzte.

Er sagte: »Ich komme.«

Das muss man Selim lassen – er lässt einen nicht hängen. Er setzte sich sofort in unser Präparatormobil und düste los. Irgendwann nach Mitternacht kam er an, ein Türke mit Ruhrpottslang, Auftragskiller, dicke Goldketten auf der lockig behaarten Machobrust, der seit unserer ersten Begegnung im Gerichtsflur gute hundert Kilo zugenommen hatte und mittlerweile auch schon mal Leute umbrachte, indem er sich einfach auf ihr Gesicht fallen ließ. Danach konnten wir sie natürlich nicht mehr verwenden, weswegen er das in letzter Zeit bleiben ließ und die Leute doch lieber erschoss. So ein Loch ist im Nullkommanichts gestopft, aber aus einer Matschbirne holt man keinen Insulaner mehr heraus, auch wenn man zehnmal behauptet, die hätten in der Südsee alle platte Nasen. Das war nämlich seine Geschäftsidee gewesen: Auftragsmorde ohne Leiche. Weil die Leichen auf Nimmerwiedersehen verschwanden. Und das vor aller Augen.

Als er da mitten in der Nacht auf dem Parkplatz hinterm Museum aus unserem Kastenwagen kletterte, war ich unendlich froh, dass er da war.

»Also«, sagte er und rieb sich tatendurstig die Hände. »Was liegt an?«

Am Freitag nahm ich an der Rucksackwanderung mit Günter und Ingeborg teil, die ich am Montag gebucht hatte. Ich wollte ja keinen Verdacht erwecken. Wenigstens fand ich bei der Tour zum südlich der Stadt gelegenen Höhenzug namens Kühlung während unserer Rast am Leuchtturm Bastorf auch Gelegenheit, Leberechts Unterwäsche und seine Brieftasche (mit Tresor-Kombination auf einer darin befindlichen Karteikarte) zu entsorgen, die ich statt des Lunchpakets meiner Pensionswirtin in den Rucksack gestopft hatte. Seinen Anzug würde ich behalten; wir hatten dieselbe Größe, und es wäre ja schade um den schönen Hugo Boss in Anthrazitgrau.

Selim, der Gute, hatte den nackten Leberecht in der Nacht noch ins Präparatormobil verfrachtet und schon mal alles vorbereitet, sodass wir am frühen Abend anfangen konnten.

Ich arbeitete zweieinhalb Tage durch. Dr. Leberecht war recht gedrungen und hätte eigentlich einen guten Sitting Bull im Raum Ureinwohner Amerikas abgegeben, aber wo hätte ich in der Kürze der Zeit eine Indianerkluft herbekommen sollen? Normalerweise half uns ja sonst Selims Freundin Onoma, die in Ghana als CCF-Patenkind eine Schneiderlehre hatte machen können, bevor sie als Asylantragstellerin nach Dortmund gekommen war, aber momentan lag sie akut schwanger auf der Geburtsstation. Also präparierte ich Dr. Leberecht auf Homo neanderthalensis, kauernd am Feuer sitzend. Wenn ich mit ihm fertig war, würde ihn nicht einmal seine Frau wiedererkennen.

Selim mietete derweil einen Wagen und düste los, um einen Hund zu überfahren. Als er wiederkam, hatte er ein Wildschwein und eine getigerte Katze im Kofferraum. »Echt unmöglich, hier einen allein herumstreunenden Hund aufzutun«, beschwerte er sich. »Mach einfach das Beste daraus.«

Während ich mich dieser Herausforderung stellte, bestellte sich Selim die mobile Kranich-Massage mit warmen Ostseesteinen auf sein Pensionszimmer und schwofte anschließend auf der Saturday Night Party im Shark's – dem »Club mit Biss«.

Ich mag Selim wirklich, er ist ein toller Chef, und wie er sein Unternehmen auf die Beine gestellt hat, einfach super! Deshalb konnte ich gut damit leben, dass er sich amüsierte, während ich in unserem Präparatormobil vor mich hinwerkelte.

Wie ich die Leichen präpariere, muss ich Ihnen ja nicht groß erzählen, googeln Sie einfach nach Einbalsamierung. Der Trick ist das zweimalige Einsprühen mit einer Silikonverbindung – der *Finishing Touch*, den ich bei Riley in Kalifornien gelernt hatte. Damit kann man einen europäischen Teint mühelos auf außereuropäisch umsprühen.

Sonntagmittag gab es dann noch mal einen Adrenalinschub.

»Juhu, jemand da drin?«

Es war meine Pensionswirtin. Sie hatte mich beim Spaziergang ins Präparatormobil auf dem Museumsparkplatz klettern sehen.

»Ich wollte Sie zu Tisch bitten. Heute gibt es Ostseescholle, das dürfen Sie nicht verpassen.« Sie versuchte, an mir vorbei in den Transporter zu lugen. »Was machen Sie denn da drin?«

»Ich zeig's Ihnen!« Ich griff nach hinten, sah ihr dabei die ganze Zeit in die Augen und lächelte, packte zu und zeigte es ihr.

Nein, keine kleinkalibrige Waffe. Selim ist der Killer, ich bin nur der Puppenmacher.

Die Marionette, an der ich schon seit geraumer Zeit schnitzte, sollte Kleopatra im Nachthemd darstellen, aber ich machte der Wirtin keine Vorwürfe, als sie entzückt rief: »Och, der Cäsar!«

Später, im Abendgrauen, trugen Selim und ich den kauernden Dr. Leberecht, der jetzt dank Wildschwein und Katze am ganzen Körper behaart war, in den Frühmenschenraum im ersten OG, hockten ihn neben den Homo heidelbergensis, den Dr. Leberecht woanders gekauft hatte, und drapierten noch ein paar Holzscheite vor ihm, als ob er gleich für sich und seinen Kumpel ein Feuerchen machen wollte. Sah sehr überzeugend aus. Aus seiner hockenden Position hatte er einen guten Blick aus dem Panoramafenster auf die Ostsee. Also ehrlich, wenn man schon irgendwo die Ewigkeit verbringen muss, dann doch wohl bitte in Kühlungsborn mit exakt dieser Aussicht.

Selim fuhr mit dem Transporter dann gleich nach Dortmund, weil Onoma mittlerweile geworfen hatte. Ich hoffe, das Balg sieht mir später nicht übermäßig ähnlich, das würde definitiv Ärger mit Selim geben. Dass aber auch Afrikanerinnen keine Ahnung von der Pille haben!

Ich selbst habe noch ein paar Tage die Strandpromenade genossen, Möwen mit einem Fischbrötchen gefüttert, mir die milde Ostseeluft ins Gesicht blasen lassen.

Kühlungsborn. Wirklich schön dort. Kann ich Ihnen empfehlen. Besuchen Sie auch das Haus der Völker. Wie ich der Zeitung entnahm, war der Direktor spurlos verschwunden, und der Verbleib von mehreren hunderttausend Euro Sponsorengeldern aus dem Tresor des Musums konnte nicht ermittelt werden.

Seine Assistentin Frau Patzendorf führt das Haus jedenfalls sehr kompetent weiter, und zu Saisonbeginn wird es der Öffentlichkeit wohl wieder wie gewohnt zugänglich sein.

Ja, und jetzt sitze ich wieder in der Dampflok Molli, die mich nach Bad Doberan bringt, wo ich in den Zug nach Rostock umsteigen werde. In meinem Koffer eine Marionette, zwei getragene Eingriffslips, noch eine Marionette und 250.000 Euro in großen Scheinen.

So hatten Sie sich das womöglich nicht vorgestellt, aber wenn es Sie beruhigt: Ich bin tatsächlich schütterhäuptig und trag einen karierten Pullunder unter meinem anthrazitgrauen Hugo-Boss-Anzug.

Und für den nächsten Frühling werde ich wieder eine Woche Kühlungsborn buchen. Muss doch nachschauen, ob es Leberecht gut geht ...

Kleine, schwäbische Sprachkunde –
garniert mit einer Schurkerei

1. Grüß Gott!
Mit diesem schwäbischen Allroundgruß heiße ich Sie zu meiner
kleinen, schwäbischen Sprachkunde herzlich willkommen. Für das
ungeübte Ohr klingt der schwäbische Dialekt komisch, langsam
und derb. Man schließt von der Sprache leicht auf die Sprechende,
aber das verbitte ich mir. Mein IQ ist so hoch wie mein Blutdruck,
und ich bin Deutschlands gefährlichste Privatdetektivin!

Okay, ich heiße Petra und ich gehe mit glühender Leidenschaft auf die Jagd nach dem Verbrechen. Wenn ich mich erst
einmal in einen Fall verbissen habe, bin ich rein rechtlich
schon fast der Kampfhundeverordnung zuzuordnen. Denn
ich entstamme einer legendären, schwäbischen Dynastie an
Detektiven. Und ich bin gut. Ach was, ich bin mehr als gut:
Ich bin eine Nägele!

2. Mir könnet älles ...
... auch Hochdeutsch. Aber wir wollen nicht!

Weil ich eine Nägele bin, verwunderte es mich also nicht,
dass sich Gerald Sölbel, Staatssekretär im Wirtschaftsministerium, an meine traditionsreiche, aber doch eher bescheidene
Ein-Frau-Detektei wandte, als seine achtzehnjährige Tochter
Ester entführt wurde.
   »Die Polizei ist selbstverständlich eingeschaltet.« Sölbel saß
eingefallen auf meinem besten Besucherstuhl. Er war ferkel-
rosahäutig, kartoffelnasig, segelohrig und wirkte sehr viel
kleiner als auf dem Fernsehbildschirm.
   »Selbstverständlich!« Ich nickte und betrachtete das Hoch-

glanzfoto, das er mir in die Hand gedrückt hatte. Das Schönheitsdiktat der gängigen Frauenzeitschriften ging mir zwar an meinem ausladenden Vollweibhintern vorbei, aber selbst ich fand, dass Sölbels Tochter, wo immer sie sein mochte, der Göttin auf Knien danken sollte, dass sie nicht nach ihrem Vater kam.

»Ich will jedoch nichts unversucht lassen«, fuhr er fort. »Meine Tochter bedeutet mir alles!« Sölbel wirkte wie ein gebrochener Mann. Seine ebenfalls anwesende Gattin spielte derweil mit dem Verschluss ihres Papillontäschchens von Louis Vuitton. Da sie kaum volljährig schien, schloss ich messerscharf, dass es sich bei ihr um die Zweit-, wenn nicht gar Drittgattin des Staatssekretärs handelte und auf gar keinen Fall um die Mutter der Entführten.

»Keine Sorge, Herr Sölbel, ich finde Ihre Tochter!«, versprach ich vollmundig.

Regel Nummer eins aus dem Detektivhandbuch, das ich dereinst im Ruhestand schreiben werde: Dem Klienten gegenüber immer zuversichtlich klingen, auch wenn der Fall eigentlich eine Nummer zu groß ist und du ahnst, dass du mit Pauken und Trompeten untergehen wirst.

3. Schaffa, butza, schbara
Anders ausgedrückt: arbeiten wie blöd, putzen wie eine Besessene und verbissen sparen (vorzugsweise aufs eigene Häusle) – so lautet das gängige Vorurteil, mit dem man uns Schwäbinnen außerhalb der Landesgrenzen begegnet. Dabei arbeite ich nur, wenn ich Geld brauche, in meiner Chaoswohnung halte ich mir als Haustiere eine Spinne über dem Bücherregal, Schimmelpilze im Badezimmer, und gespart habe ich zuletzt zwei Mark beim Weltspartag 1972, weil es da in unserer Sparkasse zur Belohnung eine Billig-Barbie gab. Und ich bin hier in Stuttgart beileibe kein Einzelfall!

Ja, ich würde die Entführte finden! Großmäulig versprochen, aber aus tiefstem Herzen ernst gemeint. Als Erstes nahm ich mir vor, den Tatort aufzusuchen: das Shiseido Day Spa im Hotel Graf Zeppelin mitten in Benztown. Natürlich ging ich nicht als Petra Nägele. Ich bin eine Meisterin der Verkleidung und ging als elegante Day-Spa-Kundin: schwarzer Stringbikini, Strohhut, puschelige Sex-and-the-City-Pumps.

»Nein, was Sie nicht sagen!« Ich saß nach meiner Thalasso-Straffungstherapie (die 125 Euro würden Sölbel auf die Spesenabrechnung geklatscht) mehr oder weniger nackt, nur mit meiner blondierten Perücke mit dem CDU-Schleifchen auf dem Kopf und in ein weißes Hotelbadetuch gehüllt, auf einem Holzstuhl des kleinen, begrünten Freiluftbalkons der Wellnesszone, vor mir der Blick über die Stuttgarter Innenstadt, neben mir eine angegraute Stammkundin dieses edlen Spa. »Ganz ehrlich?«

»Ja doch!«, bestätigte der straffgezurrte Seniorinnenmund und blies etwas Zigarettenrauch aus. »Ich war an dem verhängnisvollen Tag hier im Day Spa. Zur Vitalvollmassage mit anschießender Komplettenthaarung.«

»Dann haben Sie das grausige Verbrechen hautnah miterlebt?«, hauchte ich bewundernd. An mir ist eine Oscar-Preisträgerin verloren gegangen.

Regel Nummer zwei aus meinem Detektivhandbuch in spe: Eine gute Ermittlerin muss keine Polizeiausbildung haben, sie muss weder Spuren lesen noch schießen können, sie darf jedoch Absolventinnen der Schauspielschule in nichts nachstehen.

»Na ja, das eigentlich nicht«, räumte die angejahrte Honoratiorin ein. »Aber ich war noch kurz zuvor anwesend. Und ich habe mit der jungen Frau auch ein paar Worte gewechselt.«

»Nein!« Jetzt wurde ich wirklich neugierig.

Die Alte nickte. »Ich bin mit ihrer Mutter recht gut bekannt. Stiefmutter, meine ich. Wir rauchen beide. Als Raucherin fühlt man sich heutzutage ja richtiggehend geächtet. Das verbindet. Wir kamen immer dienstags ins Day Spa und haben dann hier auf dem Raucherbalkon geplaudert. Ester Sölbel kannte ich natürlich von Fotos aus der Zeitung. Ich habe sie an jenem Dienstag aber gleich angesprochen und mich nach ihrer Mutter erkundigt.«

»Ach ja?«

»Ja. Es war eigentlich der Termin ihrer Stiefmutter. Die kleine Ester war zum ersten Mal hier. Nur vertretungsweise. Ihre Stiefmutter war wohl verhindert.«

4. S'gibt sottiche und sottiche.
Es gibt solche und solche – und noch ganz andere.

Als Nächstes warf ich mich in meine unansehnlichsten, ausgebeultesten Schnäppchenklamotten vom Second-Hand-Flohmarkt und fuhr zur Villa der Sölbels auf dem Killesberg. Die anwesende Polizei schreckte mich nicht – ich war ab sofort die Putze.

Okay, es störte ein klein wenig, dass bei meinem Eintreffen bereits eine kompakte Endvierzigerin aus dem ehemaligen Jugoslawien den Linoleumboden wienerte, aber der eilends herbeigerufene Herr Sölbel bürgte für mich. »Doch ... äh ... ja ... das ist Frau ... genau ... sie kommt immer fürs Grobe.« Hoffentlich log er auf dem politischen Parkett etwas versierter.

Immerhin, man ließ mich ein. In der riesigen Villa, deren Innenausstattung ziemlich puristisch nur aus weißen Wänden und Stahlrohrmöbeln bestand, verloren sich die Menschenmassen. Ein Großaufgebot an Zivilbullen hatte diverse Abhöranlagen aufgebaut und machte sich auch in der Küche breit, wo die von der Firma Böhm-Catering angelieferten

Delikatesshappen ihrer Vernichtung durch Beamtenmünder harrten.

Ich schnappte mir einen Putzlappen und wischte mich durch das Gebäude. Mein Ziel war das Zimmer von Ester Sölbel, die noch zu Hause wohnte. Aber auf dem Weg in den ersten Stock hielt ich abrupt inne. Während der verängstigte Vater mit sorgenzerfurchter Stirn in seinem Arbeitszimmer kauerte und eine Million Stuttgarter Polizisten rund um sein schnurloses Telefon lauerten, sah ich durch das runde Bullaugenfenster im Treppenhaus die Stiefmutter, die auf dem hauseigenen englischen Rasen Golfstunden bei einem Personal Trainer nahm. Er zeigte ihr wohl gerade den Abschlag. Nur dass seine Hände nicht auf ihren Armen, sondern ihren Brüsten lagen. Madame hatte dagegen augenscheinlich nichts einzuwenden.

»Du Schlampe!«, zischelte es mir da plötzlich ins Ohr. Ich schreckte zusammen.

Die kompakte Ex-Jugoslawin riss mir den Putzlappen aus der Hand. »Ich weiß, was du wolle. Du mir wolle nehmen weg Arbeit. Aber das ich nicht zulasse!«

Sie wrang den Putzlappen aus. Es erforderte nicht die Kombinationsgabe eines Sherlock Holmes, um zu merken, dass sie lieber meinen Hals als den Wischmop umgedreht hätte.

5. Nô koi Hektik – s'pressiert net.
Nur keine unschöne Panikmache – wir haben alle Zeit der Welt.
Schwäbisch für: In der Ruhe liegt die Kraft!

Meine Nachtruhe währte nicht lange.

»Sie verlangen drei Millionen Euro!«

Ich rieb mir den Schlaf aus den Augen. »Was?«

»Drei Millionen!«, wiederholte Staatssekretär Sölbel. »Eine

171

exorbitante Summe für einen Staatsdiener. Aber ich kann meine Antiquitäten und Gemälde verkaufen und eine Hypothek auf mein Haus aufnehmen. Und ich habe soeben mit meinem Chef, dem Herrn Wirtschaftsminister, telefoniert. Er will ein paar Beziehungen spielen lassen und mir für die Restsumme einen Bankkredit ermöglichen. Es wird schon gehen.«

»Wie spät ist es?« Ich wischte mir den Sabber aus den Mundwinkeln und sah auf den Wecker auf meinem Nachttisch. Er war schon seit drei Jahren kaputt und zeigte konstant auf sechs Minuten vor zwölf.

»Halb Acht. Ich bin hier auf der Herrentoilette im Wirtschaftsministerium und rufe vom Handy aus an. Die Polizei muss ja nicht mitkriegen, dass wir in Kontakt stehen. Was werden Sie jetzt unternehmen?«

»Keine Sorge, Herr Sölbel. Ich habe bereits einen Verdacht. Wann ist die Geldübergabe?«

»Morgen.«

6. *Lompamensch, Saudackel, Granatabachel, Sempel*
Liebevolle schwäbische Kosenamen für Mitmenschen, die wir nicht gerade als Seelenverwandte betrachten ... im Zeitalter der politischen Korrektheit leider etwas aus der Mode gekommen.

Schon eine Stunde später saß ich in meinem alten, verrosteten Käfer auf der Lauer. Ich war zwar ungeduscht, aber meine Thermoskanne war randvoll mit Wachmacherkaffee, und im Handschuhfach stapelten sich die Schokoriegel.

Regel Nummer drei: Beim Beschatten darf man ruhig stinken wie ein Iltis, aber die Versorgung mit Grundnahrungsmitteln muss gesichert sein.

Ich hatte herausgefunden, wie der Golflehrer von Frau Sölbel hieß: Leonhard Tröchte. Ein ehemaliger Profi, allerdings

172

selbst zu seiner Bestzeit nur Platz 286 auf der Weltrangliste. Er ähnelte ein wenig dem jungen Robert Redford. Auch jetzt, als er joggenderweise aus dem Hochhaus an der Hölderlinstraße gegenüber der Russisch-Orthodoxen Kirche getrabt kam, in dem er wohnte. Ich überlegte mir gerade, ob ich ihm im Auto oder zu Fuß folgen sollte, als ein cremefarbenes Mercedes-Cabrio angebraust kam. Am Steuer Frau Sölbel.

Tröchte stieg ein, und sie fuhren davon. Ich hinterher.

Stuttgart hat viel zu bieten: Hiphop-Hochburg Deutschlands, Edelkarossenhochburg der Welt und eine der idyllischsten Joggerstrecken des Universums: rund ums Bärenschlössle. Genau dahin fuhren die Sölbel und ihr Lover. Profi, der ich bin, bot mein Kofferraum auch für diesen Fall das nötige Rüstzeug.

Kurz darauf joggten drei Gestalten durch den Wald: eine schicke Mittzwanzigerin in einem pinkfarbenen Laufanzug von Bogner, ein Adonisverschnitt Mitte dreißig in knackigen Hotpants von Nike und ein Sikh im Joggingdress von Aldi. Die Masche mit dem Sikh zieht immer: etwas braune Schuhwichse ins Gesicht und ein Turban auf dem Kopf. Wenn man nicht näher als auf zwanzig Meter kommt, bleibt man für das Zielobjekt garantiert unkenntlich.

Wir liefen einmal um den Bärensee, der an diesem Werktagvormittag relativ menschenleer war, und machten dann einen Schlenker zum Rotwildgehege. Dort legten Blondie und ihr Ehebruchgespiele eine Stretchingpause ein. Ich konnte mich hinter einer Baumgruppe unsichtbar machen und fütterte zur Tarnung, falls sie mich doch entdecken sollten, die Rehe mit den Resten eines Schokoriegels. Der Wind war auf meiner Seite. Er trug Wortfetzen ihres Gespräch astrein an mein linkes, mein gutes Ohr.

»... zwei Jahre gebraucht, bis er mich ins Testament aufgenommen hat ...«

Blondie hatte eine nervig-schrille Kopfstimme. Sie hätte mal Sprechunterricht nehmen sollen.

»... werde ich mir das jetzt nicht von irgendwelchen dämlichen Kidnappern vermasseln lassen ...«

Ihr Gekeife verschreckte die Rehe. Sie ergriffen die Flucht.

»... wir müssen ihn noch vor der Geldübergabe umbringen ...«

Bingo!

7. Herrgottssack aber au!
Passender Fluch, wenn es anders kommt, als man denkt ...

Als ich in mein Büro kam, an dessen Wänden die Fotos meiner detektivischen Vorfahren hingen – Uropa Gottfried Nägele, Opa Reinhold Nägele und Tante Frieda Nägele-Pfleiderer –, wartete bereits Staatssekretär Sölbel auf mich. Die Geschäfte waren in letzter Zeit etwas flau gelaufen, darum konnte ich mir keine Sekretärin leisten. Hin und wieder übernahm mein Vetter Ludwig kleinere Arbeiten: das Briefmarkenaufkleben auf die Akquisebriefe, die ich an Firmen der Umgebung schickte, um meine Dienste bei Versicherungsbetrug, Spesenmanipulation, Betriebsspionage oder missbräuchlicher Lohnfortzahlung anzubieten. Aber Ludwig half derzeit unserem Patenonkel im Badischen bei der Spargelernte, deswegen war Sölbel nicht ins Allerheiligste eingelassen worden, sondern thronte bei meinem Eintreffen in seinem kastanienbraunen Brioni-Anzug auf der knarzenden Holztreppe.

»Herr Sölbel«, fing ich an und wischte mir mit dem Ärmel die letzten Reste der Schuhwichse aus dem Gesicht. »Ich habe Ihnen etwas mitzuteilen ...«

»Das wird warten müssen. Die Entführer haben die Geldübergabe vorgezogen!«

»Wie bitte?«

Er nickte. »Die Polizei weiß es noch nicht. Sie denkt, die Übergabe steigt morgen früh. Aber vorhin habe ich eine SMS bekommen: Ich soll das Geld schon in einer Stunde auf dem Fernsehturm deponieren.«

Er klopfte auf den Aktenkoffer in seinem Schoß.

»Da sind drei Millionen Euro drin?«

Er nickte wieder. »In großen Scheinen. Die fortlaufenden Nummern hat sich die Polizei noch nicht notiert, das wollte sie heute Abend und heute Nacht tun.« Schwankend stand er auf. »Bitte, Frau Nägele, würden Sie das für mich übernehmen? Ich kann nicht mehr!« Seine Kartoffelnasenflügel bebten, seine Segelohren auch. Er hatte etwas von einem sehr, sehr hässlichen Welpen. Aber ein Welpe ist ein Welpe ist ein Welpe.

Ich schmolz.

»Natürlich!«, hörte ich mich sagen. »Geben Sie her.«

Keine fünf Minuten später saß ich mit drei Millionen Euro im Porsche von Staatssekretär Sölbel und preschte hügelaufwärts in Richtung Stuttgart-Degerloch.

8. S'isch nemme dees.
Es ist einfach nicht mehr so wie früher. Und dafür sollten wir der Göttin eigentlich alle auf Knien danken …

Die schwäbische Metropole hat viele eindrucksvolle Bauten zu bieten: die gotische Stiftskirche aus dem 15. Jahrhundert, das alte Schloss aus dem 16. Jahrhundert, das neue Schloss aus dem 18. Jahrhundert und den Fernsehturm aus … ähm … dem Jahre1957. Oder so.

Von meinem Wohnbüro im sechsten Stock in der Firnhaberstraße, zwischen dem katholischen St.-Agnes-Gymnasium und meinem Stammcafé *Conditorei*, kann ich bei Nacht den Fernsehturm sehen, vier rote Lichtstreifen und ein dicker, weißer Gürtel, wo sich das Turmrestaurant befindet.

Das Restaurant war an diesem Nachmittag geschlossen, aber auf der Aussichtsplattform tummelten sich eine japanische Touristengruppe und ein Mann in einem Burberry-Trenchcoat. Da die SMS nicht in japanischen Schriftzeichen eingegangen war, konzentrierte ich mich auf den Trench.

Die Japaner wurden alsbald durch eine Gruppe Niederbayern ersetzt. Der Trench blieb. Das Wetter schlug um. Ein kalter Wind blies mir um die Nase, die immer noch leicht nach Schuhwichse duftete.

Die Aufzugtür spuckte eine Gruppe Amerikaner aus und schluckte die Niederbayern. Der Trench und ich hielten wacker Stellung.

Schließlich verzogen sich die Amerikaner.

Wir waren allein.

Ich ging mit dem Koffer auf den Trench zu. »Hier«, sagte ich. »Das Geld. Aber erst will ich wissen, wo Ester ist.«

Der Trench drehte sich zu mir um. Von Nahem sah er viel älter aus. Bestimmt schon über siebzig. Sein Blick war leer. Was daran liegen mochte, dass er zwei Glasaugen hatte. Jetzt erst entdeckte ich die Blindenbinde an seinem Arm.

»Verzeihung? Ich warte hier auf meine Frau. Sie wollte nur kurz Geld in die Parkuhr werfen. Allmählich mache ich mir Sorgen.«

Ich tätschelte ihm die Schulter. »Sie kommt bestimmt gleich. Entschuldigen Sie bitte. Ein Versehen.«

»Sie da!«, kreischte es plötzlich aus Richtung Aufzug. »Nehmet Se sofort Ihre Händ von meim Mô.« Ein kleines Hutzelweibchen stürmte auf mich zu und versetzte mir mit ihrem Regenschirm einen kräftigen Hieb.

Regel Nummer vier aus meinem Klassiker für angehende Detektivinnen: Nur nicht die Heldin spielen – in Gefahrensituationen ist der geordnete Rückzug stets der Konfrontation vorzuziehen!

9. Dô hent Se aber Glick ghet!
Da haben Sie aber Glück gehabt. Weil s'hätt au andersch komma könne...

Da war wohl etwas schief gelaufen. Die Entführer waren nicht aufgetaucht. Ich saß im Porsche von Sölbel und brauste die Neue Weinsteige hinunter.

Normalerweise zeichnet sich die Neue Weinsteige nicht nur durch den fantastischen Blick hinunter in den Stuttgarter Kessel und über die Dächer der faszinierenden schwäbischen Metropole aus, sondern vor allem dadurch, dass sich vom höchsten Punkt im Stadtteil Degerloch bis hinunter ins Tal und zum Charlottenplatz ein Dauerstau zieht. Nur an diesem Nachmittag war es nicht so. Jedenfalls hatte ich fast freie Fahrt und somit reichlich Gelegenheit festzustellen, dass sich irgendjemand – Frau Sölbel und ihr Lover kamen mir da spontan in den Sinn – an dem Wagen zu schaffen gemacht hatte: Die Bremsen funktionierten nämlich nicht!

In einem Affentempo schlitterte ich die Straße hinunter, rechts der Berg, links der Abgrund. Um mich herum das Hupkonzert vereinzelter Autos, denen ich gefährlich nahe kam. Hinter mir ein knallroter Ferrari, der mich noch zu überholen versuchte.

Mein Herz pochte. Mein Verstand raste.

Regel Nummer fünf des Handbuchs: Ruhe bewahren!

Regel Nummer sechs: Die Bremse mit leichten Trittbewegungen aktivieren.

An der Ecke Hohenheimer Straße, in Höhe des Massageclubs, donnerte ich mit Schmackes in eine Hecke. Ich hatte den Höllentrip gut überstanden, der Porsche würde jedoch auf die Intensivstation einer Vertragswerkstatt verbracht werden müssen.

Ja, das war gefährlich gewesen. Doch mit der Gefahr war

ich auf Du und Du. Die Verbrecher hatten allerdings einen fatalen Fehler begangen: sie hatten meinen Zorn entfacht! Auf die Idee, dass das testamentsgeile Pärchen erst heute Vormittag beschlossen hatte, Sölbel zu meucheln, und bis zu seinem Auftauchen in meinem Büro keine Zeit gehabt hatten, seinen Porsche zu manipulieren, kam ich in meiner Erleichterung, dem Tod von der Schippe gesprungen zu sein, nicht.

Als ich wieder einigermaßen ruhig atmen konnte, schnappte ich mir den Koffer. Und sah zum ersten Mal hinein. Heraus sahen keine drei Millionen Euro in großen Scheinen, sondern die letzten zehn Ausgaben der *Stuttgarter Zeitung*.

Na bravo!

10. So isch's nô au wieder.

Die Schwäbin sieht immer alle Seiten der Medaille: Vorderseite, Kehrseite und den Rand, auf dem Münzen bisweilen stehen bleiben. In meinem Falle kommt diese Schau nur leider oft zu spät.

»Wo ist Herr Sölbel?«, herrschte ich den Polizisten an, der mir die Tür zur Villa geöffnet hatte.

»Darf ich zuerst fragen, wer Sie sind?«

Ich zupfte mir das schwarz-weiß karierte Chaneljäckchen zurecht. »Carmen Müller, die persönliche Assistentin der Chefsekretärin von Herrn Sölbel«, herrschte ich, scheinbar befehlserfahren. »In einer dringlichen Angelegenheit des Wirtschaftsministeriums.«

Meine Aufmachung war astrein. Das pinkfarbene Kostüm hatte ich von meiner Nachbarin ausgeliehen, einer ehemaligen Opernsängerin. Es war mir etwas zu groß, aber der Aktenkoffer kaschierte etwaige Dellen und Beulen. Außerdem achten Männer, auch Männer mit Spezialausbildung im Kriminellenschnappen, ohnehin nicht auf solche Kleinigkeiten. Der Polizist sah nur die Schmetterlingsbrille und das Sekretärinnengehabe.

»Herr Sölbel ist nicht da.«

»Wissen Sie, wo er ist?«

»Auf der Trauerfeier für Staatssekretär Hirschle.«

Plötzlich ein markerschütternder Schrei.

»Ah! Du böse Frau! Ich dich gleich erkenne. Du hier nichts verlore. Du gehen. Sofort!«

Mit einem spritzenden Feuchttuch hieb die stämmige ex-jugoslawische Putzfrau der Sölbels auf mich ein.

11. Wart's nô ab, 's wird ällweil onta zammazählt.
Gemach, gemach, es ist noch nicht aller Tage Abend ...

Die Trauerfeier für den ehemaligen Staatssekretär Hirschle, der vor einigen Tagen einem Stuttgarter Schönheitschirurgen bei einer Fettabsaugung unter der Hand weggestorben war, fand im Beerdigungsinstitut *Lebewohl* statt. Das *Lebewohl*, ein alteingesessenes Unternehmen, das schon in fünfter Generation tote Stuttgarter-Schrägstrich-innen unter die Erde brachte, warb mit eigenen Kühl- und Abschiedsräumen mitten in Stuttgart, gleich hinter dem gigantischen Kaufpalast Breuninger. Die derzeitige Leiterin hieß Heidi Wurster (geschiedene Schrömp, verwitwete Lauchau, geborene Lebewohl).

Frau Wurster nahm mich auch persönlich in Empfang, als ich eine Stunde später in meinem kleinen Schwarzen mit Perlenkette die feierliche Stätte betrat. Das kleine Schwarze war knitterfreies Polyester von C&A und die Perlenkette so falsch wie meine graumelierte Kurzhaarperücke, aber das sah man in dem Dämmerlicht der Feierhalle nicht. Ich gab mich als »Ehemalige« aus, mehr musste ich nicht sagen.

»Die hinteren Bankreihen sind für Sie reserviert«, teilte mir Frau Wurster salbungsvoll mit.

Ex-Staatssekretär Hirschle hatte es sich selbst zuzuschreiben, dass er nur im *Lebewohl* aufgebahrt lag und nicht in der

Eberhardskirche an der Königsstraße, umgeben von hochrangigen Politikern. Er war unehrenhaft aus dem Staatsdienst entlassen worden, nachdem ruchbar wurde, dass er seine Dienstreisen grundsätzlich in – bezahlter – Damenbegleitung absolvierte. Seine Frau hatte sich scheiden lassen, seine Kinder hatten sich von ihm losgesagt, aber immerhin bezog er sein Gehalt aus dem baden-württembergischen Staatssäckel ungekürzt weiter und konnte sich einen schönen Lebensabend bereiten.

Die vorderen Reihen in der Trauerhalle waren fast menschenleer. Ich erkannte in den drei einzigen Hinterköpfen den stellvertretenden Automobil- und Verkehrsbürgermeister, Staatssekretär Sölbel und den Promi-Fotografen der *Stuttgarter Nachrichten*, der sich mangels Promis eine Pause gönnte und ein Knoppers verspeiste, obwohl es nicht halb zehn in Deutschland war. In den letzten Bankreihen saßen wir eng an eng: lauter Damen aus der Halbwelt und ich. Das süßliche Billigparfüm, das die Halle schwängerte, raubte mir fast den Atem. Die Wut über meine eigene Dummheit auch.

Sölbel! Natürlich hatte er mir nicht einfach fünf Millionen Euro und seinen Porsche anvertraut. Er wollte mich verarschen. Wahrscheinlich vermutete er mich immer noch auf dem Fernsehturm, brav auf die Entführer wartend. Nur weil er nicht wissen konnte, dass mich eine eifersüchtige Greisin vorzeitig vertrieben hatte, saß er da vorn noch so ruhig und plauderte lachend mit dem Verkehrsfuzzi.

Doch wo war das Geld?

Bestimmt nicht bei ihm zu Hause. Einem Zuhause, in dem es übrigens keine Gemälde und Antiquitäten gegeben hatte, nur weiße Wände und Stahlrohrmöbel. Der Mann hatte mich frech angelogen. Da war gar nichts, was er hätte verkaufen können!

»Wo ist die Kohle?«, kreischte es in diesem Augenblick.

Der Schrei stammte nicht aus meiner Kehle.

Alle Köpfe drehten sich.

Frau Sölbel kam zur Tür herein. Selbst in ihrem Zorn sah sie berückend schön aus, nur ihr eingeknüpftes Haarteil war etwas verrutscht und baumelte wie ein totes Angorakaninchen über ihrem linken Ohr. Bestattungsunternehmerin Wurster hatte sich, »Pssst!« zischelnd, in Frau Sölbels champagnerfarbenen Dolce&Gabbana-Hosenanzug verkrallt. Aber die Welt kennt keine Kraft, die so mächtig wäre wie eine geldgeile Blondine.

»Wo ist die Kohle?«, wetterte sie erneut und stampfte, die Wurster im Schlepptau, nach vorn.

Sölbel sprang auf.

Die Damen um mich herum quietschten verzückt auf. Endlich Stoff für Erzählungen.

»Du Schuft«, plärrte Frau Sölbel und schlug mit ihren beringten Fäustchen auf den Gatten ein. Der stellvertretende Automobilbürgermeister rutschte auf seinem Stuhl etwas tiefer. Der Promi-Fotograf klickte ein Foto nach dem anderen. Auch er strahlte beseelt.

Ich machte mir dieses Tohubawohu zunutze und schlich mich in die Garderobe. Sölbels Mantel war unschwer auszumachen. Es gab nur zwei Herrenmäntel und seiner trug ein personalisiertes Wäschezeichen. Ich kramte in den Taschen. Draußen tobte das Chaos. Von Fern hörte man ein Martinshorn.

Ich fand einen Brief mit dem Logo des *Lebewohl*-Instituts. Darin versicherte Frau Wurster meinem Staatssekretär, dass er selbstverständlich den Sarg mit seinem alten Schulfreund Hirschle auf der Überführung nach Bonnenuit bei Marseille begleiten könne, wo der Leichnam im kleinsten Kreise auf dem Dorffriedhof seines Alterssitzes begraben würde.

Marseille! Mittelmeerhafen. Tor nach Afrika. Oder Südamerika. Hauptsache, irgendein Land, das keinen Auslieferungsvertrag mit Deutschland hatte und in dem Sölbel die drei Millionen in aller Ruhe verbraten konnte. Aber nicht, solange ich noch ein Wörtchen mitzureden hatte.

Der Sarg! Natürlich hatte er das Geld im Sarg versteckt. Der würde hier in Deutschland versiegelt und bei keiner Grenzkontrolle geöffnet. Wahrscheinlich hatte er die Scheine hinter der Innenauskleidung versteckt! Hirschle lag momentan noch auf einer mit Seidentüchern und Frühlingsblumen geschmückten Bahre. Wo war also sein Sarg?

Während in der Trauerhalle eine Massenschlägerei zwischen den Sölbels, Bestattungsbediensteten, Prostituierten und Streifenbeamten im Gange war, schlich ich mich in den Keller, wo – laut einem von der Chefin offenbar selbst designten und ausgedruckten Papieraushang – die Lebewohl-Sargshow zu sehen war.

Ich trat in einen länglichen Raum mit diversen Massivholzsärgen. Auf einem Spruchband quer über dem Raum stand: *Dienst an den Lebenden – Ehre für die Toten.*

Wo waren hier die vorgemerkten Särge? Ich sah mir die Aufkleber auf den Holzkisten an: Modell *Ruhe sanft*, Kiefer astfrei, antik patiniert, Griffe altkupfer galvanisch, Ausschlag Baumwolle oder Krepp – war da zu lesen. Oder Designermodell *Cheruskerfürst*, weiß gebeizt, Gussgriffe schwarz lackiert, Ausschlag künstlerisch gestalteter Seidensatin mit Perlmuttglanz. Und dann kam mir die Erleuchtung. Die Einheitsgröße von 2000 x 670 x 640 konnte für Ex-Staatssekretär Hirschle unmöglich passen. Er war schon von Natur aus ein bulliger Kerl, und das süße Leben hatte seinen Umfang locker verdreifacht, weswegen er sich die Fettmassen hatte absaugen lassen wollen, wobei allerdings sein frühpensioniertes Herz den Geist aufgab. Hirschle brauchte ohne Frage einen Sarg in XXL.

Im Nebenraum wurde ich fündig. Modell *Barock*, Eiche geschnitzt, altdeutsch patiniert, Ausschlag Velvet, reserviert für H.H.

Hermann Hirschle.

Heureka!

In diesem Moment hörte ich Schritte, die sich mir näherten.

Mit einem olympiareifen Sprung hechtete ich in den Sarg und schloss den Deckel.

12. Des wär aber doch net nötig gwä.
Das wäre doch nicht nötig gewesen, sagt man als wohlerzogene Schwäbin, wenn einem etwas geschenkt wird. Oder wenn ein zweites Stück Kuchen angeboten wird, worauf man nach ausgedehntem Zögern mit »Nô bin i halt so frei« antwortet. »Des wär aber doch net nötig gwä« trifft aber auch auf Schicksalsschläge zu ...

Siebte Regel des unentbehrlichen Ratgebers für angehende Detektivinnen: Niemals in einen Sarg klettern, bevor nicht sicher ist, ob er sich von innen auch wieder öffnen lässt.

Ich bekam keine Platzangst in meinem weichen Velvetversteck, dazu war es viel zu geräumig. Auch der Sauerstoff würde locker ein paar Tage reichen, rechnete ich mir aus. Zumal irgendjemand kleine Luftlöcher in die rechte Seitenwand gebohrt hatte. Dennoch stieg langsam Panik auf. Geräusche von außen drangen nur sehr gedämpft ins Innere und irgendwie hatte ich Angst, sie könnten jeden Moment die Leiche in den Sarg werfen, ohne zu bemerken, dass dieser schon besetzt war. Begraben unter einer Tonne Ex-Staatssekretär. Ich wünschte mir eigentlich einen etwas würdigeren Abgang.

Die Zeit verstrich. Ich malte mir noch schlimmere Katastrophenszenarien aus. Was, wenn HH gar nicht Hermann Hirschle hieß, sondern Hulda Hasenfratz? Und was, wenn Frau

Hasenfratz krematisiert würde? Ich sah mich schon bei 1000 Grad zu Asche verkokeln.

Zur Ablenkung zählte ich bis Hundert. Von außen war nichts mehr zu hören. Ich wagte einen Vorstoß. Doch so sehr ich mich auch bemühte, der Deckel ließ sich nicht anheben. Ist er zu stark, bist du zu schwach. Ich warf eine Fishermans Friend-Halspastille ein, aber das half auch nichts.

Gefangen!

Just in dem Augenblick, als mir der Gedanke kam, dass ich mich mit beiden Beinen gegen den Deckel stemmen und ihn auf diese Weise aufdrücken könnte, wurde er von außen angehoben. Ich hielt die Luft an. Und sah in die aufgerissenen Augen von Ester Sölbel.

Sie sehen und packen war eines.

Der Deckel knallte mit Schmackes auf unsere Rücken herab, aber ich ließ nicht los. Sie zeterte wie ein Waschweib – sage ich mal so, ich kenne kein Waschweib und weiß nicht, wie die zetern, aber es war lautstark und ordinär. Ich war gut und gern zwei Kopf größer als die zierliche Staatssekretärstochter und wog bestimmt fast das Doppelte. Sie hatte keine Chance. Und da sie mich nicht herausziehen konnte, zog ich sie herein. Mit einem dumpfen Plumps schloss sich der Sargdeckel im Barockschnitzdesign über uns.

»Sie machen also gemeinsame Sache mit Ihrem Vater!«, herrschte ich sie in der Finsternis an.

»Rutschen Sie mir doch den Buckel runter!«, kläffte sie wie ein beißwütiger Yorkshire-Terrier zurück. Bestimmt streckte sie mir auch die Zunge heraus, aber das sah ich in der Dunkelheit ja nicht.

»Ich wette, Ihre Stiefmutter hat Ihren Vater durch Ihre Ansprüche ruiniert. Und da wollte er sich mit Ihnen absetzen. Mit dem Geld, das er durch Vermittlung des Wirtschaftsministers von den Banken bekam. Auch ohne Sicherheiten. Stimmt's?«

Ein leichter Lufthauch wehte durch den Sarg. Wahrscheinlich nickte die Kleine mit dem Kopf.

»Sie und Ihr Vater ... Sie dachten wohl, ich würde nicht dahinterkommen, wie? Ich wäre der Herausforderung nicht gewachsen? Falsch gedacht!« Ich boxte auf gut Glück ins Dunkel hinein. Sie knuffte zurück und erwischte mit voller Breitseite meine Nase. Aber eine Indianerin kennt keinen Schmerz.

»Die vorgezogene Geldübergabe war nur ein Täuschungsmanöver. Die Polizei durfte nicht die Gelegenheit bekommen, die Seriennummern zu notieren. Oder einen Sender im Geldkoffer zu platzieren. Ich sollte dann später den Sündenbock spielen. Und jetzt wollten Sie das Geld im Sarg nach Frankreich schmuggeln. Mit Hilfe des lieben Verstorbenen!«

»Papa!«, bellte Ester. »Zu Hilfe!«

Und das war dann der Moment, in dem uns klar wurde, dass sich der Sarg in Bewegung gesetzt hatte.

Als sich der Deckel drei Stunden später öffnete, atmeten wir würzige, französische Luft.

13. Sodele!
Schwäbisch für: Es ist vollbracht! Nach dem »Wie« frâget Se besser net ...

Es war nicht Marseille, es war der Grenzübergang Straßburg-Kehl. Die Stuttgarter Polizei, echte Freunde und Helfer in der Not, hatten das Kennzeichen des gestohlenen Leichenwagens in die Welt posaunt. Ihre französischen Kollegen, wackere Genossen, einer wie der andere, hatten das Kennzeichen ausfindig gemacht, den Fahrer in Gewahrsam genommen und uns befreit.

Am Steuer saß Staatssekretär Sölbel – zwölf Stunden, bevor er zum Ex-Staatssekretär ohne weitere Bezüge degradiert wurde. Er meinte, im Sarg lägen seine Tochter und fünf Millionen. Als er meiner ansichtig wurde und erfahren musste, dass Ester den Geldkoffer hatte fallen lassen, bevor ich sie in den Sarg ziehen konnte, entschwand seine rosige Gesichtsfarbe auf Nimmerwiedersehen.

Der Koffer wurde eine Woche später gefunden. Leer. In dem gestohlenen Mercedes-Cabrio von Frau Sölbel, die zu diesem Zeitpunkt bereits die Scheidung eingereicht hatte und wegen Mordversuchs an ihrem Gatten – sie hatte Arsen in das Lieblings-Gsälz ihres Mannes gegeben – in Untersuchungshaft saß. Man gab auch eine Fahndung heraus: nach Leonhard Tröchte, dem Ex-Golf-Profi. Interpol war zuversichtlich, ihn auf einem der vielen Golfplätze weltweit ausfindig zu machen. Was dann noch von den drei Millionen übrig sein würde, stand allerdings in den Sternen.

Ich selbst blieb auf den Spesen sitzen. Von Honorar ganz zu schweigen.

Regel sieben meines Jahrhundertwerks über die Arbeit von Detektivinnen: Wenn du glaubst, das Schicksal würde das Füllhorn des Glücks über dir ausgießen, warte erst mal geduldig ab – womöglich erweist sich das Ganze als Jauche-Dusche...

Nie wieder

Niemals wieder in deine grünen Augen schauen. Nein, nicht einfach nur grün. Verheißungsvoll einen neuen Frühling verkündend.

Nie wieder mit meinen Fingern durch deine Haare streichen. So weich. So duftig. Pfirsichblüten.

Nie wieder mit meinen Lippen deine Haut schmecken. Bittersalzig auf meiner Zunge. Und doch so süß.

Nie wieder zu hören bekommen, dass Bente nur eine alte Freundin ist. Eure Beziehung hat dir nicht gut getan. Es ist nur so, dass sie dich noch braucht. Als Freund. Als Ratgeber. Sie hat es beruflich momentan irrsinnig schwer. Aber da ist sonst wirklich nichts mehr. Du willst mir auch immer erzählen, wenn ihr telefoniert habt. Versprochen. Aber ihr habt schon ewig nicht mehr telefoniert. Ehrlich nicht.

Nur dass deine Telefonrechnung etwas anderes sagt. Du hättest sie nicht offen herumliegen lassen sollen. Und der Postler hat mich gefragt, ob das Paket nach Kopenhagen auch gut angekommen ist. Wonderful København. Bente wohnt in Kopenhagen.

Nie wieder zu hören bekommen, dass du für eine neue feste Beziehung einfach noch nicht reif bist. Das hast du ja schon mit Bente gemerkt. Der Schatten von Marie liegt einfach noch zu finster über dir. Deine Ex-Frau hat dich regelrecht terrorisiert. Traumatisiert. Du fühlst dich wie ein Soldat, der aus dem Irak zurückgekehrt ist. Und nachts schreiend aufwacht. Ich würde dich ja tröstend in meine Arme nehmen. Nur, dass du nachts nicht schreiend aufwachst. Dafür drehst du mir beim Einschlafen immer den Rücken zu. Ein Bollwerk. Ob du Bente auch den Rücken zukehrst?

Nie wieder dein feines Gesicht sehen, die geschwungenen

Lippen, die dunklen Bartstoppeln auf deinem Cary-Grant-Kinn, die buschigen Augenbrauen über den frühlingsgrünen Augen, die aus dem Küchenfenster in unendliche Fernen schauen, während du mir sagst, dass du einfach mehr Zeit für dich brauchst. Du bist Künstler. Ich möge das doch bitte als Kompliment verstehen. Meine Anwesenheit lenke dich zu sehr ab. Du kannst dann nur an den herrlichen Sex denken, den wir haben, dass du mit mir endlich all die verrückten Dinge ausleben kannst, die du zuvor noch nie bekommen hast, nicht von Bente, schon gar nicht von Marie. Auch nicht von Grit, die irgendwo dazwischen mal eine Gastrolle spielte. Du begehrst mich. Nur nicht nächsten Monat, eigentlich die nächsten zwei Monate, nicht bis zur Abgabe deines neuen Romans. Aber wir haben ja die moderne Technik. Wir bleiben in liebevollem Kontakt, ja?

Nie wieder zu Hause im Bett liegen und auf deinen Anruf warten, der nicht kommt. Auch keine SMS. Wenn es zur Pflichtübung wird, taucht eine innere Sperre in dir auf. Sagst du. Du willst mich nur anrufen, mir nur schreiben, wenn es im Überschwang deiner Gefühle förmlich aus dir herausbricht. Du bist kein Darm, der täglich Stuhlgang produziert. Und manchmal gebe es tagsüber kein Zeitfenster, und abends bist du dann eben einfach müde. Das müsse ich doch verstehen, ja?

Nie wieder werde ich mich wie eine verzweifelte, torschlusspanische Endvierzigerin fühlen, die sich mit letzter Kraft doch noch einen Mann angeln will, nur weil ich nach zwei Jahren voller Lachen, Liebe, Höhepunkte endlich zusammenziehen will. Ja, ich habe es ausgesprochen. Lass uns doch zusammenziehen, sagte ich. Ich liebe dich.

Also, ich fühle mich jetzt unter Druck gesetzt, das ist nicht gut, das passt auch gar nicht zu dir, hast du geantwortet.

Wie konnte ich nur annehmen, wenn zwei Menschen fantastischen Sex haben, wenn sie einen harmonischen, liebevollen Umgang miteinander pflegen, wenn sie dieselben Filme lieben, dieselben Bücher, wenn sie so viel zusammen lachen und Freude haben, dass diese Menschen dann womöglich zusammengehören könnten, weil das Leben gemeinsam schöner, leichter, strahlender ist?

Aber ich habe mir das offenbar alles nur eingebildet. Die Liebe. Die Harmonie. Die Zweisamkeit.

Zwei – das ist Enge, Kontrolle, keine Luft zum Atmen für dich. Und einen Kompromiss gibt es für dich nicht. Irgendeinen Kompromiss. Kompromisse habe ich in meiner Ehe schon zu viele gemacht, das brauche ich nicht mehr.

Nie wieder werde ich das hören.

Ich sollte dir die Augen schließen. Du schaust schon wieder in die Ferne.

Dein Handy klingelt. Auf dem Display steht *Bente*. Sie wird dich auch vermissen, womöglich sogar schmerzlich, aber sie ist ja in Kopenhagen. Auf deinen Anrufbeantworter hast du mit einem Augenzwinkern aufgesprochen »Stört mich nicht, Leute, bin gerade kreativ. Ich rufe nach der Abgabe meines neuen Bestsellers zurück«. Das kommt mir entgegen. Bis man nach dir sucht, habe ich dich längst entsorgt. Vergraben. Versenkt. Verbrannt. Oder alles drei und zuvor definitiv filetiert. Wusstest du, dass mein Großonkel Fleischer war?

Aber ... nie wieder dein Lächeln zu sehen, wenn wir uns nach der Liebe schwer atmend in den Armen liegen.

Und nie wieder deinen Körper in meinen Armen halten.

Nie wieder von dir zum Lachen gebracht zu werden.

Nie wieder ...

Da klingelt schon wieder dein Handy.

Bente.

Also, wenn ich genauer drüber nachdenke ... *Nie wieder* hat auch sein Gutes!

Cool-Man schlägt zu!

Er dachte, er könnte mich an der Ecke abhängen. Mann, da musste er schon um einiges früher aufstehen. Ich ging mit affenartiger Geschwindigkeit in die Kurve und konnte den Pizzamann gerade noch in *Chungs Wäschesalon* verschwinden sehen. Jetzt hatte ich ihn!

Wenn ich damals nur gewusst hätte, welchen Umständen ich es am Schluss verdanken würde, den Pizzamann gestellt zu haben ...

Alles fing mit dieser aufregenden Cleo an, einem schwarzhaarigen Rasseweib mit üppigen Kurven. Sie überraschte mich schnarchend in meinem Büro, aber ein Blick auf meinen gestählten Superkörper mit der erotisch behaarten Brust überzeugte sie wohl rasch davon, beim Richtigen gelandet zu sein.

Ihre bloße Anwesenheit ließ mich aus dem Schlaf schrecken. »Hallo, hallo – kennen wir uns? Oder ist das nur ein Wunschgedanke von mir?«

»Mein Daddy wurde entführt. Sie müssen ihn finden, bevor es zu spät ist.« Ihre Stimme ging mir runter wie Gelée Royale in warmer Milch.

Ich lächelte mein absolutes Verführerlächeln, Marke »Keine-Panik-Kleines-Onkel-Cool-bringt-alles-wieder-in-Ordnung.«

»Haben Sie einen Anhaltspunkt, wer dahinterstecken könnte?«

Sie fixierte mich mit ihren tellergroßen Rehaugen. »Ich weiß ganz genau, wer ihn entführt hat. Der Pizzamann. Mein Daddy ... schuldete ihm etwas. Oh Gott, vielleicht ist er schon tot.« Sie schluchzte auf.

Ich fühlte mich wie hypnotisiert. Dieser Blick ging mir durch und durch. Zuletzt hat mich eine Kleine aus Chicago so angesehen, beinahe hätte ich ihr mein Ja-Wort gegeben. Wenn damals nicht ein paar der miesesten Ratten der Chicagoer Kanalisation hinter mir hergewesen wären und ich mich deshalb schleunigst aus dem Staub hätte machen müssen, würde ich heute rotzige Bälger hüten, die Papi zu mir sagen. Puh, ich wischte mir den Schweiß von der Stirn. Mein inneres Klimakontrollzentrum geriet in ihrer Gegenwart ganz schön außer Kontrolle. Hier hieß es, wachsam sein!

»Und wo finde ich diesen Pizzamann?«

»In seiner Pizzastube. Mitten in der Altstadt.«

Ich stutzte. »Hey, Kleines, wenn Sie schon alles wissen, wozu brauchen Sie mich dann noch? Schalten Sie doch einfach die Bullen ein. Mann, da ist doch was oberfaul.«

Sie schluchzte schon wieder auf. Verdammt, ich kann Frauen nicht weinen sehen!

»Is' ja schon gut. Ihr Alter hatte Probleme mit den Bullen. Wer hätte die nicht? Ich kümmere mich darum, okay?«

Wau, ihr samtweicher Blick durchbohrte mich bis ins letzte Schwanzhaar. Ich sprang auf.

»Pizzamann, mach' dein Testament.«

Der Pizzamann war so groß wie der Mount Everest und mindestens ebenso schwer. Kaum wurde er meiner ansichtig, begann er zu feuern: Salamischeiben, Gurkenstückchen, diverse Peperoni.

»Scheißkatzen – ich krieg euch schon noch!«

Ich suchte und fand Deckung im Vorratsraum. Hinter einer Dose Artischocken fand ich einen Blutfleck. Cleos Daddy war nicht hier, das sagte mir mein feines Näschen, aber wer weiß, was man vor seinem Abtransport mit ihm angestellt hatte. Meine Barthaare vibrierten: eindeutig Katzenblut!

Jetzt konnte mir nur noch der Pizzamann selbst weiterhelfen. Was machte er mit uns Streunern, wenn er uns erwischte? Furchtbare Visionen bemächtigten sich meiner: Versuchslabore mit weißgekittelten Folterknechten, trostlose Heime mit dem durchdringenden Geruch der Hoffnungslosigkeit. Einen kurzen Augenblick lang überlegte ich mir auch, um was für Fleisch es sich wohl bei der Pizza Calzone mit Hackfüllung handelte ...

Dann schoben sich zwei große, braune Augen vor diese Visionen. Für diese Augen würde ich alles tun! Die Sache war klar: Ich musste mich erwischen lassen – in der Hoffnung, an denselben Ort verbracht zu werden wie Cleos Daddy. Wo immer das sein mochte.

Es klappte vorzüglich. Der Pizzamann packte mich, warf mich in einen Kofferraum, in dem es übrigens köstlich nach Pizza duftete, und auf ging die wilde Fahrt. Ich wurde kräftig durchgeschüttelt. Außerdem war in diesem Kofferraum ein Blutfleck. Da es nicht nach Leiche roch, blieb nur die Möglichkeit, dass man den armen, alten Daddy schwerverletzt an einen versteckten Ort verbracht hatte, um ihm dort den Garaus zu machen. Ich gestehe, ich kam leicht ins Schwitzen.

Doch am Ende der turbulenten Fahrt drückte mich der Pizzamann nur in zwei alte, runzlige Hände und machte sich wieder aus dem Staub.

»Was bist du für ein süßer Kater!«

Ich wurde fachmännisch durchgekrault. So gut hatte ich mich nicht mehr gefühlt, seit mich mein Mensch verlassen hatte. Ein dicker Kloß stieg mir in den Hals: Mist, das war ja noch schlimmer als meine Visionen in der Pizzastube!

Schließlich fand ich mich in einem Spielzimmer wieder. All das Zeug, mit dem Menschen ihren Knastis das Leben erträglicher machen wollen, lagen da zuhauf herum: Kratz- und Kletterbäume, Gummimäuse, Wollknäuel. Und Cleos Daddy kauerte in einer Ecke und musterte mich zurückhaltend. Ich stolzierte auf ihn zu.

»Hallo, mein Guter. Ich bin Cool-Man. Ihre Tochter hat mich engagiert, Sie zu finden.«

Seine Barthaare vibrierten. »Ich habe keine Tochter.«

Das saß. Ich konnte nur noch stammeln. »Ja, aber ...«

»Sie meinen wahrscheinlich Cleo, mein Baby. Wir sind schon fast ein ganzes Jahr zusammen. Sie hat mich wieder zu einem jungen Kater gemacht. Was da alles zum Schwingen kommt, wenn sie mir Sugar-Daddy ins Ohr raunzt ... aber das wissen Sie ja sicher selbst schon – ich habe keine Ausschließ-lichkeitsrechte auf diese Traumfrau.«

Die ganze Sache begann mir allmählich gewaltig auf den Keks zu gehen. Nicht nur, dass mich die Kleine mit ihrem angeblichen Daddy hintergangen hatte, sie hatte mir auch das vorenthalten, was anscheinend die ganze männliche Bevölkerung von Little Rock schon hatte genießen dürfen. Weiber! Nie wieder würde ich einer Klientin in die Augen schauen! Ich kam mir vor wie der Idiot der Woche.

»Und was hat der Pizzamann mit all dem zu tun?«

»Er ist mein Mensch.«

»W-a-a-a-s???«

Der Alte sah mich an, als hätte ich eine Schraube locker. Und genauso fühlte ich mich auch. Am liebsten hätte ich ihm eine reingesemmelt, aber er konnte ja nichts dafür.

»Warum hetzt mich Ihre Kleine dann auf ihn?«

»Sie mag ihn nicht. Er hat uns auseinandergebracht. Das Gesundheitsamt wollte seine Pizzaklitsche schließen – wegen mir. Ich habe wohl auf ein oder zwei Pizzas gehaart. Da hat er mich zu seiner Mutter aufs Land verfrachtet. Das passte Cleo nicht. Sie kennt die Adresse hier nämlich nicht.«

»Aber ich habe doch Ihr Blut gerochen. Hat man Sie gefoltert?«

»Unsinn! Hab' mir beim Mäusefang eine Kralle aufgerissen. Ich bin einfach nicht mehr der Jüngste. Deswegen fühle ich mich hier ja auch so gut aufgehoben: zwei warme Mahlzeiten am Tag und stündlich eine Durchkraulrunde.«

»Na danke. Und jetzt?«

Er streckte sich genüsslich. »Was Sie machen, weiß ich nicht. Ich werde hier meinen Lebensabend verbringen. Tut mir leid um Cleo, aber ich fühle mich hier sauwohl. Und diese jungen Dinger sind mit der Zeit einfach zu anstrengend, finden Sie nicht auch?«

Trottel. Bloß weil er mit einer Pfote schon in der Tierverbrennungsanlage stand, musste er mich da nicht mit hineinziehen. Ich verkraftete spielend die drei Freundinnen, die ich mir zugelegt hatte, seit ich nach Little Rock gekommen war. In dieser verschlafenen Metropole war für jeden Geschmack etwas dabei – und ich war nicht auf Diät. Montags Mausi, mittwochs Sheba, freitags Möppel und am Wochenende Poker mit den Jungs. Ein tolles Leben – wenn man nicht gerade von hinterhältigen Klientinnen ausgetrickst wurde.

Warum ich dennoch weiter den Pizzamann verfolgte? Ganz einfach. Ich wollte den Beruf wechseln. Jawohl, Sie haben richtig gehört: Der Rächer der Enterbten, der Beschützer der Witwen und Waisen wollte sich zur Ruhe setzen. Nach mühsamen Jahren als Privatdetektiv war ich darauf aus, als Restaurantkater verwöhnt zu werden. Ich war klassisch dafür prädestiniert – ich haarte nämlich nicht.

Der Pizzamann sah das leider anders. Immer wenn ich auftauchte, fing er an zu niesen, sich zu kratzen und schließlich trollte er sich fluchtartig. Meine Kumpels waren der Ansicht, es müsse sich um eine Katzenhaarallergie handeln, aber das konnte ich nicht glauben. War ich vielleicht ein verlauster Perser? Eben!

Und so kam es, dass ich ihn eines Tages in *Chungs Wäschesalon* stellte.

>>*Chung, halten Sie mir diese Katze vom Leib!*<<
>>*Sie Angst vol halmlose Schmusekatel? Miez, miez, miez!*<<
>>*Chung verdammt – tun Sie was!*<<

Heute bin ich das Wahrzeichen des chinesischen Wäschesalons. Zweimal täglich Huhn süßsauer und unablässiges Durchgekraultwerden von Chungs sieben Töchtern. Tja, da bleibt mir nur noch eins zu sagen: >>Viel Glück, Fleunde, und mögen alle eule Wege von Elfolg geklönt sein! Miau.<<

Wiesbadener Pinsel

Mit Hair-Extensions wäre das nicht gegangen

Doris Sch.-K., geschiedene K., geborene M., (54), ging am 30. April wie jeden Morgen kurz vor sechs von ihrem Kiez, dem Wiesbadener Westend, zu Fuß zu ihrem Arbeitsplatz in der Parkstraße, wo sie einer betuchten Bankiersfamilie den Haushalt führte, und machte dabei, wie an schönen Tagen üblich, einen Schlenker durch den Warmen Damm. Sie liebte den Weiher, die Fontäne, wenn sie fontänte, die Bäume (ohne zu wissen, dass es sich dabei um Exoten wie Robinien und Gingko handelte), die Frühmorgensjogger und sogar Kaiser Wilhelm den Ersten, der mit Backenbart und im etwas *sehr* eng sitzenden Steinuniformgehrock benevolent von seinem Steinsockel auf sie herabzuschauen pflegte und mit der ausgestreckten Hand quasi seinen Segen zu ihrem Tagewerk gab. Doris Sch.-K. liebte alles Royale, schaute sich jede europäische Königshochzeit im Fernsehen an und bedauerte es enorm, dass es in Deutschland kein gekröntes Staatsoberhaupt gab.

Auch an diesem Morgen lächelte Seine Majestät sie gütig an und streckte ihr väterlich-wohlwollend die rechte Hand entgegen. Neu war nur, dass an seinem Handgelenk etwas baumelte. Es sah ein wenig aus wie ein Einkaufsbeutel.

Doris Sch.-K. trat näher und stand lange Zeit wie meditativ versunken vor dem Präsent, das ihr Seine Majestät entgegenzustrecken schien. Erst dann begann sie zu schreien.

Es war *kein* Einkaufsbeutel.

Es war ein Kopf. Ein weiblicher Kopf. Der lange, schwarze Haarzopf war kunstvoll in die Finger von Wilhelm I. verschlungen.

Zwar durfte die hessische Landeshauptstadt mit Fug und Recht als Hochburg zeitgenössischer Kunst in Deutschland

196

(außerhalb Berlins) bezeichnet werden. Und im Rahmen der Fluxus-Aktionen waren die Bürger und Bürgerinnen der Stadt ja schon allerhand gewohnt. Hier aber handelte es sich nicht um eine provokative Performance-Installation.

Es war ein echter Kopf. Der einmal zu einem lebenden, atmenden Menschen gehört hatte.

Es war der abgetrennte Kopf von Galeristin Kira Klöppel-mann (38).

Ihr dazugehöriger Körper blieb indes verschwunden.

Ein Sonnenaufgang auf dem afrikanischen Kontinent

Der Schrei weckte mich. Ein infernalischer Schrei, der Trompete des Jüngsten Gerichts nicht unähnlich.

Ich öffnete mein schlafverklebtes linkes Auge. Ein leuchtend grüner Halsbandpapagei mit roter Krawatte flog vor dem Fenster vorbei. Hatte er so geschrien? Und wo war ich?

Moment. Ich öffnete auch noch mein rechtes Auge. Schräg unter mir befand sich ein Fenster und durch dieses Fenster hatte ich freien Blick auf ein Stück Grün. Der Schrei hatte sich der Kehle einer Nilgans entrungen. Das wusste ich, weil sie gleich darauf noch einmal höllisch atonale Geräusche von sich gab, die aber offenbar zu ihrem normalen Morgenverhalten gehörten, denn sie schien nicht im Geringsten aufgeregt oder gar ängstlich. Die Nilgans suchte auf dem Rasen neben dem Teich mit der Fontäne Würmer oder betrieb Gartenarbeit, das war mir in meinem schlaftrunkenen Zustand nicht gleich ersichtlich.

Halsbandpapageien? Nilgänse? Kein Zweifel möglich: Ich war in Ägypten!

Mit zerlegenem Knautschgesicht richtete ich mich auf der oberen Koje des Stockbetts auf.

Ägypten?

In meiner luftigen Augenhöhe befand sich ein Dachfenster. Ich beugte mich weit vor und sah hinaus. In der Morgensonne erstrahlten die fünf gigantischen, neogotischen Kirchtürme der Marktkirche eine Häuserzeile hinter dem Park in leuchtendem Rot. Über der Kirche waren schnuffige Schäfchenwolken an den hellblauen Himmel getupft, zart wie Wattebäusche. Ein Taubenschwarm umkreiste malerisch die Türme. Eine Stockente kam am Fenster vorbeigeflogen. Nein, die Indizienlage deuteten auf Deutschland hin.

Jetzt erinnerte ich mich auch wieder. Ich hatte hier einen Auftrag zu erledigen. Und das hier war das ehemalige Kinderzimmer meines Auftraggebers, in dessen Villa in der Paulinenstraße ich gestern Nacht nach stundenlanger Stau-Tortur auf der Autobahn völlig übermüdet eingetroffen war.

Das hier war Wiesbaden.

In diesem Moment wurde die Zimmertür aufgerissen und eine vermummte Gestalt hechtete herein. Vor Schreck fiel ich aus dem Stockbett. Gott sei Dank hatte mein Gastgeber flächendeckend knöchelhohe Perserteppiche ausgelegt.

Die Gestalt kam näher und beugte sich über mich. Ich roch hessischen Handkäs-Atem. Mit viel Musik.

»Hann ich Sie geweckt? Das is mir jetzt awwe unangenehm.«

Die türkische Haushälterin meines Auftraggebers beugte sich über mich, schob ihr Kopftuch ein wenig aus dem Gesicht und klopfte auf ihre DKNY-Armbanduhr. »Es is awwe schon nach neun.«

Mit verrenkten Gliedmaßen und nur mit meinem rosa Teletubby-Oversizeshirt bekleidet auf dem Teppich liegend entrang sich ein Stöhnen meiner Kehle. Ein typischer Morgen im Leben der Viktoria »Vicky« Benthien.

Willkommen in meiner Welt.

Ein kleiner Ausflug mit der Zeitmaschine:
SIEBEN TAGE ZUVOR ...

Das Deo hatte sich beide Beine gebrochen.

Ein verregneter Aprilmorgen, zu sehr in Eile gewesen, auf der Treppe des Römertors ausgeglitscht und – zack! – Rollstuhlfahrerin auf Zeit.

»Ausgerechnet jetzt, wo ich mit meiner Turmbau-zu-Babel-Installation so richtig in die Gänge gekommen bin«, nölte sie in den Hörer. »Ich muss in die Höhe! Wie soll ich denn mit zwei Gipsbeinen auf eine Leiter klettern?«

»Leg das Teil flach auf den Boden und benenne es um in ›die chinesische Mauer‹«, meinte ich ungerührt. Ich hatte eigene Sorgen.

Kurz zu meiner Person: Ich heiße Vicky und bin Jungfrau. Aszendent Löwe. Ich habe schulterlange, dunkelbraune Locken, die sich bei hoher Luftfeuchtigkeit in einen Siebziger-Jahre-Afro verwandeln. Meine Augen sind braun. Mein Alter tut nichts zur Sache, aber ich habe die große Drei schon geraume Zeit hinter mir gelassen, ohne jedoch auch nur annähernd in der Nähe der Wechseljahre zu sein. Meine Hobbys sind Lesen, Musik, Kino und lange Spaziergänge.

Und ich bin Fälscherin. Bei mir kann man einen Chagall oder Cézanne schon ab 10.000 Euro bekommen.

Das nährt die Frau, ist aber illegal. Weswegen auf meinen Visitenkarten »Porträtmalerin« steht. Um meine Tarnung aufrecht zu erhalten, porträtiere ich reiche Menschen, die sich für die Nachwelt in Öl festhalten lassen möchten. Ob die Nachwelt das nun will oder nicht. Wirtschaftsmagnaten, Blaublüter, Fernsehschauspieler sind meine Klientel. Ich male dabei nicht von Fotos ab. Üblicherweise verbringe ich vier bis sechs Wochen im Haus des Porträtierten, erlebe ihn Tag für Tag hautnah und kann somit Zwischentöne in meine

Bilder einfließen lassen, die dem fertigen Werk den Hauch absoluter Lebensechtheit verleihen. Das hat sich herumgesprochen, und ich bin gut im Geschäft.

Doch in diesem Mai hatte ich eine Arbeitsabbruchskante. Nicht nur das, der Pariser Hehler, der meine gefälschten Gemälde vertickte, brachte die beiden Vermeers von mir, die er noch auf Lager hatte, einfach nicht an den Mann. Kurzum, ich brauchte Geld.

»Den Turm zu Babel in die chinesische Mauer umwandeln? Warum habe ich das Gefühl, dass meine künstlerischen Urängste bei dir zum linken Ohr rein- und zum rechten Ohr wieder rausgehen?« Daggi schnaubte. Das heißt, Daggi durfte man sie jetzt nicht mehr nennen, sie war *Das Deo* – für Freunde nur Deo –, nachdem ihr Mentorprofessor an der Düsseldorfer Kunstakademie, mit dem sie jahrelang eine Affäre gehabt hatte, aus **Da**gmar-**S**abrina D'**É**on aus marketingtechnischen Gründen **Das Deo** gemacht hatte. Übelmeinende Freundinnen vermuteten allerdings andere Beweggründe, warum er ihr diesen Namen gegeben hatte. Daggi – Entschuldigung: Deo – glaubte nämlich nicht an Körperenthaarung, schon gar nicht im Achselbereich. Nun ist es ja so, dass Achselhaare nur deshalb nicht endlos lange werden und sich zu neckischen Frisuren knüpfen lassen, weil sie genetisch bedingt nach sechs Monaten ausfallen. Aber schon in der Schule hegten wir den Verdacht, dass Daggis Achselhaare nicht ausfielen, sondern suizidal-freiwillig aus ihrer Haarwurzelverankerung sprangen. Daggi glaubte nämlich auch nicht an den diktatorischen Waschzwang der modernen Konsumgesellschaft.

»Sorry, Deo, aber mich plagen gerade *existentielle* Urängste.« Ich seufzte. Kontotechnisch gesehen stand ich mit dem Rücken zur Wand.

»Ach Geld. Geld ist doch kein Thema!« Deo tat es mit einer

200

Handbewegung ab. Das konnte ich am Telefon natürlich nicht sehen, aber ich meinte den Lufthauch zu hören, den ihre Hand verursachte. Nun muss man wissen, dass sich Deo ihr Leben als Installationskünstlerin vor allem deshalb so lässig leisten konnte, weil ihr Vater einer der reichsten Männer Frankreichs war. Gut, er hatte ihre Mutter am Tag der Geburt seiner Tochter mit einer Praktikantin betrogen und sich, weil aus diesem angedachten Einmalschuss auch gleich neues Leben erwuchs – diesmal aber männliches – flugs scheiden lassen. Danach hatte er sich nicht mehr um Deo gekümmert. Aber seine Schecks trudelten bis zum heutigen Tag an jedem Monatsersten ein, und wir sprechen hier von einem hohen vierstelligen Betrag. Von Deo konnte *ich* – Vater Sachbearbeiter, Mutter Friseurin – kein Mitgefühl erwarten. »Die Lösung liegt doch auf der Hand: Du kommst einfach nach Wiesbaden und übernimmst mein Atelier hier im Kunsthaus, bis ich wieder laufen kann. Ich weiß auch schon, wen du hier porträtieren kannst – einen hiesigen Kunstmäzen. Eigentlich *der* Kunstmäzen der Stadt.«

»Groß, gut aussehend, unverheiratet?«, fragte ich automatisch, weil ich nämlich schon länger solo durchs Leben ging, als mir recht war.

»1,90 Meter, fabelhaft aussehend, schwul«, zerschmetterte Deo meine kurzfristig aufkeimenden Hoffnungen. »Wir hatten bis zu meinem blöden Unfall eine wilde Affäre. Eigentlich müsste man nach uns das Kamasutra neu schreiben.«

»Ich denke, er ist schwul?«

Deo nickte. Das sah ich natürlich auch nicht, aber ich hörte das Klicken ihrer monströsen Ohrringe, die gegen ihr Handy schlugen. »Ist er auch, aber er weiß es noch nicht. Er überkompensiert. Und wie! Schläft mit jeder Frau, die nicht bei drei auf dem Baum sitzt. Und auch mit etlichen, die es auf einen Fluchtbaum geschafft haben – er kann nämlich klettern.«

Ich seufzte erneut. »Und du glaubst wirklich, dass du ihn dazu bringst, sich von mir porträtieren zu lassen?«

»Null problemo. Alles, was ihn unsterblich werden lässt, törnt ihn unglaublich an. Er hat ein immenses Vermögen und sponsert hier in der Stadt seit Kurzem jedes Kunstereignis. Er kauft Gemälde und Kleinskulpturen, als ob er danach süchtig wäre. Ich vermute, er will der deutsche Saatchi werden oder der Wiesbadener Würth. Verlang den doppelten Satz von ihm. Er kann es sich leisten. Außerdem brauchst du eine Gefahrenzulage, weil er auf jeden Fall versuchen wird, dir an die Wäsche zu gehen. Am besten legst du immer einen Baseballschläger neben die Staffelei.«

»Hm, also ... ich könnte diesen Auftrag wirklich gut gebrauchen«, räumte ich ein. Und wenn Deo mir ihr Atelier überließ, konnte ich nebenher auch einen neuen Klee oder Kandinsky produzieren, irgendwas moderneres als Vermeer, der offenbar weder die Saudis noch die russischen Oligarchen hinter dem Ofen hervorlockte.

»Na also, gebongt.« Das Deo freute sich.

Drei gelbe Lilien auf blauem Grund: Bitte reichlich gießen!

Wiesbaden – *Wisibada* für die Menschen des Mittelalters, *Aquis Matthiacis* für die Römer, *die äbsch Seit* für die Mainzer – erlebte eine erste Blüte unter der römischen Besatzung, dann dümpelte es eine Weile vor sich hin, bis die Nassauer es zur Residenzstadt erklärten. Doch im 19. Jahrhundert entwickelte es sich – Tusch! – zu einer Metropole, einer Perle in der Perlenkette der damals angesagten Badeorte, zum Pilgerort für Spielsüchtige wie Dostojewski, zu Pensionopolis, der Stadt der reichen Rentner. Ein wahrer Bau-Boom bescherte Wiesbaden fantastische Villen im Stil des Historismus und einen Kurpark, der seinesgleichen suchte, aber nicht fand. Fügte man dem Ganzen noch eine Portion mediterranes Klima hinzu, dann hatte man das, was ich in diesen ersten Mai-Tagen erlebte: Wohlgefühl pur.

Mit kleinen Einschränkungen.

Eigentlich nur mit einer einzigen Einschränkung. Und die hieß Theo Asgaard.

»Habe ich wirklich ein Doppelkinn? Vielleicht sollte ich einfach den Kopf höher halten?«

Asgaard hatte sich hinter mich geschlichen. Das konnte er gut. Lautlos wie ein Indianer auf dem Kriegspfad. Nur sein würziges Aftershave verriet seine Nähe. Und natürlich die manikürte Hand, die wie zufällig meinen Rücken hinunterglitt und auf meiner rechten Pobacke zu liegen kam.

Ich drehte mich zur Seite, und seine Hand rutschte ins Leere. »Das ist doch kein Doppelkinn. Nur eine kleine, natürliche Hautfalte, die entsteht, wenn man den Kopf senkt.«

Asgaard musterte, vor der Staffelei stehend, kritisch sein Ölkinn. »Dann schaue ich wohl besser nach oben. So geht das jedenfalls nicht.«

Ich verkniff mir jedwede Bemerkung. Auch das Ausatmen. Es hätte nämlich genervt geklungen.

Das war schon unser siebter Versuch. Erst wollte er in Frontalansicht dargestellt werden, den Betrachter auffordernd anschauend, aber dann fand er, dass dadurch seine fast schon kafkaesk abstehenden Ohren zu deutlich hervortraten. Als Nächstes bestand er auf einer Profilansicht, aber seine markante Adlernase erinnerte ihn an Pinocchio nach einem Lügenmarathon. Nach vielen Zwischenstufen hatte er an diesem Morgen danach verlangt, wie Rodins *Denker* abgebildet zu werden. Im Grunde wollte er kein Porträt von mir, sondern eine Schönheits-OP in Öl. Dorian Gray war nichts gegen ihn.

»Aber der nächste Versuch muss ja nicht heute sein. Sie sehen ziemlich erschöpft aus.« Asgaard schenkte mir sein betörendstes Lächeln. Wider besseren Wissens wurde mir heiß unter meinem Maleroverall. »Hören Sie, Vicky, begleiten Sie mich doch heute Abend in die Galerie Kira. Dann lernen Sie auch gleich die Wiesbadener Kunstszene kennen.«

Ich war unentschlossen. Die Kunstszene ist überall gleich: ein Hauen und Stechen. Es gibt Befindlichkeiten und Empfindlichkeiten und hypersensible Künstler, Kunstschaffende und Kunstvermittler, die sich gegenseitig – meist süffisant lächelnd – das Leben schwer machen. Ich weiß das, weil ich selbst dazugehöre. Andererseits sehnte ich mich nach einer Gelegenheit, mich aufzuhübschen und von Menschen umgeben zu sein, die der Kunst ebenso gewogen waren wie ich.

Allerdings waren mir in den wenigen Tagen, die ich nun schon in Wiesbaden weilte, Zweifel gekommen, ob die hiesige Kunstszene und ich den Begriff »Kunst« in gleicher Weise definierten. Ich hatte dem *Nassauischen Kunstverein* in der »Rue« einen Besuch abgestattet (Ausstellungshöhepunkt: Die mit dunkelgrauer Plastikplane überzogene Baustellwand inmitten der weißen Innocencia-Beetrosen, die vor dem Eingang aufgebaut war und das Elend der Nichtsesshaften ins Bewusstsein rücken sollte, dabei jedoch gleichzeitig den freien Blick auf das Gebäude und vor allem auf den Eingang verunmöglichte), und ich war in dem versteckt zwischen *mode de luxe* und einem Schmuckgeschäft, ebenfalls in der »Rue« liegenden *Bellevue-Saal* gewesen (Ausstellungshöhepunkt: die Endlosschleife eines Videos, in dem Herr Alejandro Ferreira von der uruguayanischen Trachtengruppe *Alpenglühen* zur Eröffnung der Klanginstallationsausstellung *Rumba al Ruido* im Museum für präkolumbianische Kunst in Montevideo einen Schuhplattler schuhplattelte). In mir keimte allmählich der Verdacht, dass ich noch nicht reif war für das, was mir die Kunstszene der Stadt sagen wollte. Aber man ist ja nie zu alt, um seinen Horizont zu erweitern, nicht wahr?

»Ich würde sehr gern mitkommen. Und eine Vernissage ist genau das Richtige«, erklärte ich folglich in ahnungsloser Naivität und trat einen Schritt zurück, weil Asgaard seinen rechten Arm schon wieder tentakelgleich ausfuhr.

»Oh, es ist eigentlich keine Vernissage. Es ist die Trauerfeier für die Galeristin. Wir wollen alle Abschied von Kira nehmen. Haben Sie etwas Schwarzes dabei?«

Ich nickte. »Vielleicht sollte ich besser nicht mitkommen? Bestimmt wollen Ihre Freunde und Geschäftskollegen unter sich sein, oder nicht?«

Asgaard schüttelte den Kopf. »Ach was. *Tout* Wiesbaden wird angerückt kommen. Bei *dem* Abgang. Kira wurde nämlich enthauptet. Der Mörder läuft noch frei herum. Womöglich tauchen auch ein paar Zeitungs- und Fernsehfritzen auf.«

Ich schluckte. »Ent-haup-tet?«

Asgaard nickte. »Geköpft. Und sie ist nur eine von zwei. Nun ja, Gregor wurde nicht geköpft, sondern mit einem Brieföffner erstochen und dann von der Empore in der Wartburg gestoßen. Fiel auf den Eisverkäufer. Der erlitt einen Schädelbasisbruch. Kreischende Zuschauer. Geschmolzenes Bio-Eis. Alles sehr tragisch. Und weil bei beiden im persönlichen Umfeld nichts zu finden war, geriet die gesamte hiesige Kunstszene unter Generalverdacht. Gott sei Dank hatte ich für die beiden Tat-Tage ein Alibi. Ich hatte mir den Fuß verstaucht und konnte keinen Schritt gehen. Mein Glück, es war kein Geheimnis, dass Gregor mir meine Sammlerambitionen neidete, weil er selbst weder die Kenne noch das Vermögen hatte. Er war ein geldgieriger Idiot.« Asgaard pustete sich eine Locke aus dem Gesicht.

Von Gehunfähigkeit war bei Asgaard nichts mehr zu merken.

»Ach, dann ist es schon länger her?«, rutschte es mir darum heraus. Da, wo ich herkam, hielt man eine Trauerfeier ja immer zeitnah nach dem Ableben ab, aber hier mochte das anders sein.

»Nein, ist letzte Woche passiert. Kira am Montag, Gregor am Dienstag. Kurz bevor Sie in Wiesbaden eingetroffen sind, Sie sind also aus dem Schneider.« Er zwinkerte mir zu.

Ich sagte nichts. Aber ich dachte mir meinen Teil. Asgaard und ich hatten unser erstes Treffen nämlich am Donnerstag im TC Blau-Weiss gehabt – »Terminlich ist es mir anders nicht möglich und dann können Sie gleich ein paar Bewegungsstudien machen«. Asgaard hatte sich dort ein spannendes Match mit einem Mann geliefert, den er mir im Anschluss vorgestellt hatte. Der Name des Mannes war mir nicht mehr präsent, aber ich wusste noch, dass es Asgaards Hausarzt war. Heilt eine schwere Verstauchung wirklich so schnell? Oder hatte ihm sein Kumpel und Arzt einfach eine Krankenbescheinigung ausgestellt, die einer näheren Untersuchung nicht standhalten würde? Und wieso kam ich überhaupt auf derartige Gedanken?

Ich schüttelte den Kopf und riss mich innerlich am Riemen. Von Mördern liest man immer nur, die lernt man nicht persönlich kennen.

Dachte ich.

Ein Einäugiger, eine wandelnde Knoblauchzehe und Albino-Frettchen Leon

»Auf Kira!«

Gut drei Dutzend Menschen prosteten der Decke zu, weil der Anstand gebot, die verblichene Galeristin auf einer Himmelswolke zu wähnen und nicht in einem der Fegefeuerkochtöpfe Satans, dann hätte man ja in Richtung Keller prosten müssen.

Wie nicht anders zu erwarten, war es knackevoll in der Galerie Kira an der Kunstmeile Wiesbadens, der Taunusstraße 38 (ehemals Galerie de Beisac). Die üblichen Verdächtigen – Frauen Ende fünfzig in Filzklamotten (frühpensionierte Kunsterzieherinnen mit Ambitionen), Männer Ende fünfzig in Kapuzenshirt unterm Jackett, Cargohosen und Turnschuhen (der Pension entgegenfiebernde Kunsterzieher ohne Ambitionen), Honoratioren-Frauen *entre deux âges* in schrillmodernem Outfit, Drei-Tage-Bartträger in Farbklecksklamotten (echte Künstler) – und daneben Schaulustige und Katastrophentouristen, die sich immer einfanden, wenn irgendwo der Hauch des Grusels in der Luft lag. Womöglich dachten sie, der immer noch abgängige Körper der toten Galeristin würde an diesem Abend feierlich enthüllt. Außer mir trug aber keiner Schwarz, nicht einmal Asgaard. Ich hatte das mit der Trauerfeier offenbar zu wörtlich genommen.

Schüchtern, wie ich unter mir fremden Menschen immer war, verzog ich mich mit meinem Glas Henkell trocken in die Ecke mit dem Objekt, das mich noch am meisten ansprach: ein Wasserfall aus Stahl. Herrliche Arbeit. Ich meinte förmlich, das Plätschern der Kaskaden zu hören. Aber Hauptsache, weit weg von den anderen. Smalltalk lag mir einfach nicht. Insofern glich ich Wilhelm dem Schweiger, Prinz von Oranien, Graf von Nassau, der – so sagt man – im wirklichen Leben nur ungefähr drei Sätze mehr geredet haben soll als sein steinernes Standbild vor der Marktkirche.

Aber ich blieb nicht lange allein. Eine Matrone in einem anthrazitgrauen Satinkleid mit Schwitzflecken trat neben mich. »Ich sehe, Sie tragen Schwarz. Kira hat die Farbe Schwarz gehasst. Ihre Lieblingsfarbe war Knallgrün. Sie können sie nicht gekannt haben.«

»Äh ... nein«, sagte ich nur.

»Aber nun ja, jeder trauert auf seine Weise, nicht wahr, und Sie brauchen offenbar konventionelles Schwarz.« Die Matrone trat unangenehm nahe an mich heran. »Ich kenne mich mit Trauer aus. Ich bin Witwe. Seit zwei Jahren. Trotzdem könnte ich ohne meinen Mann nicht aus dem Haus gehen.« Sie hob die fleischige Rechte. Das Licht der Galerie-Strahler fing sich in dem gigantischen Diamanten an ihrem Ringfinger und blendete mich. »Ein Erinnerungsdiamant. Wissen Sie, man kann sich in der Schweiz die Asche lieber Verstorbener zu einem Diamanten pressen lassen. Ab 5000 Euro zuzüglich Versandkosten. Ist das nicht wunderbar?«

»Äh ... ja.« Ich nickte benommen.

Wieder ein Höhepunkt in der Geschichte der beiläufigen Konversation.

Gleich darauf hatte die Matrone das Interesse an mir verloren. Sie trat auf eine Gruppe strähnchenblondierter Statusweibchen zu, deren Diamanten echt zu sein schienen, dafür aber auch weitaus kleiner waren. Und es kommt ja doch auf die Größe an, wie jede Frau weiß.

Ich seufzte und drehte mich um. Das war ein Fehler.

Denn nun stand ich einem Mann gegenüber, der mich ansah. Oder auch nicht. Das war nicht schlüssig zu erkennen, weil sein eines Auge nämlich zu mir schaute und das andere zur Bar an der anderen Wandseite hinüber.

»Hallo«, begrüßte ich ihn wohlerzogen.

Das Bar-Auge drehte sich zu mir. Reingefallen, Vicky.

»Kennen wir uns?«, fragte der Mann.

Ein Auge sah jetzt auf meine linke Brust, das andere auf den Haarknoten, zu dem ich meine dunklen Locken Tiaragleich hochgebunden hatte.

»Äh ...« Unentschlossen senkte ich den Blick auf meine Schuhspitzen.

»Das linke«, sagte der Mann.

»Wie bitte?« Ich wagte nicht, den Blick zu heben.

»Diese Unsicherheit haben viele. Sie müssen in mein linkes Auge schauen. Das rechte ist künstlich.«

Ich nahm Blickkontakt mit seinem linken Auge auf, sah kurz zu seinem rechten, dann wieder zum linken. Ich hätte schwören können, dass beide unecht waren.

»Es ist nur eine Übergangsprothese, die leider ständig verrutscht«, plauderte der Mann. »Diese Woche wird mir bei F. Ad. Müller & Söhne nebenan das Richtige gefertigt. Ich habe mich sehr bewusst für dieses Institut entschieden. Die machen die besten Kunstaugen. Das Wichtige an einem Kunstauge ist nämlich der Tragekomfort, es muss tränenflüssigkeitsresistent und reibungsfrei sein! Und natürlich muss es maßgeschneidert sitzen.«

Ich nickte. Was hätte ich auch sonst tun sollen? Sinnlos. In diesem Leben würde ich die Hürde Smalltalk nicht mehr meistern können.

Ich schlängelte mich durch das Meer von Leibern zur Bar, an der es nach Knoblauch duftete. Sehr gut, sicher gab es gleich Häppchen für die Gäste. »Mehr Sekt!«, verlangte ich.

»Völlig richtig, meine Liebe, das hier lässt sich nur mit viel Alkohol im Blut aushalten«, sagte ein Cordanzugträger neben mir.

Ich nickte unverbindlich und wollte zur anderen Seite ausweichen, aber da stand ein hager-knochiger Mann Anfang fünfzig mit schütterem, grauem Haar, einem riesigen Adamsapfel und einer auf die Nasenspitze vorgerutschten Nickelbrille, der gerade – ich sah hin, sah noch einmal hin, ja tatsächlich – der gerade eine Knoblauchzehe in eine aus der Jackentasche gezogene Knoblauchzehenpresse stopfte, fest zudrückte und den zerdrückten Knoblauchmatsch in sein Sektglas schabte.

Ich wandte mich rasch wieder auf die andere Seite.

»Wie meinen?«

»Das hier! Das lässt sich nur angetrunken ertragen«, wetterte der Cordmann. »Haben Sie sich die Exponate angesehen? Das da drüben? *Tipp-Ex auf weißem Zeichenpapier!* Titel: Horror vacui oder wie ich lernte, das Grauen der Leere auszuhalten. Für 6000 Euro! Was ist daran Kunst? Können Sie mir das verraten?«

Zur Abwechslung mal jemand, der sich über das Sofa im Wohnzimmer gern etwas Erkennbares hängen würde, das sich mehr oder weniger selbst erklärte, oder wenigstens etwas in ansprechenden Farben. Sehr erfrischend! Aber das auszusprechen kam derzeit in der globalen Kunstwelt einem vernichtenden Urteil gleich – dann konnte man ja Kaufhauskunst erwerben oder die Kritzelbilder des Jüngsten von der Kühlschranktür nehmen und teuer rahmen lassen.

»Herr von Polzin, echauffieren Sie sich nicht«, flötete da plötzlich eine spindeldürre Frau in einem Vintage-Dior-Kostüm. »Wenn Sie Kunst sehen wollen, kommen Sie zu uns ins Museum. Wir bereiten gerade eine Jawlensky-Schau vor, die alles bisher Dagewesene sprengen wird.«

»Frau Bär, meine Teure. Ich gratuliere zur Beförderung.«

Sie winkte übertrieben bescheiden ab.

In der Raumesmitte setzte Theo Asgaard zu einer Rede an. Offenbar hatte er die Galerie den Erben abgekauft, und er gelobte feierlich, sie im Sinne Kiras von einer sehr begabten, jungen Galeristin weiterführen zu lassen. Die sehr begabte, junge Galeristin stand mit dem Rücken zu mir, und ich konnte förmlich Asgaards Handabdruck auf ihrer rechten Pobacke ausmachen.

Das war genug Aufregung für einen Abend. Ich entfernte mich in unauffälligem Seitwärtsgang nach hinten von der Bar. Und trat auf etwas Weiches, das infernalisch laut aufjaulte!

»Oh mein Gott!«, entfuhr es mir.

Ausnahmslose alle Galeriebesucher drehten sich zu mir um.

Ich zeigefingerte auf die Kreatur. Sie war weiß, pelzig, langgestreckt und rasend schnell. Zu fellig für eine Ratte, zu schmal für einen Dackel.

»Da!«, gellte ein Ziegenbartträger in einem metallicgrünen Ganzkörperoverall von Viktor & Rolf.

»Was ist das?«, kreischte die füllige Matrone mit dem toten Mann am Finger.

Doch bevor wir wussten, wie uns geschah, war das weiße Felltier durch unzählige Menschenbeine hindurchgewuselt und zur offenen Eingangstür auf die Taunusstraße hinaus entwichen. Hoffentlich wurde es nicht überfahren.

Am nächsten Morgen stand im *Wiesbadener Kurier*, dass Albinofrettchen Leon schon wieder aus seinem Innenhofkäfig freigelassen worden war. Sachdienliche Hinweise auf den Verbleib des Tieres nehme jede Polizeidienststelle entgegen. Das Tier höre auf seinen Namen.

Teuflische Gedanken bemächtigen
sich angetrunkener Strandkorbbesucherin

Das Atelier im Kunsthaus, das mir Das Deo überlassen hatte, war wunderbar für meine Zwecke geeignet. Der Chef des Hauses hatte mir den Schlüssel fürs Atelier und ein paar warme Worte angedeihen lassen, und seitdem malte ich dort, wenn mir Asgaard nicht gerade in seiner Villa Modell saß.

Am Morgen nach der Trauerfeier ließ sich Asgaard durch seine Sekretärin entschuldigen, und so hatte ich den ganzen Tag für meine Nebenverdienstzwecke. Wenn mir der vorangegangene Abend sonst schon nichts gebracht hatte, so doch eine definitive Ahnung, welche Fälschung ich als Nächstes in Angriff nehmen wollte.

Gegen 13 Uhr war ich mit meinen Google-Recherchen und den ersten Skizzen fertig, schnappte mir ein Glas Rheinwein und ging nach draußen in den Hof des Kunsthauses. Es war ein sonniger Mai, und die fünf weißen Liegestühle waren schon besetzt, aber Strandkorb 2013 war frei. Alle dösten, nur drinnen im Café saß ein finnischer Gastkünstler am Klavier und spielte einen sehnsuchtsvollen Tango.

Die Sonne schien, der Riesling aus dem Rheingau mundete perfekt, das Leben war schön.

Und da kamen die Gedanken.

Böse Gedanken.

Asgaard.

Er hatte sich die Galerie der Geköpften ja ziemlich schnell unter den Nagel gerissen. Wie praktisch. Von langer Hand geplant? Und er hatte den anderen Toten – wie hieß er doch gleich? Gregor? – als »geldgierig« bezeichnet. Hatte Gregor den Mord an Kira beobachtet und Asgaard daraufhin erpresst? Außerdem hatte Asgaard mich aufgefordert, zur Trauerfeier Schwarz zu tragen, obwohl Kira Schwarz gehasst hatte, und ich hatte wie ein Depp dagestanden.

Asgaard!

In mir gärte es. Gut, der Rheingauriesling mochte seinen Teil dazu beigetragen haben, zumal ich nicht aus einem 0,1 Weinglas, sondern aus meinem 0,5 Liter Keramikteebecher getrunken hatte, der mittlerweile leer war, aber dennoch fand ich es absolut folgerichtig, dass ich mich jetzt sofort, ohne über Los zu gehen, zu Asgaards Privathaus begab. Eine Villa, in der es – sofern man erst einmal den Weg hinein geschafft hatte – keine verschlossenen Türen gab.

Ich war mir ja so was von sicher, dass ich den Körper der toten Galeristin in einer Tiefkühltruhe im Keller finden würde!

Auftritt: Die tiefgefrorene Leiche!

In Asgaards Keller gab es keine Tiefkühltruhe.

Auf so einen Gedanken konnte auch nur ein Kind der unteren Mittelschicht kommen, das neben Tiefkühltruhe auch Regalwände voller längst vergessener Einmachgläser und eine marode Ski-Ausrüstung erwartete. Aber natürlich hatte ein Millionär keinen Lotterkeller, sondern ein modern ausgebautes Souterrain mit Sauna, Fitnessecke, Mini-Tonstudio und einem weiteren, schalldichten Raum, den ich als SM-Stube bezeichnen möchte, wobei SM in diesem Fall nicht für »Seine Majestät« steht.

Ich marschierte wieder nach oben. Die Haushälterin war lange schon gegangen, der Hausherr noch lange nicht zurück. Wo nachsehen? Im Tiefkühlfach des Kühlschranks fanden sich diverse Gefrierbeutel, deren Inhalt ich ohne Erfolg inspizierte. Keine filetierten Leichenteile. Nur Brokkoli und Co.

»Moment!«, rief ich plötzlich, nur um mir gleich darauf beide Hände auf den Mund zu pressen, als ob eine unsichtbare Verstärkeranlage meinen Ausruf hinaus in die Stadt schallen lassen könnte. Die Vorratskammer!, dachte ich lautlos.

Und richtig, im Vorratsraum stieß ich auf eine Edelstahl-Gefriertruhe (300 Liter Inhalt, Temperatur bis -25 Grad, statische Kühlung mit manueller Abtauung).

Ich wappnete mich für den Anblick eines kopflosen Körpers, riss den Gefriertruhendeckel nach oben und da lag er ...

... der brutal hingeschlachtete Leichnam ...

... eines Spanferkels.

Zeitgenössische Kunst – Wenn aus Magie Maggi wird ...

Das Nizzaplätzchen in Wiesbaden. Ein strahlender Spätnachmittag, eine keifende Elster (hier müsste man sie wohl Atzel nennen) auf einem Blutbuchenast, eine Frau mit dunklen Locken auf einer weißen Parkbank, ein Albinofrettchen unter der weißen Parkbank, mit der die Frau ihr Ananastörtchen von der Confiserie Kunder teilt. Drüben vom Teich mit den Tretbooten dringt fröhliches Kinderlachen, Blaumänner werkeln auf ihrem Gerüst am Spielbankgebäude herum. Das Frettchen zieht sich zurück, als sich ein anderer Fellträger nähert. Eine toupierte Blümchenkleidträgerin ruft »Hansi, bei Fuß«, aber der dazugehörige Zwergpinscher pfeift drauf und fährt damit fort, sich mit den Vorderpfoten um die Wade der Lockenkopffrau zu klammern und wild hechelnd ihren Knöchel zu begatten.

Die Lockenkopffrau bin ich und mir sind die spontanen Annäherungsversuche dieses Miniaturhundes egal. Es ist mir ein Trost, dass es noch Männer gibt, die mich faszinierend finden, auch wenn diese Männer zu einer anderen Spezies gehören und nicht ganz meine Größe haben.

»Tut mir sehr leid«, sagt Hansis Frauchen, beugt sich vor und entfernt das Tier von meinem Bein.

Ich nicke nur. Ich habe schon Schlimmeres gesehen und der Park sicher aus. Sicher auch die beiden Säulen, die rechts von mir im Grün deponiert wurden. Wenn man die kitzeln würde, könnten sie spannende Histörchen zum Besten geben, beispielsweise die Geschichte von Bertha von Suttner, die, als sie in Wiesbaden weilte, die Entgegennahme des Briefes aus Oslo, in dem ihr die Verleihung des Nobelpreises mitgeteilt wurde, ablehnte, weil er falsch frankiert war, oder die von Brahms, der hier seine dritte Sinfonie komponierte, obwohl er ausgiebig seiner Liebe zum Rheingauer Wein frönte (oder vielleicht gerade deshalb), und die von Goethe, der sich hier als Fünfundsechzigjähriger zum Deppen machte, als er einer Siebzehnjährigen nachstellte und tatsächlich glaubte, sie erobern zu können, obwohl Viagra noch nicht erfunden war. Apropos Depp. Ich komme mir auch ziemlich dämlich vor. Einen bedeutenden Kunstsammler des Mordes zu verdächtigen. Nur aufgrund einiger beiläufig hingeworfener Bemerkungen. Wie blöd kann man sein?

»Ts, ts, ts«, sage ich. Offenbar laut, denn der Mann auf der weißen Bank rechts neben mir steht auf, kommt zu mir, setzt sich und fragt: »Kennen wir uns nicht?«

Ströme ich an diesem Nachmittag besonders viele weibliche Sexuallockstoffe auf alles, was männlich ist, aus, oder was? Doch ich werde flugs ernüchtert.

»Jetzt erinnere ich mich, die Trauerfeier für Kira. Wir trafen uns an der Bar.«

Ich nicke. Erinnerungslos.

Oder doch, natürlich, der Cordanzugträger. Nur dass er jetzt die Arbeitsmontur der städtischen Grünanlagenpfleger trägt.

»Ich erkenne in Ihnen eine verwandte Seele«, sagt der Mann und rutscht näher. »Wir lieben das Gegenständliche.«

Das habe ich so nie gesagt. Ich halte es mit Susan Sonntag und finde, dass die Kunst der Gegenwart ein neues Instrument zur Modifizierung des Bewusstseins und zur Entwicklung neuer Formen des Erlebens ist, oder anders gesagt, Kunst spielt für mich eine wichtige Rolle innerhalb des sozialen Lebens. Auch Abstraktes und Abstruses kann Kunst sein. Aber Kunst kommt dennoch von Können und bei Tipp-Ex-Klecksen auf weißem Zeichenpapier hört es auch bei mir auf. Also nicke ich.

»Wissen Sie, ich bin Sammler«, fährt er fort. »Ich sammle vor allem die großen Söhne dieser Stadt. Die Fresken hier im Kurhaus, die sind von Fritz Erler. Ich besitze drei seiner Skizzen zu *Dame mit Panther*. In meinem Besitz ist auch eine Kinderszene aus dem Spätwerk von Ludwig Knaus. Eines der

Kinder stellt meinen Ururgroßvater dar.« Er lächelt stolz. »Das war noch Kunst. Aber dieses *Tipp-Ex auf Zeichenpapier* ... Entgleisungen, das sind Entgleisungen! Das habe ich auch immer wieder benannt, in Leserbriefen an den *Kurier*, in Wortmeldungen auf öffentlichen Magistratssitzungen, aber auf mich hört ja keiner. Da fühlt man sich als echter Kunstliebhaber doch verarscht. Ohne mich! Wie heißt es doch so schön: Nie sollst du so weit sinken, von dem Kakao, durch den man dich zieht, auch noch zu trinken!«

Als Höhepunkt seiner Schmährede spuckt er in hohem Bogen aus. In ihm schlummert trotz allem ein Performancekünstler.

»Sie sagen ja gar nichts«, faucht er und mustert mich misstrauisch.

Unsere Seelenverwandtschaft löst sich spürbar in *bad vibrations* auf.

Um Harmonie bemüht, versuche ich, ihn zu beschwichtigen. »Nun ja, Sie als Wiesbadener sollten auch an den vitalen Geist von Fluxus denken, das war doch ein kunstgeschichtliches Phänomen – und bei Fluxus wurden auf spaßige und freundliche Art ästhetische Veränderungen herbeigeführt, von denen die Kunstszene nicht nur in Wiesbaden bis heute zehrt.« Das ist nicht auf meinem Mist gewachsen, das habe ich dem Buch entnommen, das mir die Haushälterin von Asgaard als Gute-Nacht-Lektüre auf den Nachttisch gelegt hat.

Trotz der Nachmittagssonne spüre ich plötzlich eine aufziehende Eiseskälte. In den Zügen des Mannes, der sich mir nie vorgestellt hat, spiegelt sich tiefe Enttäuschung.

»Freundlich? Spaßig?«, faucht er. »Fragen Sie mal das Klavier, das George Maciunas zertrümmert hat, wie es *ihm* dabei ergangen ist. Und überhaupt: Wussten Sie, dass Fluxus ein medizinischer Begriff ist und ›fließende Darmentleerung‹ bedeutet?«

Es ist zwar ein schöner Gedanke, dass auch Klaviere Gefühle haben, aber für mich geht das dann doch einen Schritt zu weit. »Tja, ich gehe dann wohl besser«, sage ich und stehe auf. »Sie haben ja auch noch zu tun.«

Ich zeige auf seine Schaufel, die an der Bank lehnt, und auf die frisch zugeschaufelte Aushubstelle hinter den Büschen. Aus der Erde ragt etwas Knallgrünes hervor. Allzu knallig grün, um von der Natur fabriziert worden zu sein. Auch sehr spitz. Es ähnelt alles in allem der knallgrünen Spitze eines Stöckelschuhs.

»Wissen Sie, wie unendlich viele Galeristen es in Wiesbaden gibt?«, fragt der Mann, während ich immer noch fassungslos auf die grüne Schuhspitze starre. »Da fällt es gar nicht weiter auf, wenn ich hie und da eine Galeristin ohne wahren Kunstverstand eliminiere. Oder eine Kunstbanausin, die diesen Unsinn auch noch unterstützt.«

Ich sehe dem Mann, der immer noch auf der Bank sitzt, in die Augen. Es sind irre Kinski-Augen, mit einem Touch von Charles Manson.

»Nit nur Katze losses Mause nit – aach so'n alde Mörder wie mich juckt's ab un zu«, flüstert er, gerade so laut, dass ich es noch hören kann. Er beugt sich zur Seite und greift zur Schaufel.

Ich ergreife die Flucht.

Der letzte Samurai trifft auf den irren Schaufelmörder

Tiere auf der Flucht denken nicht, sie folgen nur ihrem Instinkt. Ich wäre ja in diesem Moment gern ein wehrhaftes Tier gewesen – beispielsweise ein Warzenschwein – und hätte dem Mann die Schaufel aus der Hand gerissen und mich mit meinen Hauern in seine Weichteile verbissen. Oder wenigstens ein unsichtbares Tier – beispielsweise ein Chamäleon – das auf einen Ast klettert und mit seiner Umwelt verschmilzt, bis man es nicht mehr ausmachen kann. Aber ich bin und bleibe ein Hase von der Gattung der Angsthasen und laufe demzufolge einfach hakenschlagend davon.

Natürlich bin ich nicht ganz doof. Ich halte Ausschau nach Menschen – vorzugsweise großen, starken, männlichen Menschen, gern auch in Uniform –, die mir hätten helfen können. Aber die Blaumänner sind im Gerüstlabyrinth verschwunden. Und die Toupierte mit dem begattungsfanatischen Winzhund wird mir keine Hilfe sein.

Ich haste in Richtung Ausgang, dann rechts zum Bowling Green. Vorn an der Straße mache ich eine Touristengruppe aus und den Türsteher des Nassauer Hofes. Der durchgeknallte Mörder wird es nicht wagen, mich hier vor aller Augen mit der Schaufel zu erschlagen.

Wir lernen: Durchgeknallte Mörder zeichnen sich ja gerade dadurch aus, dass sie Kleinigkeiten wie massenweise Augenzeugen nicht als Hindernis betrachten. Der Schaufelträger verringert die Distanz zwischen uns merklich und hebt seine Mordwaffe. Plötzlich schreit er auf, stolpert und knallt der Länge nach aufs Pflaster. Frettchen Leon ist ihm zwischen die Beine gelaufen. Danke, Leon!

Ich renne weiter. Hinter mir kommt etwas angerollt. Die THermine!

Mit der schnuckeligen, bordeauxfarbenen Stadtrundfahrtsbahn hatte ich ohnehin immer schon einen Ausflug zur russischen Kirche machen wollen. Erneut hakenschlagend nähere ich mich dem hintersten Wagen. Während sich hinter mir der Schaufelmörder wieder auf die Beine rappelt, reiße ich die hinterste Tür der THermine auf und hechte hinein. Die Bahn nimmt Fahrt auf. Sie zuckelt jetzt mit Höchstgeschwindigkeit.

Wie sich herausstellt, ist die Höchstgeschwindigkeit längst nicht schnell genug. Der Schaufelmörder joggt lässig nebenher. Und der Fahrer der THermine verkündet über die Lautsprecheranlage freundlich, aber entschieden: »Der Zustieg ist während der Fahrt nicht erlaubt!«

Der Schaufelmörder springt auf, klammert sich an der immer noch offenen Tür fest und stößt mit der Schaufel nach mir.

Mit beiden Füßen strampele ich wie wild, um die Schaufel von mir fernzuhalten. Zwei Sitzreihen weiter vorn dreht sich ein japanisches Paar um und schießt einige Fotos. Prima, so ist mein Angreifer wenigstens im Bild dokumentiert und kann nach meinem Ableben steckbrieflich gesucht werden.

Dem THerminenfahrer wird das Gerangel zu viel. Er hält abrupt an. Der Schaufelmörder verliert den Halt und muss abspringen. Ich rutsche nach vorn und springe hinaus. Das heißt, ich will springen, verheddere mich jedoch im Türgriff und falle rücklings auf die Pflastersteine vor den Kolonnaden. Aua!

Der Schaufelmörder kommt auf mich zugelaufen, baut sich vor mir auf, hebt die Schaufel und ...

... schlägt zu.

Berühmte letzte Worte

Ich bin nicht tot.

Was ich allein und ausschließlich Takeo Watanabe zu verdanken hatte, einem frühpensionierten Polizisten aus Tokio, der sich mit seiner Frau auf einer *Europa-in-drei-Tagen*-Tour befand. Er hatte sich in exakter Erkennung des Sachlage aus dem THermine-Wagen heraus auf den Mörder gestürzt und den Schaufelschlag seitlich abwenden können. Ich hätte dem

Mann gern ausführlicher gedankt, aber er und seine Frau mussten weiter: für den Abend standen noch Frankreich und Italien auf dem Programm, das Flugzeug wartete schon.

Leon das Frettchen wurde noch am selben Abend von einer Streifenwagenbesatzung aufgegriffen und seinem Frauchen übergeben.

Als ich Asgaard beichtete, ihn für den Mörder gehalten zu haben, amüsierte er sich prächtig. Allerdings war sein Porträt immer noch nicht fertig. Er fand immer Neues an sich auszusetzen und da Das Deo drei Wochen später an Krücken gehen und somit ihr Atelier wieder in Anspruch nehmen konnte, verließ ich Wiesbaden mit einem halbfertigen Porträt und ohne feste Terminzusagen Asgaards, wann er mir wieder sitzen konnte, um das Bild endlich abzuschließen. Womöglich nahm er mir meinen Verdacht doch ein bisschen übel.

Bezahlt hatte er natürlich nicht, das Bild war ja noch nicht fertig. Aber das machte nichts. Ich bin trotzdem nicht mit leerer Geldbörse aus Wiesbaden weg. Schließlich gab es da noch meinen Nebenjob:

Kennen Sie Alexej von Jawlensky? Russischer Maler, 1865 bis 1941. Schon vor der russischen Revolution zog er nach Europa zum Malen. Er malte viel, und eine Zuschreibung respektive Datierung seines Oeuvres ist aufgrund des unzuverlässigen Werkeverzeichnisses schwierig. Die letzten zwanzig Jahre seines Lebens verbrachte er in Wiesbaden, und weil er krank wurde und irgendwie auch außer Mode kam, nagte er am Hungertuch und musste Fleischer und Bäcker und Klempner schon mal mit Bildern von sich bezahlen. Weswegen gelegentlich verschollene Jawlenskys bei Haushaltsauflösungen auftauchen.

Über einen Mittelsmann konnte ich einen solchen verschollenen Jawlensky nach kurzen Verhandlungen an Petronella

Bär, 37, die frisch gebackene Leiterin des Museums, verkaufen. Frau Bär, genannt Bärchen, die nach Jahren als Schleppenträgerin für ihre Ex-Chefin endlich selbst dem Museum im Allgemeinen und der Kunstwelt im Besonderen ihren ureigensten, natürlich niveauvollen Stempel aufdrücken wollte, bereitete schließlich eine epochale Jawlensky-Ausstellung zum siebzigsten Todestag des Künstlers vor, und dieses unbekannte, aber zweifellos echte Werk (wie sie nach eingehender Prüfung befand, schließlich war sie Expertin) würde ihre hochkarätige Ausstellung ungemein bereichern.

Und mich auch.

Um einen Eurobetrag in sechsstelliger Höhe.

Kurzum: Vicky im Glück.

P.S. Ich habe kein schlechtes Gewissen. Die Wiesbadener haben nämlich einen ganz wunderbaren Jawlensky bekommen – auch wenn er gar nicht von Jawlensky ist!

P.P.S. Ich vermisse die Nilgänse!

Im Zweifel in die Eifel

War ja klar, dass es schief gehen würde.
Schon als Bertie verkündete, wir würden den Bruch nach dem Vorbild der englischen Gentlemen-Posträuber durchziehen, nur nicht in England, sondern in der Eifel, war klar, dass es voll in die Hose gehen würde. Aber ich hielt meine Klappe.

Biggs hatte im August 1963 mit vierzehn Komplizen einen englischen Postzug ausgeraubt und 2,63 Millionen Pfund erbeutet, wohingegen wir ein vergleichsweise lächerliches Projekt in Angriff nehmen wollten und in Ermangelung geldbeladener Schienenverkehrsmittel auch noch »stationär«: Wir planten, zu dritt die VSGB, die Volks-, Spar- und Genossenschaftsbank in Daun auszuräumen.

Allerdings auch Anfang August – quasi am Jahrestag. So viel Detailtreue musste schon sein.

»Eine Bank knacken kann jeder Idiot mit einer Knarre. Wir dagegen werden Kriminalgeschichte schreiben – als die Eifeler Gentlemaneinbrecher«, hatte Bertie verkündet und die Bowler-Hüte unter uns dreien verteilt. Versteht sich, dass es keine echten *Bowler Hats* waren. Die Hüte stammten aus einem Faschings-Restposten-Verkauf, hatten Einheitsgröße und passten nur einem, nämlich Bertie. Mir rutschte der Hut ständig über die Ohren und Rüdiger fiel der Hut dauernd vom Kopf, weil er zu klein war. Aber das focht Bertie nicht weiter an.

»Der Zeitpunkt ist perfekt. Es ist Sankt-Laurentius-Kirmes, da ist ganz Daun im Ausnahmezustand. Detlef, du sorgst für die adäquate Verpflegung. Rüdiger, du bringst den Schweißbrenner mit.«

Rüdiger nickte, und wieder glitt sein Bowler zu Boden.

Wir waren ein Hirn und zwei Brüder, wie Bertie immer zu sagen pflegte. Ein Hinterherbesserwisser, ein Frühaufgeber und ein Vollblutverneiner – Bertie, Rüdiger und ich. Bertie, geniales Verbrecherhirn, das sich derzeit von einer wohlhabenden Witwe aus Köln-Porz aushalten ließ, mein kleiner Bruder Rüdiger und ich, beide Gerolsteinerarbeiter, aber Bitburgertrinker. Bislang hatten wir kleinkriminell vor uns hindilettiert, aber nun hatte Bertie der Ehrgeiz gepackt, und er beabsichtigte den Sprung auf die nächste Ebene: ein Ba-Ba-Banküberfall.

Ich war ja dagegen. Selbst in der idyllischen Eifel waren Banken mittlerweile High-Tech-gesichert und ich hatte nicht vor, die nächsten Jahre hinter Gittern zu verbringen. Aber wie sagte Bertie immer: »Wir drei sind eine große, glückliche Familie.«

Nur wird in Familien selten Demokratie praktiziert, folglich mussten Rüdiger und ich brav alles tun, was Bertie ausheckte. Und Bertie hatte es sich in den Kopf gesetzt, die Bankfiliale auszuräumen. Es war was Persönliches. Bertie war in Daun aufgewachsen. Wahrscheinlich hatte ihm der Schalterbeamte der VSGB vor hundert Jahren am Weltspartag keinen Lutscher für Berties Sparschweininhalt spendiert. Oder so.

»Das ist als Einstieg ideal für uns. Nicht genug Kohle, als dass es die Profis interessieren könnte, aber genug für uns drei.« Die Hälfte ging grundsätzlich immer an Bertie als Kopf der Bande. Na, war nicht weiter tragisch, Rüdiger und ich lebten ja sparsam.

»Ich erwarte euch dann Punkt siebzehn Uhr an der Hintertür. Vergesst nicht, im *Anzug* zu erscheinen!«

»Muss das wirklich sein?« Bitteschön, wer räumt im Hochsommer bei vierzig Grad im Schatten eine Bank im Anzug aus?

»Entweder wir machen es richtig oder gar nicht«, maulte

Bertie, der immer gleich beleidigt war, wenn man seinen Plänen nicht jubelnd zustimmte. »Die englischen Posträuber sind nicht nur durch ihren kühnen Plan unsterblich geworden, sondern auch durch ihr tadelloses Erscheinungsbild. Ehrlich, Detlef, du bist ein Holzkopf. Wenn du dich am Kopf kratzt, gibt es Splitter.«

Manchmal hätte ich bei Bertie gern auf den Pausenknopf gedrückt. Er hatte uns seine *Regeln für Gentlemeneinbrecher* nicht nur mehrfach bühnenreif vorgetragen, sondern auch auf ein liniertes Blatt kopiert und im Copyshop vervielfältigen lassen:

1)   Immer im Anzug!
2)   Keine sichtbaren Tätowierungen!
3)   Kein Schmuck.

Rüdiger hatte es fast das Herz gebrochen, als er seinen geliebten Totenkopfring bei Mutti deponieren musste. Und Mutti brach es fast das Herz, als ich mir ihren Make-up-Abdeckstift auslieh. Offenbar befürchtete sie *Brokeback-Mountain*-Zustände, weil ich ihr nicht sagte, dass ich damit das Spinnen-Tattoo auf meinem Hals überschminken wollte.

»Also abgemacht«, bellte Bertie abschließend im Sousa-Marsch-rhythmischen Bundeswehrunteroffizierston. »Siebzehn Uhr. Und vergesst nicht: Immer Gentlemen bleiben!«

Rüdiger ist ein Depp, das muss mal gesagt werden, auch wenn ich sein Bruder bin. Während Bertie und ich die VSGB ausbaldowerten, verbrachte er seine Zeit damit, einem borstigen Keiler im Dauner Hirsch- und Saupark das Apportieren beibringen zu wollen. Vergebens, wie ich anmerken möchte. Aber eins konnte er echt gut: mit einem Schweißbrenner umgehen. Das war in der heutigen Zeit eigentlich kein wirkliches Talent mehr, da die meisten Safes elektronisch gesichert waren, aber bei so einem alten Geldschrank wie dem in der VSGB konnte

Rüdiger mit diesem Pfund noch echt wuchern. Binnen einer halben Stunde hatte er die Tür so gut wie aufgeschweißt. Bertie und ich standen daneben und schwitzten.

Und wie wir schwitzten. Es herrschten hochsommerliche 38 Grad. Gefühlte 60 Grad.

Gut, dass die Bank keinen Feuchtigkeitsdetektor im Parkett hatte. Nicht nur mir lief der Schweiß unter den Hosenbeinen hervor und tropfte auf die Holzdielen.

Rüdiger und ich trugen unsere alten Konfirmationsanzüge. Meiner passte ja noch halbwegs, aber Rüdiger konnte in der Hose, deren Beine knapp bis zur Wade reichten, kaum atmen. Wenigstens hatte Bertie ihm erlaubt, das Jackett beim Schweißen auszuziehen. Aber die farblich passenden Feinstrumpfhosen, die wir über den Köpfen trugen, mussten wir ebenso wie die Bowler-Hüte anbehalten, obwohl wir die einzige Kamera in der Bank abgeknipst hatten.

»Können wir nicht im Winter wiederkommen, wenn es kühler ist?«, keuchte Rüdiger, der Frühaufgeber.

»Maul, sonst Beule!«, bläffte Bertie.

Plop, machte es, und die Safetür fiel Rüdiger entgegen. Er drehte sich um und verzog das Gesicht unter dem Strumpf zur grässlichen Fratze. Ich ging davon aus, dass es sich um ein triumphierendes Grinsen handelte.

»Gut gemacht«, lobte Bertie. »Und nun *High Tea*.«

»Hai? Ein Hai?« Rüdiger bekam große Augen.

Bertie rollte die Stirn ein. »*High Tea*. So nennt man bei den Briten die Teepause am späten Nachmittag. Deswegen haben wir ja einen Imbiss dabei. Wir haben doch einen Imbiss dabei?« Bertie sah mich skeptisch an.

Ich hob meinen Aktenkoffer mit der Thermoskanne und der Tupperdose hoch.

»Gut. Auf in die Kaffeeküche.« Wie Moses die Israeliten durch das Rote Meer führte, geleitete Bertie uns durch die kleine Schalterhalle in die angrenzende Kaffeeküche. Ich nahm den Deckel von der riesigen Tupperdose ab, und der Döppekooche, den Mutti für uns gemacht hatte, breitete sein kartoffeliges Aroma aus.

»Was soll das denn sein?«, nölte Bertie.

»Döppekooche«, sagte ich, zog die Strumpfhose bis zur Nasenspitze hoch, fischte eine Plastikkuchengabel aus der Innentasche meines Jacketts und gabelte mich durch die knusprige Kruste.

»Und wo sind die Gurkensandwiches?« Bertie lief krebsrot an. »Wenn es historisch korrekt sein soll, müssen es Gurken-sandwiches sein!«

Ich zuckte mit den Schultern. Rüdiger, mittlerweile strumpflos, wühlte in dem leeren Aktenkoffer. Wie ein Welpe. Ein Zwei-Meter-Welpe, der 150 Kilo wog. »Gar kein Kompott?«, fragte er enttäuscht.

Bertie blickte finster. »Das ist ein eklatanter Stilbruch! Döppekooche passt nicht zu echten Gentlemaneinbrechern!«

»Wenn's Eifeler sind, schon.« Ich hielt ihm die Thermos-kanne hin. »Dann isst du eben nichts, sondern trinkst nur. Es geht ja ohnehin nur ums Prinzip.«

Bertie drehte die Verschlusskappe auf. Und das war dann der Moment, in dem er vollends ausflippte.

»Was ist das?«, verlangte er brüllend zu wissen.

»Apfelwein«, sagte ich, Böses ahnend.

»Viez? Wieso ist das kein Tee?«

Rüdiger nahm einen nachlässig gespülten Keramikbecher von der Anrichte der Teeküche und hielt ihn Bertie hin.

»Es muss aber Tee sein«, röhrte Bertie. »Heißer Earl-Grey-Tee! Oder wenigstens Assam!«

So ein Spinner, dachte ich. Aber da ich ein vernünftiger Mann mit Mutter, Bruder, Hund und Kreditverpflichtungen bin, sprach ich es nicht aus.

»So geht das nicht!«, schrie Bertie, dem augenblicklich eine Schlagader zu platzen drohte. »Das ist nicht britisch!«

»Aber eifelerisch erfrischend«, meinte Rüdiger arglos, der sich noch mal nachschenkte.

Blut kochte, Fäuste flogen, Apfelwein floss, und das nachfolgende Tableau – Bertie, der sich mit seinen hageren Händen in meinen Hals verkrallte, ich, der ich versuchte, mein Knie in Berties Weichteile zu rammen, und Rüdiger, der dazwischengehen wollte, ohne den Viez in seinem Keramikbecher zu verschütten – wurde in dem Moment unterbrochen, als die Eingangstür klimpernd aufgeschlossen wurde. Ein fröhliches Lied pfeifend trat der Filialleiter der Bank in die Schalterhalle.

Wie eingefroren verharrten wir in unseren Positionen: Bertie mit ausgestreckten Würgerarmen in mein Konfirmationsanzugsrevers verkrallt, ich mit erhobenem Knie, Rüdiger den Becher balancierend und »Ich muss mal nötig« flüsternd zwischen uns.

Oh mein Gott, dachte ich, gefangen in einer Kaffeeküche mit zwei Bekloppten, einer übervollen Blase und einem Bluthochdruckcholeriker, der sekündlich explodieren konnte. Wollte dieser Tag denn kein Ende nehmen?

Die Zeit blieb stehen.

Es war nur das Pfeifen des Filialleiters zu hören. Und das verstummte, als er der offenen Safetür ansichtig wurde.

Der Filialleiter. Mitte fünfzig. Frisch geschieden. Einen Squashschläger in der Hand haltend, der ihm gleich darauf aus eben dieser Hand fällt.

Er stutzt, stockt, stiert – und dann stopft er das ganze Geld aus dem Safe in seine Sporttasche.

Aus den Augenwinkeln sehen wir, immer noch reglos, ungläubig zu.

Mir schläft das Bein ein.

Dann rennt der Filialleiter hinaus. Durch das Kaffeeküchenfenster sehen wir, wie er die Sporttasche in seinen Wagen wirft. Und da hören wir auch schon, wie er »Überfall! Überfall!« gellend in Richtung eines Pulks marodierender Kirmesbesucher rennt.

»Scheiße, der will sich mit unserem Geld sanieren«, fluche ich.

»Weg hier«, rät Bertie, dem man zugute halten muss, dass er in Krisensituationen einen kühlen Kopf bewahrt. Wenn es nicht gerade um die echt britische Teezeit geht.

Wir krallen unsere Siebensachen – Aktenkoffer, Schweißbrenner, Thermoskanne – und trollen uns durch die Hintertür. Unser Fluchtwagen springt sofort an, und schon sind wir in Richtung Autobahn unterwegs. Hinter uns hören wir die ersten Sirenen.

»Das war knapp«, seufzt Rüdiger und rülpst Apfelweinschwaden in den Innenraum des geklauten BMW.

Nein, uns verrieten nicht – wie damals bei den Gentlemanposträubern – unsere Fingerabdrücke. Keiner von uns hatte seine Einmalhandschuhe auch nur für eine Sekunde ausgezogen. Die Polizei entdeckte allerdings Rüdigers Spucke an dem Keramikbecher. Danach ging – dank DNS-Test – alles rasend schnell, schließlich waren wir aktenkundig.

Ich bot mich als Kronzeuge an, um Strafminderung zu bekommen. Aber die Bullen glaubten mir nicht, dass der Filialleiter das Geld eingesackt hatte. Der Mann war unbescholten und guckte wie ein Lamm. Rüdiger und ich waren dagegen vorbestraft. Und guckten – genetisch bedingt – wie Pitbulls. Wir bekamen acht Jahre. Nicht zusammen, jeder einzeln. Er in Trier, ich in Wittlich.

Bertie kam mit Bewährung davon, weil ihm seine reiche

Witwe einen gelackten Star-Anwalt engagierte. Das Letzte, was wir von Bertie hörten, war, dass er nach England ausgewandert sein soll. War bestimmt 'ne herbe Enttäuschung für ihn, als er merkt, dass es dort auch keine Postzüge mehr gab.

Mutti besuchte uns im wöchentlichen Wechsel in unseren jeweiligen Justizvollzugsanstalten und schärfte Rüdiger und mir immer ein, dass wir uns hinter Gittern vorbildlich verhalten sollten, dann kämen wir vielleicht nach der Hälfte der Zeit wegen guter Führung frei.

Der Filialleiter setzte sich gleich nach der Verhandlung ab. Er blieb verschwunden. Offiziell.

Inoffiziell hat Mutti ihn in seiner Jagdhütte aufgespürt, kurz bevor er den Abflug in tropische Gefilde machen wollte. Sie war ein wenig stinkig, weil ihre Jungs wegen ihm für nichts und wieder nichts einsitzen mussten. Und da gab wohl eins das andere.

Mutti sagt, das Geld sei jetzt sehr gut angelegt und wir würden alle drei nie wieder finanzielle Sorgen haben. Und die Gefrierbeutel mit den filetierten Filialleiterresten nehme sie regelmäßig mit zu ihren Besuchen im Hirsch- und Saupark ...

Die Märtyrermorde

Das Ende der Welt wird genau auf diese Weise beginnen, nämlich mit dem Satz: »Willkommen, meine Damen und Herren. Schön, dass Sie auch heute wieder zugeschaltet haben.«

Inken Wollschläger legte den Kopf schräg und lächelte huldvoll in die Kamera. Ganz Grande Dame des deutschen Nachmittagtalks. Den Gesetzen der Schwerkraft trotzend knitterte ihr Leinenkostüm nicht, auch nicht edel. Das wagte es nicht, nicht bei einer solchen Mediengröße wie Inken Wollschläger.

»Heute unterhalte ich mich mit der Krimiautorin Tamara Krause«, sülzte sie mit ahornsirupsüßer Stimme.

An dem Kamera-Ungetüm vor mir leuchtete das rote Licht. Ich setzte mein bestes Strahlelächeln auf und hoffte, dass die zentimeterdicke Puderschicht auf meinem Gesicht dabei nicht zu bröckeln begann.

»Tamara Krauses neues Buch *Der Märtyrermörder* geriet in den letzten Wochen in die Schlagzeilen, weil ein Serienkiller, der immer noch auf freiem Fuß ist, die in ihrem Buch beschriebenen Morde minutiös nachahmt. Frau Krause, wie fühlen Sie sich damit?«

Es hatte ein dreiviertelstündiges Vorgespräch gegeben. Wir waren übereingekommen, dass ich zur Nominierung für den deutschen Krimipreis befragt würde, zu meiner Kindheit in einem streng katholisch geprägten Elternhaus, zu meinem Brotberuf als Sekretärin bei der Heilbronner Mordkommission. Meine Gefühle bezüglich des Serienmörders hätten den Abschluss der Sendung bilden sollen. Aber offenbar fand Frau Wollschläger es kleinlich und altmodisch, sich an Absprachen zu halten. Ihre tiefschwarz getuschten Wimpern klimperten und schienen mir zu morsen: *Ich bestimme, wo es langgeht, Schätzchen. Spiel mit oder geh unter.*

Ich leckte mir über die ausgedörrten Lippen. Bestimmt wirkte ich wie der Volldepp der Nation, wie jemand, der sich seinen Erfolgserstling von einem Ghostwriter hatte schreiben lassen. Ich verfluchte die PR-Frau meines Verlages, die mich zu diesem TV-Auftritt genötigt hatte.

Schließlich krächzte ich: »Es ist mir unerträglich, dass sich ein offenbar geistesgestörter Mensch ein Werk der Fiktion als Vorlage für seine perversen Taten nimmt.« Es klang, als würde ich die Worte vom Blatt ablesen. Auf der Rangliste der peinlichsten Momente meines Lebens rangierte dieser hier definitiv unter den ersten drei.

Inken Wollschläger zog die Mundwinkel so weit nach oben, wie es ihre festgezurrte Gesichtshaut gerade noch zuließ. »Natürlich, Frau Krause, das Gefühl des Ekels setze ich bei jedem normal empfindenden Menschen voraus. Aber Sie haben sich diese Morde ja ausgedacht. Sind Sie pervers?«

Es ging das Gerücht, dass die Quoten von Frau Wollschläger seit einiger Zeit den Bach hinunterplätscherten. Offenbar war meine Wenigkeit dazu auserkoren, durch einen saftigen Eklat vor laufender Kamera für neue Publizität zu sorgen.

Ich atmete tief durch. Jetzt ja nicht ausrasten!

»Ich habe mir diese Morde nicht *ausgedacht*. Wenn Sie mein Buch gelesen hätten« – eine absichtlich gesetzte Spitze, weil offensichtlich war, dass die Wollschläger nie etwas intellektuell Anspruchsvolleres als die Anwendungsanleitung auf ihrer L'Oreal-Haarfärbepackung las, die aber nicht ins Schwarze traf, weil die Wollschläger mir gar nicht zuhörte, sondern ihre babyblauen *Cue Cards* durchblätterte – »dann wüssten Sie, dass es sich durchweg um historisch belegte Märtyrermorde handelt. So wurden dem heiligen Erasmus bei lebendigem Leib die Gedärme aus dem Bauch gezogen und Simon Zelotes wurde zersägt, ebenfalls bei lebendigem Leib. Ich habe ...«

»Wie kommt man nur darauf, über derlei Grausamkeiten zu schreiben?«, unterbrach mich die Wollschläger, der es zu faktisch wurde. »Haben Sie nie überlegt, was Sie ...«

Mein Geduldsfaden begann zu reißen. Ich unterbrach sie. »Unsere moderne Gesellschaft mit ihrer hemmungslosen Alles-ist-erlaubt-Einstellung braucht wieder Menschen, die moralische Grenzen aufzeigen. In meinem Buch werden diese modernen Märtyrer von einem Serienkiller gemeuchelt. Ich versuche exemplarisch aufzuzeigen, wie es um unsere Gesellschaft steht. Der Symbolcharakter ...«

Eine Inken Wollschläger unterbrach man nicht ungestraft. »Ach so, es geht um *Symbolik*. Na, das wird Kathrin Gerber aber freuen, die Mutter von vier Kindern, die als Bäckereifachverkäuferin vorletzte Woche im Backofen ihrer Großbäckerei zu Tode gebacken wurde.«

Ich ersparte mir den Hinweis auf den heiligen Eustachius. Perlen vor die Sau. »Frau Wollschläger, Sie wollen doch wohl nicht ernsthaft andeuten, dass man heutzutage – in vorauseilendem Gehorsam – keinen Kriminalroman mehr schreiben darf, nur weil irgendein kranker Mensch dadurch auf dumme Gedanken kommen könnte?« Ich gab meiner Stimme einen blasiert-herablassenden Ton.

Inken Wollschägers Gesicht erstarrte immer mehr zur Fratze. Das »Na warte!« stand ihr förmlich auf die botoxierte Stirn geschrieben. »Frau Krause, können Sie Herrn Gerber in die Augen schauen, ohne dabei Schuldgefühle zu bekommen, ohne ihm zu sagen ›Es tut mir leid‹?«

Diese Schweinepriester vom Sender hatten doch tatsächlich den Witwer der letzten Ermordeten ins Studio gekarrt. Ein Scheinwerfer richtete sich auf ihn, einen sichtlich gebrochenen Mann, der offenbar gar nicht wusste, wo er sich befand. Aber wenigstens hatten sie die drei mutterlosen Halbwaisen zu Hause gelassen.

Ich geriet ins Schwitzen. Die Kamera vor mir leuchtete wieder rot auf. Bestimmt wandten sich gerade in Millionen bundesdeutscher Haushalte die Fernsehzuschauer angeekelt von meiner Schwitze-Visage ab.

»Selbstverständlich möchte ich Herrn Gerber mein Beileid aussprechen, wie jeder in diesem Land. Aber dennoch ...«

Inken Wollschläger schlug die Beine übereinander. Die Frau war unglaublich grazil, maximal Größe 32. Und wie ein Chihuahua im Chanel-Kostüm erwies sie sich als kleiner, böser Kläffer. Der Sende-Slot neigte sich seinem Ende zu und sie wollte noch eins draufsetzen. »Ihr Buch ist ja nun schon eine Weile auf dem Markt, auch wenn es erst durch diese entsetzlichen Morde in die Aufmerksamkeit der Medien rückte und zum Bestseller wurde. Dennoch, wo bleibt der nächste Band? Frau Krause, leiden Sie durch diese immense Last der Verantwortung, die auf Ihren Schultern lastet, derzeit unter einer Schreibblockade?«

Gott, war die Frau blöd.

Ein wenig hatte ich aber auch Mitleid mit ihr. Die Arme hatte bestimmt seit der Ära Schröder keinen Sex mehr gehabt. Ach was, seit der Ära Kohl.

Nur für die Akten: Ich schrieb wie besessen. Mein zweites Buch war so gut wie fertig. Da der Täter im ersten Band nicht gefasst worden war, setzte er im zweiten Band sein Tun fort. Wieder meuchelte er Menschen in der Art der Heiligen.

Die gnadenlose Realität meiner Bücher ergab sich natürlich daraus, dass ich die Heiligenlegenden tatsächlich nachstellte. Gewisse Dinge kann man sich nicht ausdenken – authentische Glaubwürdigkeit entsteht nur aus dem Tun selbst.

Für die Wollschläger hatte ich auch schon eine Idee: Johannes der Evangelist. Er wurde in einem Kessel voll siedendem

Öl gesotten. Ich würde das gute Traubenkernöl nehmen. Und bestimmt ließ sich in irgendeiner Großküche ein Kessel auftreiben, in den die grazile Wollschläger hineinpasste...

Grinse, Inken, grinse nur – solange du noch kannst.

Um mit André Gide zu sprechen: Was an meinem Oeuvre bewegte, war nicht mein Werk selbst, sondern der Umstand, dass ich es unternommen hatte.

Ich bin der Stoff, aus dem urbane Legenden gemacht werden ...

Erstabdruck der Geschichten dieses Bandes:

Die zehn Regeln einer guten Detektivgeschichte in: *Tatort Niederrhein II*. Tatjana Kruse (Hrsg.) Leporello Verlag, Krefeld 2007.

Alle für eine in: *In aller Freundschaft*. Ulrike Zeitlinger und Cordelia Borchardt (Hrsg.). Fischer Taschenbuch Verlag, Frankfurt/Main 2007.

Sch...eibenkleister in: *Letzte Worte*. Nadine Barth und Stephanie Kriesel (Hrsg.) Scherz Taschenbuch im S. Fischer Verlag, Frankfurt/Main 2003.

Bewegung tut gut in: *Sport ist Mord*. Ralf Kramp (Hrsg.) Scherz Verlag, Bern 2002.

Jeder irrt auf seine Weise in: *Alte Götter sterben nicht*. David Kenlock (Hrsg.), Scherz Verlag, Bern 2002.

Arrivederci, Herr Doktor! in: *Mord ist die beste Medizin*. Monika Buttlar und Alexandra Guggenheim (Hrsg.). Scherz Taschenbuch im S. Fischer Verlag, Frankfurt/Main 2004.

Tunnelblick Originalbeitrag.

Killer-Kerwe in Klingenmünster in: *Tatort deutsche Weinstraße*. Angela Eßer (Hrsg.). grafit, Dortmund 2007.

Vorsicht: Liebe in: *Liebe, Lust & Lösegeld*. Ingrid Schmitz (Hrsg.) LangenMüller, München 2008.

Feinripp mit Folgen in: *Liebestöter*. Anke Cibach (Hrsg.) Scherz, Bern 2003

Elvis forever! in: *Mord am Niederrhein*. grafit, Dortmund 2004.

Im Kreise meiner Lieben Originalbeitrag.

Zwei Schweizer schwitzen beim Schweißen in: *Wer tötete Fischers Fritz?* Sandra Lüpkes (Hrsg.) KBV, Hillesheim 2008.

Die gemeine Reblaus in: *Nur Bacchus war Zeuge*. Martina Fiess und Britt Reissmann (Hrsg.). Emons Verlag, Köln 2006.

Wie man seinen Kater loswird – die Haller Methode in: *Mörderisches Ländle*. Gudrun Weitbrecht (Hrsg.). Theiss Verlag, Stuttgart 2008.

Gefüllte Gans Originalbeitrag.

Wie man sich seine eigene Mumie bastelt Originalbeitrag.

Kühlungsborn – wo man ewig leben möchte in: *Endstation Ostsee*. H. P. Karr (Hrsg.). KBV, Hillesheim 2009.

Kleine, schwäbische Sprachkunde – garniert mit einer Schurkerei in: *Mord isch hald a Gschäft*. Lisa Kuppler (Hrsg.). Ariadne Krimi, Hamburg 2004.

Nie wieder Originalbeitrag.

Cool-Man schlägt zu! in: *Der Mörder kommt auf sanften Pfoten*. Leo P. Ard (Hrsg.) grafit, Dortmund 1995.

Wiesbadener Pinsel in: *Stipendiatenmorde.* Susanne Lewalter (Hrsg.) Brücken Verlag, Wiesbaden 2009.

Im Zweifel in die Eifel in: *Tatort Eifel.* Jacques Berndorf (Hrsg.) KBV, Hillesheim.

Die Märtyrermorde Originalbeitrag.

Tatjana Kruse betrachtet Kurzkrimis als die Perlen des Genres und als eigenständige Kunstform innerhalb der Kriminalliteratur. Neben ihren »richtigen« Büchern schreibt sie daher seit fünfzehn Jahren auch stets mehrere Kurzkrimis pro Jahr. Die besten davon sind in diesem Band zusammengefasst.

Mehr Informationen unter: www.tatjanakruse.de

Wolfgang Kemmer (Hg.)
**IN KÜRZE
VERSTORBEN**

Taschenbuch, 239 Seiten
ISBN 978-3-940077-42-4
8,90 EURO

Tot ... Hinüber ... Abgenippelt ...

Das blüht ihnen allen, den armen Opfern. Es rafft sie gleich reihenweise dahin, denn zwanzig ruchlose Krimiautoren haben die Messer gewetzt, die Pistole geladen, das Giftfläschchen entkorkt. Sie sind preisgekrönt und vielgelesen, und neben ihren Romanveröffentlichungen frönen sie auch von Zeit zu Zeit der kurzen, knappen Form.
Der Herausgeber Wolfgang Kemmer hat mit feinem Gespür für's Besondere Texte von Thomas Kastura, Carsten Sebastian Henn, H.P. Karr, Sandra Lüpkes, Jürgen Kehrer, Anne Chaplet, Jürgen Ehlers, Jan Zweyer, Friederike Schmöe, Frauke Schuster, Alfred Bekker, F.G. Klimmek, Anne Grießer, Martin Schüller, Eva Karnofsky, Christoph Güsken, Richard Lifka, Martin Spiegelberg, Michaela Küpper und Ralf Ströcker zu einer bemerkenswerten Sammlung zusammengefasst.

»Fazit: Große Namen, gute Geschichten, solide garantierte Unterhaltung für ein paar entspannte Lesestunden.« (www.krimi-forum.net)

»In zwanzig brillanten Kurzgeschichten beweist die crème de la crime Deutschlands, dass sie durchaus Ihr mörderisches Handwerk versteht.« (Literatur-Report)

Ralf Kramp
NACHT ZUSAMMEN

Taschenbuch, 199 Seiten
ISBN 978-3-937001-89-0
8,90 EURO

KBV
KRIMI

Verbrechen lohnt sich, nicht? Nun, nicht immer. So mancher Schuss geht nach hinten los, und so manche Prise Gift schluckt unverhofft der Falsche.

Ralf Kramp ist ein Meister des schwarzen Humors. Seine Geschichten haben es in sich, denn hier läuft es oft gänzlich anders als erwartet. Heimtückische Mordpläne, skrupellose Killer, perfide Mordwaffen, ahnungslose Opfer - Ralf Kramp mischt alle Zutaten zu einem teuflisch guten Krimicocktail.

In seinen rabenschwarzen Geschichten jagt er den Lesern kalte Schauer über den Rücken und erschüttert im nächsten Moment ihr Zwerchfell.

»Rabenschwarz ist Ralf Kramps Humor...Das macht großen Spaß zu lesen.« (SWR)

»Kramps großer Plan scheint gelungen, wenn sich seine Leser über seine despektierlichen Einfälle rund um Mord und Totschlag schlichtweg totlachen.« (Kölner Stadt-Anzeiger)

»Eine unterhaltsame Sammlung an deren kauzigen Geschichten vor allem Freunde schwarzen Humors à la Roald Dahl ihren Spaß haben. (x-zine.de)

»Ein großer Krimi-Spaß, der in vielen einzelne Einschlaf-Häppchen portioniert ist und an dem man lange Vergnügen hat. (EM)

Sandra Lüpkes (Hg.)
**WER TÖTETE
FISCHERS FRITZ?**

Taschenbuch, 215 Seiten
ISBN 978-3-940077-28-8
9,50 EURO

»Blaukraut bleibt Blaukraut und Brautkleid bleibt Brautkleid.«
»Zahme Ziegen ziehen zehn Zentner Zucker zum Zoo.« »Der
Whiskymixer mixt Whisky an der Whiskymixbar.«
Diese Sammlung von köstlichen Kriminalgeschichten gibt bisher sinnlosen Sätzen endlich ein literarisches Zuhause: Zwan-
zig Zungenbrecher - bislang nur wegen ihrer Buchstabenkon-
stellation relevante Wortspiele - haben nun endlich einen tiefe-
ren Sinn bekommen und erleben jeweils in einem spannenden
Kurzkrimi ihren großen Auftritt.
Angestiftet von Sandra Lüpkes haben zwanzig prominente
deutsche Krimiautorinnen und -autoren ihrer mörderischen
Phantasie freien Lauf gelassen. Mit diabolischer Lust haben Jürgen Kehrer, Regula Venske, Sabina Naber, Ralf Kramp, Angela
Esser, Jürgen und Marita Alberts, Jürgen Ehlers, Tatjana Kruse,
Marcel Feige, Peter Gerdes, Gunter Gerlach, Nina George und
andere sich die vertrackten Wortspielchen zur Brust genommen und haben ihre Lieblingszungenbrecher in ihren kleinen
kriminellen Kabinettstückchen verarbeitet. Herausgekommen
ist eine vergnüglich verhaspelte, genial gestammelte Kriman-
thologie.

*»... tolle Grundidee, ... clever und spannend umgesetzt ... - echte Zun-
gen(ver)brecher mal erfrischend anders.« (media-mania.de)*

KBV KRIMINALROMAN